新潮文庫

風と共に去りぬ

第3巻

マーガレット・ミッチェル

鴻巣友季子訳

風と共に去りぬ　第3巻

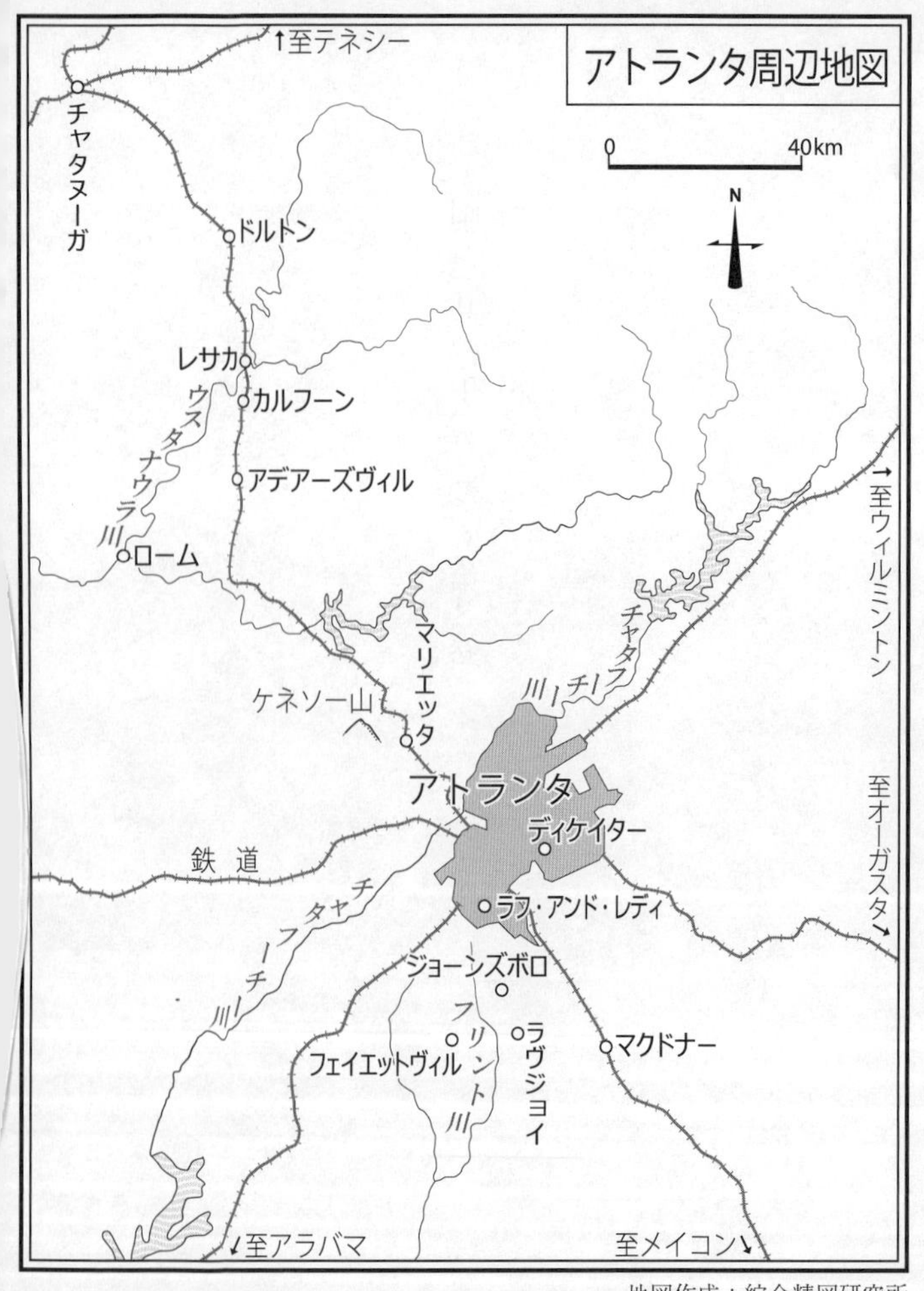

地図作成：綜合精図研究所

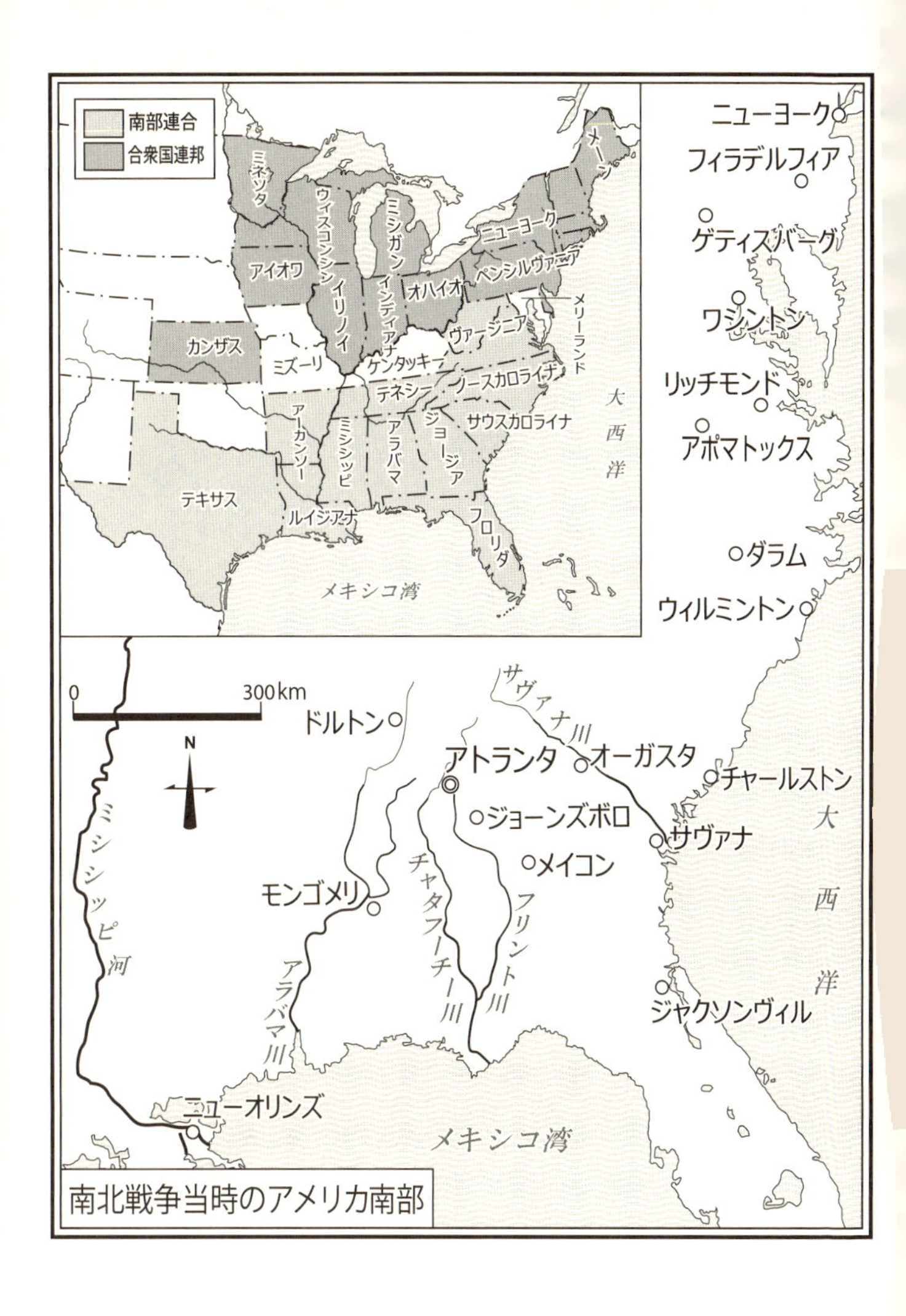

南北戦争当時のアメリカ南部

主要登場人物

スカーレット・オハラ…………本作のヒロイン。大農園〈タラ〉の長女に生まれたが、夫を失い、遺児ウェイドらとともに帰郷した。

ジェラルド・オハラ………………スカーレットの父。妻エレンの病死のために自失してしまった。

メラニー……………………………愛称メリー。アシュリ・ウィルクスの妻で、ボーと呼ばれる子を生んだ。

アシュリ・ウィルクス…………スカーレットが想いを寄せるウィルクス家の長男。南北戦争に従軍後、〈タラ〉に居候している。

マミー………………………………もとはエレンの実家に仕え、スカーレットの乳母でもあったオハラ家の使用人。

ポーク、ディルシー、プリシー…オハラ家の使用人一家。

スエレン、キャリーン…………スカーレットの妹たち。

フランク・ケネディ………………スエレンの婚約者。

チャールズ・ハミルトン…………南北戦争で戦病死したスカーレットの第一の夫でメラニーの兄。

ピティパット・ハミルトン………チャールズとメラニーの叔母。

ピーター爺や………………………ハミルトン家の使用人。

ウィル・ベンティーン…………身寄りのない南軍復員兵で〈タラ〉で働く。

レット・バトラー…………………密輸で巨利を得る無頼漢。社交界の嫌われ者だが、不思議な魅力でスカーレットに接近する。

第三部（承前）

25

前日、長距離を歩き、馬車にゆられてきたせいで、翌朝は体中が凝って痛み、なにをするにも悲鳴をあげそうなほどつらかった。スカーレットの顔は日灼(ひや)けで真っ赤になり、まめのできた手のひらは皮がむけてひりひりした。舌苔(ぜったい)がはえ、喉(のど)は火にあぶられたように乾ききり、どれだけ水を飲んでも渇きが癒(い)えなかった。頭が腫(は)れあがった感じがし、目を動かすだけで痛んで顔をしかめるありさまだ。妊娠初期のつわりを思わせる胃のむかつきがあり、湯気のたつヤムイモ〔訳注　米国南部のサツマイモ〕が朝食に出されると、匂(にお)いを嗅(か)ぐだけで吐きそうになった。人生初の痛飲による典型的な二日酔いにすぎないと、ジェラルドが教えてやってもいいところだが、父は娘の異変になにも気づいていない。食卓の主の席についているのは、ひとりの白髪の老人である。心ここにあらずの虚(うつ)ろな目をひたすらドアに向け、妻エレンのペチコートの衣(きぬ)ずれが聞こえないか、レモンバーベナの香りがしないかと、首をちょっとかしげて待っている。

スカーレットが着席すると、父はぼそりとつぶやいた。「ミセス・オハラを待とう。遅れているようだ」ぎょっとして疼く頭をあげ、耳を疑いながら父の顔を見ると、ジェラルドの席の後ろに控えていたマミーが目でなにか訴えてきた。スカーレットは喉元に手をやりながらふらふらと立ちあがり、朝日のなかで改めて父親を見おろした。こちらをぼんやりと見あげてくる父は両手が震え、頭までわずかにゆれているようだった。

今の今まで、自分がどれだけ父を頼りにしているか、気づかずにいた。父が指示を出し、ああしろこうしろと言いつけてくれるものと思っていたのだ。それが今朝はどうだろう――ゆうべの父はおおむね普段どおりに見えたのに。往時の豪毅な声やバイタリティはなりを潜めていたが、少なくとも脈絡のある話ができたのに、今朝は妻が亡くなったことすら覚えていないようだ。ヤンキー軍の襲来と妻の死のショックが一緒になって、茫然自失しているのだろう。スカーレットが何か言おうとしたところで、マミーが烈しく首を振って止め、赤くうるんだ目にエプロンの端をあてた。

「ああ、父さんの気がふれるなんてことあるかしら?」そう思うと、さらなるストレスを加えられた頭はいまにも割れんばかりにずきずき痛んだ。「まさか、そんなことありえない。いろんなショックで呆然としているだけよ。一時の病気みたいなもので、そのうち良くなる。良くなるに決まってるわ。もしこのままだったら、わたしはどうしたらいいの？――いいえ、いま考えるのはよそう。父さんのこともお母さまのことも、もろもろの悲惨なことも。耐えられるようになるまで考えない。だって、他にいくらでも考えなくてはいけないことがあるんだから。どうにもならないことを悩むより、なんとかなりそうなことを考えるべきよ」

スカーレットはひと口も食べずにダイニングルームを後にし、裏のポーチへ出ていくと、ポークがいた。はだしで、ぼろぼろになった一張羅の晴れ着とおぼしき物を着こみ、上がり段に腰かけてピーナッツの殻を剝いていた。スカーレットの頭はまだ割れるように痛み、まぶしい陽に目を射られるようだった。まっすぐ立っているだけでもひと苦労なので、かねがね母に教えられていた使用人に対する礼儀はこの際抜きにして、なるべく簡潔に話をした。

スカーレットがぶっきらぼうに質問を始め、有無を言わさず命令するので、ポークは不審げに眉をつりあげた。エレンさまならだれが相手でも、たとえ若鶏やスイカをくすねる現場をつかまえたときでさえ、こんなつっけんどんな喋り方をすることはなかったろう。畑、菜園、家畜の状況を再度尋ねてくる若奥さまの翠色の瞳には、見たこともない険しい光が浮かんでいた。

「はい、奥さま、あの馬はつないでおいたら死んじまいました。鼻面（はなづら）をバケツの水につっこんで倒れとったです。いや、牛のほうは死んどりません。ごぞんじないですか？　ゆうべ子どもを産んだですよ。だからあんなに鳴いとったんだなァ」

「おたくのプリシーは大した産婆（さんば）になりそうね」スカーレットは厭味（いやみ）を言った。「あの子、お乳が溜（た）まって鳴いてるんだって言ってたわよ」

「いやァ、奥さま、プリシーは牛の産婆になるつもりはねぇですから」ポークはそつなくかわした。「天のお恵み相手に口げんかしてもしょうがねぇなァ。あの子牛が大きくなれば、妹さんたちにさしあげるバターミルクもたんととれるし、おふたりにはそれが必要なんだって、例のヤンキーの医者も言っとったですよ」

「けっこうね、先をつづけて。家畜は残っていないの？」

「それが、なんも。雌豚が一頭と子豚どもが残っとるぐらいで……。ヤンキー軍が攻めてきた日に沼地へ追いこんだですが、どうやって捕まえたもんだか。ちんけなメス豚だけどなァ」

「なんとしても捕まえるわよ。おまえとプリシーでいますぐ捜索を始めること」

　ポークは呆気（あっけ）にとられ、憤然として文句を言った。

「スカーレットさま、それは野良（のら）働きの仕事だァ。わたしは内働きをして参ったです」

　スカーレットは焼けたピンセットを持った小さな悪魔に、両の目の玉を裏からつつかれるような苦痛を味わっていた。

「ふたりでその豚を捕まえるのよ——それがいやなら、出ていきなさい。他の野良働きみたいにね」

　傷ついたポークは目をうるうるさせていた。おお、エレンさまがここにいてくれたら！　エレンさまならこういう細かい点も理解してらっしゃるし、野良働きと内働きでは仕事にどれほど違いがあるか分かってくださるはずだ。

「出ていけですと、スカーレットさま？　どこへ出ていけと言うんです、スカーレットさま？」

「そんなこと知らないし、どこだって構わないわ。でも、〈タラ〉では働かざる者はヤンキーを追っかけていけばいい。他の人たちにもそう伝えなさいね」

「はい、奥さま」

「さて、トウモロコシと綿花はどうなってるの、ポーク？」

「トウモロコシですと？　やれやれ、スカーレットさま、ヤンキーの馬どもに食われちまったですよ。馬に食われなかったぶんも腐ってないものはやつらがくすねてったです。そのうえ、砲車で綿花畑を踏み荒らしてすっかり台無しだァ。やつらが見すごしたのは、川べりの低地の何エーカーかぐらいですよ。けども、あそこの畑はいじるほどのもんでねぇ。三梱ばかりしかないんじゃなァ」

たった三梱……。スカーレットは〈タラ〉農園が毎年、生産していた綿花の量を思い、ますます頭が痛くなった。三梱って、それっぽっちの生産量では、あのスラッタリー家と大差ないではないか。ここに税金の問題が重なるのが、さらなる頭痛の種だった。南部連合政府は金銭代わりに綿花も納めさせていたが、わずか三梱では税金ぶんにもならないだろう。しかしいまでは野良働きたちがみんな逃げてしまい、綿花を摘む手がないのだから、スカーレットにとっても南部連合にとっても大した違いはなかった。

「よし、この問題もいま考えるのはよそう」スカーレットは自分に言い聞かせた。「どのみち、税金問題なんて女が考えることじゃないし。その手のことは父さんが片を付けるべきよ。でも、その父さんがいま――いいわ、父さんのこともいまは考えないことにする。南部連合には税金の無い物ねだりをさせておけばいい。たったいまわたしたちに必要なのは食べ物よ」

「ポーク、だれか〈トウェルヴ・オークス〉かマッキントッシュ農園に行って、菜園になにか残ってないか見てきた？」

「いいや、奥さま。だれひとり〈タラ〉の外には出とりません。ヤンキーに捕まったらどうするんだァ」

「ディルシーをマッキントッシュの所へ遣るわ。彼女ならたぶんなにか見つけてくるでしょう。わたしは〈トウェルヴ・オークス〉へ行ってみる」

「お伴はだれが？」

「独りで行くわよ。マミーは妹たちの世話があるし、父さんはまだ――」

すると、ポークは抗議の声をあげてスカーレットをいらいらさせた。この執事曰く、〈トウェルヴ・オークス〉にはヤンキー兵や悪者の「黒ん坊」がいるかもしれない。だから奥さまは行ってはいけない。

「もうたくさんよ、ポーク。ディルシーにいますぐ出かけるよう言って。おまえとプリシーはその親豚と子豚を連れもどしに行きなさい」スカーレットは簡潔に言いつけると、踵を返した。

　裏のポーチに出ると、使い古して色あせてはいるが清潔なマミーの日よけ帽がフックに掛けてあったので、そのボンネットを頭にかぶった。かぶりながら、かつてレットがパリで買ってきてくれた、緑の羽根飾りがくるりと巻いたボンネットのことを思いだしたが、なんだか別世界の出来事のようだった。大きな樫（かし）のバスケットをとりあげ、裏手の階段を降りはじめたものの、一段降りるごとに頭がゆれ、しまいには背骨に脳天をかち割ろうとするかのようなすごい痛みが襲ってきた。

荒れはてた綿花畑の間を、陽の照りつける赭土（あかつち）の道が川にむかって伸びている。陰をつくってくれる木の一本もなく、厚い更紗（さらさ）のキルティングで出来たマミーのボンネットも薄地のモスリンのごとしで、容赦なく陽が射しこんできたし、まいあがる土ぼこりが鼻や喉に入りこみ、口をきいたら粘膜にひびが入りそうだ。道路には馬が重砲を曳（ひ）いて通った跡に深い轍（わだち）や溝ができ、両脇（りょうわき）の赤い溝にも脱輪した車輪が深い爪痕（つめあと）をのこしていた。砲兵隊にせまい道路から押しだされた騎兵隊と歩兵隊が青々とした畑を踏みしだきながら行軍したせいで、綿花もめちゃくちゃに踏みつけられていた。道路といわず畑といわずそこかしこに、はずれた留め具や、馬の革の引き具がちぎれたもの、蹄（ひづめ）に踏まれてぺちゃんこになった水筒、弾薬車の車輪、なにかの釦（ボタン）、ヤンキー軍の青い軍帽、履きつぶした靴下、血まみれのぼろきれなど、行進する軍隊が残したあらゆる残骸（ざんがい）がちらばっていた。

スカーレットは杉木立と低いレンガ造りの塀の前を通りすぎた。これはオハラ家の墓地を標（しる）すものだったが、夭折（ようせつ）した弟三人の小さな墓塚のそばにくわわった新たな墓のことは考えまいとした。ああ、お母さま——埃っぽい斜面をとぼとぼと降りていくと、灰が積もった一角があり、ずんぐりした煙突の前を通りすぎた。スラッタリーの家があった場所だ。あの一族が丸ごとこの灰と化していますように。スカーレットはどす黒い考えをもった。あのスラッタリーの一家さえいなければ——あの汚らわしいエミーさえいなければ、うちの農園監督の子を産んだあの女さえいなければ、お母さまは死なずにすんだものを。

尖った小石が足の水ぶくれに刺さり、スカーレットはうめき声をあげた。わたしったら、こんなところでなにをしているんだろう？ ミス・クレイトンとも言うべき花形だったスカーレット・オハラが、〈タラ〉の誇り高き深窓の令嬢が、こんな草道をはだしも同然でとぼとぼ歩いているって、どういうこと？ この足は軽やかに踊るために造られたのであって、こんなふうに引きずっているのはおかしいし、この小さな平底靴は鮮やかなシルクドレスの下からちらりと覗かせるのが本来の姿で、尖った小石が入ったり土ぼこりをかぶったりすべきじゃない。スカーレット・オハラは甘やかされ、かしずかれるために生まれてきたのに、ここにいるのは、なんと、ぼろをまとって、吐きそうで、空腹のあまり隣人の菜園に食べ物を漁りにいく女なのだ。

長い斜面のたもとには川が流れ、生い茂った木々が川面に陰をつくって、なんとも涼しく静かだった。低くなった岸辺に腰をおろし、靴と長靴下の残骸を引きはぐようにして脱ぐと、ほてった足を冷たい水につけた。ここに一日中座っていられたら、どんなに良いだろう。〈タラ〉の人々のすがるような目から離れて、葉ずれの音と緩流のせせらぎが静寂(しじま)を破るだけの岸辺にいられたら。とはいえ、しかたなくまた靴と長靴下をはきなおすと、木蔭(こかげ)をえらんで、苔(こけ)むした岸辺を歩きだした。橋はヤンキー軍に焼かれてしまっていたが、百ヤードほど下流で川幅が狭まるあたりに丸木橋が架かっているのは知っていた。スカーレットは慎重にその丸木橋をわたり、炎天下、〈トウェルヴ・オークス〉までの半マイルほどの上り坂をのろのろと歩いていった。

十二本の樫(トウェルヴ・オークス)の木はインディアンの時代から変わらずここにそびえていたが、爆撃の火事で葉の色が黒ずみ、枝も焼け焦(こ)げていた。木々が円く囲むなかに、ジョン・ウィルクス邸の廃墟(はいきょ)があった。往時には、丘の頂きで白亜の支柱を前に堂々たる威容を見せていた邸宅は、見る影もなく黒焦げになっていた。貯蔵庫だった深い穴と、真っ黒になった天然石の土台と、二本のどっしりした煙突だけが、屋敷のありかを標している。高い支柱の一本がなかば焼けて芝生の上に倒れ、クチナシの茂みを押しつぶしていた。

スカーレットは目にした光景に気が滅入(めい)って先に進めなくなり、倒れた支柱に座りこんでしまった。荒廃の図ならずいぶん見てきたが、こんなに胸にこたえたことはない。ウィルクス家の誇りが焼け落ちて、足元の灰燼となりはてている。どんな時にも温かく迎えてくれたもてなし篤い屋敷、ここの女主人になるというむなしい夢を見ていた屋敷の末期がこれとは。ここでダンスをし、晩餐をとり、男性たちと戯れ、ここでメラニーがアシュリに微笑みかけるのを嫉妬に痛む胸を抱えて見つめた。さらに、ここの涼しい木蔭で、チャールズ・ハミルトンの求愛を受け、彼は有頂天になって手を握りしめてきたのだった。

「ああ、アシュリが天に召されていますように！　こんな光景をあなたに見せるなんて耐えられない」

　アシュリはここで花嫁と婚礼を挙げたけれど、彼の息子も、そのまた息子も、花嫁をこの屋敷に連れてくることはないのだ。スカーレットがあんなに愛し、采配を振るいたいと願った家で、この先、カップルが生まれたり、子どもが産声をあげたりすることは二度とない。〈トウェルヴ・オークス〉は死んだ。それはスカーレットにしてみれば、ウィルクス家の人たちがみんな亡くなって土灰に帰したようなものだった。

「こんなこと、いま考えるのはよそう。とても耐えられない。後で考えればいい」スカーレットは独りごち、その光景から目をそむけた。

痛む足を引きずりながら、菜園を求めて廃墟のまわりをめぐり、ウィルクスの娘たちが手塩にかけたバラの花壇が踏みつけられた脇を行きすぎ、裏庭を通り、薫製小屋、納屋、鶏小屋が焼け落ちたあたりを抜けていく。自家菜園のぐるりを囲む木の柵は打ち壊され、かつては青々とした野菜がきれいに並んでいた畑も、〈タラ〉と同じくひどい目にあっていた。柔らかな土は馬の蹄と重い車輪の跡が縦横につき、野菜は地中にめりこんでつぶれていた。食べられるものはなにも残っていない。

　また裏庭を通り、こんどは小径をたどって、白塗りの小屋が並ぶ静まりかえった奴隷居住区へむかいながら、「ごめんください！」と叫んだ。しかし応える声はなかった。犬一匹、吠えない。どうやらウィルクス家の奴隷たちは逃げだしたか、ヤンキー軍についていったらしい。奴隷たちは菜園に各自小さな区画を持っていたはずだ。そこは無事に残っていることを期待しながら、居住区に着いた。

　はたして探索の甲斐はあった。ところが、水やり不足で萎れてはいるがなんとか葉を立てているカブとキャベツ、野放図に育って黄ばんではいるものの食べられそうなサヤエンドウやサヤインゲンを目の前にしても、疲労のあまり、喜びすら湧いてこなかった。スカーレットは畑の溝にしゃがみこんで、震える両手で土を掘り、バスケットを少しずつ野菜で充たしていった。野菜といっしょに湯がくベーコンこそないものの、今夜はごちそうが作れる。ディルシーが火を灯すのに使っているラードを下味に使えるかもしれない。灯火にはマツの節を使って、脂は料理用にとっておくよう、忘れずディルシーに言いつけなくては。

ある小屋の裏階段のそばまで来て、ラディッシュを植えたささやかな一角を見つけると、スカーレットは突然の空腹感に襲われた。ぴりっと辛みのあるラディッシュこそ、まさにこの胃袋が求めていたものだ。スカートで泥を落とすのももどかしくラディッシュにかじりついて、一気に半分がた飲みくだした。しなびてぼそぼそしており、やたらと辛みがきつくて、目に涙がにじんだ。カブを飲みこんだとたん、空っぽの胃が暴れだし、スカーレットは柔らかい土の上に倒れ伏すと、ぐったりとしながら食べた物をもどした。

黒人たちの残した微かな臭いが小屋から漂ってきて、吐き気に拍車をかけたが、吐き気と戦う力もなく、スカーレットは惨めな姿でえずきつづけ、その間もめまいがして、小屋や木々がまわりでぐるぐる回っていた。

長いことしてから、力なくうつぶせになると、畑の土は羽根枕のように柔らかくて心地よく、思いは弱々しくあちこちをさまよった。このわたし、スカーレット・オハラが奴隷小屋の裏に瓦礫に囲まれて寝そべり、動けないほど弱って疲れきっているというのに、この世のだれもそのことを知らないし、気にかけもしない。知ったところで、気にかけはしないでしょうけどね。みんなそれぞれに問題をたくさん抱えていて、わたしのことなんか心配する余裕はないんだから。しかもこんな災難がつぎつぎと降りかかっているのは、だれあろう、あのスカーレット・オハラだというのに。脱ぎ捨てたストッキングを床から拾ったり、内履きの紐を結んだりするのに、指ひとつ動かしたことがない――ちょっと頭痛がしたりかんしゃくを起こしたりしようものなら、大切に大切にされて、望みはなんでも叶えてもらえたあのスカーレット。

よみがえってくる思い出や不安を払いのける力もなくうつぶせていると、それらは容赦なく飛びついてきて、獣の死を待つハゲタカのごとくまわりを飛びまわった。スカーレットはもはや力尽き、「お母さまのことも父さんのこともアシュリのことも今のめちゃくちゃな状況も後で考えよう――ええ、もう少しして耐えられるようになったら考えよう」などとつぶやく元気もなかった。とても耐えられる状態ではないのに、好むと好まざるとにかかわらず、考えてしまうのだ。こもごもの思いが旋回し、頭上をかすめ飛んだかと思うと、急降下してきて、鋭い爪や尖った嘴を心に突き立ててえぐろうとした。時間の感覚がなくなり、灼熱の太陽のもと、土に顔を埋めてじっと腹ばいになっていると、死んだ人たちや失われたものを思いだした。もう二度ともどらない暮らしのことを思いだした――そうして暗い未来の過酷な図を眺めやった。

ようやく立ちあがって、黒焦げになった〈トウェルヴ・オークス〉の廃墟をふたたび目にしたとき、スカーレットは頭を高くあげていた。その顔からは、なにかが――若さと、美と、心にひそむ優しさがきっぱりと失われていた。過ぎたことは過ぎたこと。死んだ人たちは帰らない。かつての懶惰なぜいたくの日々は二度ともどらない。スカーレットは重たいバスケットを腕に掛けると同時に、自分の気持ちと人生にも切りをつけたのだった。

過去にもどるすべはない。前進あるのみ。

おそらくこの先の五十年間、過去をふり返り、失われた日々と亡くなった男たちを思いだし、悲痛で不毛な記憶を呼び覚まして、恨みがましい目をしている女たちが、南部じゅうにあふれるだろう。そうして彼女たちが苦い誇りをもって貧困に耐えるのも、そんな過去の記憶をもっているからだ。でも、スカーレットは二度と後ろをふり返らない。

真っ黒になった土台石を見つめていると、もう一度、往時のままにそびえ立つ〈トウェルヴ・オークス〉の姿が浮かんできた。誇り高く豪奢なあの屋敷そのものが、ある人種のシンボルであり、ひとつの生き方でもあった。その姿を最後に思い浮かべてから、スカーレットは重いバスケットを腕に食いこませて、〈タラ〉への道を歩きだした。

　またもや空腹感が空っぽの胃袋を苛み、スカーレットは思わずこうつぶやいた。

「神に誓って、神に誓って、ヤンキーなんかに〝イチコロ〟にされるもんですか。この地獄を生き抜いて、なんとか片が付いたら、もう二度とひもじい思いはしない。〈タラ〉のみんなも飢えさせない。ものを盗み、人を殺めることになろうと――神に誓って、もう決してひもじい思いはしない」

　その後しばらく、〈タラ〉はロビンソン・クルーソーの無人島かと思うほど静かで、世の中との接点をもたず孤立していた。ほんの数マイル先には〝人々の生活〟があったが、〈タラ〉とジョーンズボロ、フェイエットヴィル、ラヴジョイとの街の間には、いや、下手をすると〈タラ〉と隣の農園の間にすら、一千マイルもの大海原が広がっているようなものだった。唯一の交通手段だった馬は死んでしまったし、しんどい赭土の道を何マイルも歩く時間も体力もなかったのだ。

　過酷な労働に明け暮れ、食糧の確保に奮闘し、たえまなく三人の病人の世話に追われる日々のなか、スカーレットはなじみ深い物音を聞こうと耳を澄ましている自分に気づくことが時おりあった――奴隷小屋で黒人の娘（ピカニニー）たちが甲高く笑う声、荷馬車が車輪をきしませて畑から帰ってくる音、ジェラルドの雄馬が放牧地を疾駆する蹄の音、馬車の車輪が小径の砂利を踏む音、午後のおしゃべりに立ち寄る隣人たちのほがらかな声……。しかし耳を澄ましても聞こえてはこない。屋敷の前の道路はあいかわらず静かで閑散とし、訪問客の到来を告げる赤い土埃はいっこうに見えなかった。〈タラ〉は、起伏する緑の丘陵と赭土の畑の織りなす海原に浮かぶ孤島だった。

きっとどこかには、家族みんながわが家で安泰に寝食している世界があるのだろう。どこかでは、ほんの数週間前の自分のように、三度仕立て直したドレスを着た娘たちが男たちと楽しげにいちゃつき、『このむごい戦いが終われば』を歌っているだろう。一方、どこかでは実際に戦いがあって、砲弾が炸裂（さくれつ）し、街を焼き、兵士たちが甘くむかつくような悪臭を放つ病院で朽ちはてていく。どこかでは、汚れた手製の制服を着てはだしの兵士たちが行進し、交戦し、眠り、腹をすかせ、希望がついえたときの疲労感にぐったりしている。そしてどこかでは、いまもジョージアの丘陵地がヤンキー軍の青色に染まっているだろう。トウモロコシをたらふく食べた毛並みのいい馬に乗る栄養満点のヤンキー兵士たち。

〈タラ〉のむこうには、戦争と世の中があった。しかしこの農園には戦争も世の中も記憶としてしか存在せず、疲れはてた時に思い出が胸によみがえっても、払いのけるしかなかった。空っぽか空っぽに近い胃袋の要求を前にして、外界は遠のき、生活は二つの点に収斂していった。つまり、食糧について、それをいかにして手に入れるかについて。

ああ、食べ物！　食べ物！　胃袋というのはどうして心より長く記憶をたもてるのだろう？　傷心はふりはらえても、空腹を追いはらうことはできない。毎朝、まどろみのなかで戦争と空腹のことを思いだす前に、ベッドでうとうとと丸くなりながら、ベーコンとロールパンの焼ける芳ばしい匂いがするのを待ちかまえる。そして毎朝、朝食の匂いを本当に嗅ごうとさかんに鼻をひくひくさせて、目が覚めてしまうのだった。

いま〈タラ〉の食卓には、リンゴ、ヤムイモ、ピーナッツもあるし牛乳もあったが、こんなそぼくな食事でも充分な量をそろえられないのだった。そんな食卓を日に三度見るたびに、古き佳き日のこと、昔日の食卓、ろうそくを灯したテーブルや香り立つ料理の記憶がよみがえった。

あの頃の自分たちは食べ物になんと無頓着で、なんというぜいたくな無駄づかいをしていたことか！　ロールパン、トウモロコシのマフィン、ビスケットにワッフルなどが、バターを滴(したた)らせて、ぜんぶいっぺんに食卓にのぼるのだった。テーブルのこちら端にハムがあるかと思えば、むこう端にはフライドチキンがあり、鍋(なべ)の野菜のゆで汁にはコラード〔結球しないキャベツの類〕が豊富に入っていて、肉の脂身で虹色(にじいろ)に光っていたし、色鮮やかな花柄の陶器にはサヤインゲンが山盛り、それから揚げカボチャ、オクラの煮物、切り分けられるぐらい濃厚なクリームソースをからめたニンジン。デザートは三種類ほど出たから、みんな自分の好きなものを選べた。たとえば、チョコレートのレイヤーケーキか、ヴァニラのブランマンジェか、甘いホイップクリームがのったパウンドケーキか。人の死や戦争を思っても泣かないスカーレットだが、こうした美味(おい)しい食事の記憶は涙を誘うに充分な力をもっており、空っぽの胃袋がぐうぐう鳴ってつらいだけでなく、本当に吐き気を催してしまう。かつてマミーが嘆いたスカーレットの食欲、十九歳の娘の健全な食欲は、初めて経験する不休の重労働によって、四倍にもなっていた。

しかし〈タラ〉で手に負えない食欲を抱えているのは、スカーレットだけではなかった。どっちを向いても、黒人も白人も、腹をすかせた顔をしていた。じきにキャリーンもスエレンも腸チフスの快復期によくある癒やしがたい空腹に襲われることだろう。幼いウェイドはすでに、「ウェイド、ヤムイモ、好きくない。ウェイド、おなかしゅいた」と同じ泣き言を繰り返していた。

　他の人々からも文句が出た。

「スカーレットさま、もっと食べるものがないと、赤ん坊ふたりに乳なんかやれません」

「スカーレットさま、もっと腹になんか入れねぇと、薪を割れないなァ」

「ああ、ちゃんとした食事ができたらどんなにいいだろう」

「娘よ、また今日もヤムイモか?」

　文句を言わないのはメラニーだけだった。その顔はますますほっそりし、ますます蒼白になり、眠っているときでも苦しそうにゆがむことがあった。

「あまりお腹がすいてないのよ、スカーレット。わたしのぶんの牛乳はディルシーにあげてちょうだい。赤ちゃんにお乳をあげるんだから必要でしょう。病人はお腹がすかないものなのよ」

　スカーレットはうるさく泣きついてくる人々の声より、むしろメラニーのこうしたやさしいがんばりに苛立った。他の人々は痛烈な厭味でも浴びせればおとなしくさせられるし、実際そうしていたが、メラニーの無私無欲ぶりを前にすると、手も足も出なくなり、どうにもならないので腹が立ってくるのだ。ジェラルドも召使たちもウェイドも、近ごろはなにかとメラニーにまといつくようになった。病身とはいえ、あいかわらず親切で思いやり深いからだ。どちらも最近のスカーレットにはないものだった。

メラニーの部屋にとくに張りついているのはウェイドだった。この子はなんだか様子がおかしかったが、なにが原因なのか突きとめてやる暇はスカーレットにはなかったのだ。坊やはお腹に虫がいるんですよというマミーの言葉に従い、エレンがよく黒人の子の虫下しに使っていた干し薬草と木の皮の混合薬を飲ませてみた。ところが、この駆虫薬を飲むとかえって顔色がわるくなってしまった。スカーレットはこのごろ、ウェイドを一人の人間として見られなくなっている。息子は悩みの種のひとつ、養ってやるべき口のひとつにすぎなくなっていた。いつの日か、いまの非常事態が収拾したら、この子と遊んでやろう、お話を聞かせて、アルファベットを教えてやろうと思うものの、目下は時間もなければ、そうしようという気も起きない。しかもこちらがいちばん疲れて悩んでいるときに限って、邪魔をしてくる気がして、叱りつけてしまうこともしばしばだった。

いきなり叱責されたウェイドが丸い目に強い恐怖の色を浮かべるのも、癪にさわった。この子はおびえると、妙に阿呆面になるのである。しかしスカーレットは気づいていなかったが、幼いウェイドは大人には理解できないほど大きな恐れと隣り合わせに生きていた。まさに恐怖にとりつかれて暮らしていたのだ。魂をゆさぶり、夜中に悲鳴をあげて起きてしまうような恐怖。不意に物音がしたり、きつい言葉が飛んだりするだけで、ウェイドは震えだした。というのも、その心のなかでは、大きな物音と厳しい物言いはヤンキーと密接に結びついており、プリシーの言う「ユーレイ」よりヤンキーたちが怖いぐらいなのだ。

包囲戦で爆音が轟（とどろ）くようになるまで、ウェイドは満ち足りて静穏な生活しか知らなかった。母親にろくにかまってもらえなくても、やさしく可愛がってくれる言葉しか聞かされたことがなかったのに、ある晩、ゆり起こされてみると空が真っ赤に燃えていて、耳をつんざくような砲撃の音が響いて、状況が一変してしまった。あの夜とその翌日、ウェイドは生まれて初めて母にたたかれ、母が自分に声を荒らげるのを聞いた。ピーチツリー通りに建つレンガ造りの家での快適な生活、彼が知る唯一の暮らしはひと晩のうちに消え去り、その痛手からウェイドはついぞ回復していない。アトランタから脱出するさいも、ただヤンキーに追いかけられていることしか理解できず、いまもヤンキーに捕まって切り刻まれてしまうんじゃないかと、おびえながら暮らしていた。スカーレットが声をあげて叱りつけるたび、初めて怒鳴られたときの恐怖が幼い記憶に甦り、恐ろしさでへなへなと力が抜けていくのだ。ヤンキーと怒声は彼の心のなかで分かちがたく結びつき、それゆえ母を恐れることになった。

　息子が自分を避けるようになっているのは、スカーレットも嫌でも気づいたし、毎日のはてしない作業の合間に珍しく時間ができれば、そのことが大いに気になりもした。始終スカートにまといつかれるよりむしろ不愉快であり、息子が逃げこむ先がメラニーのベッドだという事実にもむっとしていた。ウェイドはそこでおとなしくメラニーに教わったゲームをしたり、彼女が話してくれる物語に耳を傾けたりしている。おだやかな声でいつも頰笑んでいる「おばちゃま」が彼は大好きで、「シーッ、静かに、ウェイド！　頭が痛くなるわ」とか「もじもじするんじゃないの、ウェイド！いいかげんになさい！」などと怒鳴る母とは大違いらしい。

　息子をかわいがる時間もその気もないのに、メラニーがかわいがる姿を見るとつい嫉妬してしまう。ある日、ウェイドがベッドで逆立ちのまねごとをして、メラニーの上に倒れこむのを目撃したときには、ひっぱたいてやった。

「具合の悪いおばちゃまをそんなに揺するなんて、どういうこと？　さっさと裏庭へ行って遊んでなさい。この部屋には二度と入るんじゃありません」

　そう叱りつけると、メラニーは弱々しい腕を差しのべて、大泣きする子どもを引き寄せた。

「さあ、さあ、ウェイド、泣かないで。揺するつもりなんてなかったのよね？　ウェイドはちっとも邪魔じゃないのよ、スカーレット。ここにいさせてあげて。わたしにもお世話をさせてちょうだいな。わたし、体が元にもどるまではこれぐらいしか出来ることがないし。あなたは家の仕事で手一杯で、この子のお守りまでは無理でしょう」

「馬鹿（ばか）なこと言わないで、メリー」スカーレットはぴしゃりと言い返した。「あなた、本当ならもっと回復してるはずなんだから。しかもウェイドがお腹に倒れてくるんじゃ、良くなるものも良くならないわよ。さあ、ウェイド、こんどおばちゃまのベッドにいるのを見つけたら、ただじゃすまないからね。ぐずぐず泣くんじゃないの。まったく、しょっちゅうぐずぐず言ってるんだから。男らしくなさい」

ウェイドは地下室にかくれようと、泣きじゃくりながら逃げだした。メラニーは唇を噛（か）んで目に涙を浮かべ、一方、廊下にいていまの一幕を目撃していたマミーは顔をしかめて、フンッと息をついた。とはいえ、最近、スカーレットにはだれも言い返せなくなっていた。みんなあの舌鋒（ぜっぽう）をむけられるのが怖いのだ。スカーレットの体に住みついた未知の人物を恐れている。

スカーレットはいまや君主として〈タラ〉に君臨しており、いきなり権力の座にのぼった人々によくあるように、奥に潜んでいた弱い者いじめの本能が表にあらわれてきていた。根っから心ない人間なのではない。自身も不安でたまらず、自信がもてないからこそ、この無能さを見抜かれて権威を失くさないよう、虚勢を張ってまわりに辛くあたっているのだ。それだけでなく、人を怒鳴りつけて震えあがるのを見るのはなかなか快感でもあった。張りつめた神経がいっときゆるむ。自分の性格が変わってきていることには、スカーレットも無自覚ではなかった。ときどき、こちらのつっけんどんな命令にポークが下唇を突きだしたり、マミーが「近ごろは、高飛車なおかたがいるねぇ」とつぶやいたりすると、わたしのたしなみはどこへ行ってしまったんだろうと嘆息した。エレンが苦心して仕込んでくれた行儀や優しさは、秋になって寒風が吹いたとたんに散ってしまう木の葉のごとく、いまや跡形もなくはがれ落ちていた。

母は口を酸っぱくして諭したものだった。「弱い者には、とくに使用人には、毅然としながらもやさしい態度で接するのですよ」——とはいえ目下は、やさしい態度で接したら、召使たちは日がな厨房にたむろして、内働きは野良仕事なんかやらされなかった古き佳き時代を恋しがっていつまでもしゃべっているだろう。

「妹たちを愛し慈しみなさい。病人には親切になさい」母は言ったものだ。「それから、悲しんでいる人、困っている人にも思いやりを」

いまのスカーレットは妹たちを愛せなかった。ただ肩にのしかかる重荷にすぎない。でも慈しむと言えば、この姉は妹たちの体を拭いて髪を梳かしてやり、ちゃんと食べさせてやっているんじゃないの？　毎日、野菜を見つけるのに何マイルも歩きまわりもして。それから、恐ろしい牛が角をふり立ててくるたびに心臓が飛びでそうになりながら、牛の乳搾りも覚えようとしているじゃないの？　親切について言えば、そんなものは時間の無駄。あの子たちに親切にしすぎたら、病床に伏すのが長引くだけだろう。できるだけ早く床を離れてほしいものだ。手伝いの手が四本増えることになるのだから。

ふたりの回復ははかばかしくなく、ベッドに横たわる体はやせ細ってか弱げだった。なにしろ病で意識がない間に、世界は一変していた。ヤンキー軍がやってきて、奴隷たちは逃げだし、お母さまが亡くなっていた。信じられないことが三ついっぺんに起き、スエレンとキャリーンの頭はそれを受け止めきれていなかった。ときどき、自分はまだ熱に浮かされているにちがいない、こんなことは現実には起きていないんだと思おうとした。なんたってスカーレットもこんなに人が変わってしまって、これが現実の姉のはずがない。この長姉がベッドの足元から身を乗り出して、あなたたちが回復したらこれこれの仕事をやってもらうからと説明する姿を、ふたりは化け物でも見るような目で見ていた。そうした仕事をやってくれる百人からの奴隷がもうこの屋敷にはいないという事実は、ふたりの理解を超えていた。オハラ家の令嬢が肉体労働をさせられるなんて、どうにも理解できなかったのだ。

「でも、姉さん」キャリーンは訳が分からず、子どもっぽく愛らしい顔をぽかんとさせていた。「わたし、薪なんて割れないわ！　手が荒れてしまうもの！」

「わたしの手を見なさい」スカーレットは見るも恐ろしい微笑みをたたえながら、まめと胼胝（たこ）だらけの掌（てのひら）を妹の目の前にぐっと突きだした。

「お姉さん、チビちゃんとわたしにそんなこと言いつけるなんてひどいわ」スエレンが声を高くした。「きっと嘘（うそ）をついて脅そうとしているのね。お母さまがここにいたら、わたしたちにむかってそんなこと言わせないのに！　薪を割れですって、冗談でしょう」

か弱い目で姉を憎々しげに見るスエレンは、スカーレットが意地悪をしようとしてこんなことを言っているのだと思っていた。スエレンは自分も一度は死にかけ、母を亡くし、寂しく怖い思いをしているのだから、やさしく慰めて大切に扱ってほしいのだ。なのにスカーレットが毎日ベッドの足元にやってきては、あの翠色のつり目に見たこともないような憎しみの色をきらりとさせ、だいぶ良くなったようね、などと言って、ベッドメイキングだの、炊事だの、水汲(みずく)みだの、薪割りだのについて説明していく。しかも、そんなとんでもない話をなんだか嬉(うれ)しそうに話している。

そう、スカーレットが喜びを感じているのは事実だった。召使たちをいじめ、妹たちの気持ちをなぶるのは、不安と緊張と疲労のせいで、どうしようもない面もあったが、そればかりではない。暴戻(ぼうれい)な態度をとることで、母に教えられた人生訓はなにもかも間違いだったという苦々しい思いを一時でも忘れられるからである。

母の教えはいまとなってはなんの価値もない。スカーレットの心はひりひりと痛み、指針を失って戸惑っていた。エレンには自分が娘たちを育ててきた文明社会がゆくゆく崩壊することなど予想できなかったろうし、娘たちを社交界でりっぱにやっていけるよう厳しく躾(しつ)けてきたのに、その社交界名士たちの農園が消えてなくなるとは思いもよらなかったはずだが、スカーレットはそんなことには思い及ばないのだった。やさしく、情け深く、人に褒められるような、親切で、謙虚で、正直な人間におなりなさいと、娘に説いたときのエレンは、安定したこれまでの毎日と同様、おだやかに続いていく未来図を見ていた。もちろん、そんなことにもこの娘は思い至らなかった。

〝女性はこうした教えをきちんと身につけてこそ、幸せな人生が送れるのですよ〟お母さまはそう言ったけれど……。

スカーレットは失意のあまりこう考えた。「なにひとつ、そうよ、なにひとつ、お母さまが教えてくれたことは役に立たないじゃないの！　親切にしてなにか良いことがあると言うの？　やさしさにどんな価値があるの？　野良働きみたいに畑の鋤き方とか綿花の間引き方を身につけておくほうがよほど良かった。ええ、お母さまの言うことはみんな間違いでした！」

そうはいっても、エレン・オハラの秩序だった世界は消え去って、野蛮な世界にとって替わられ、あらゆる基準、あらゆる価値観は一変してしまったのだが、スカーレットはそう考えて立ち止まってみることもしなかった。ただ、いまの自分に分かるのは――分かると思うのは――母は間違っていたということだけで、この娘はなんの準備もないながら、この新しい世界を迎えるために速やかな切り替えをおこなったのである。

ただし〈タラ〉への思いだけは変わっていなかった。畑からぐったり疲れて帰ってきても、野放図に広がる白い屋敷を見れば、きまって愛しさと家へ帰ってきた喜びで、胸ふくらんだものだ。窓から、緑の牧草地や、赭土の畑や、高い木々の枝がからまる沼地の森を見晴らせば、美しさに感動するのが常だった。真っ赤な土の丘陵地がおだやかに起伏するこの土地への愛、鮮血の赤、深紅、レンガ色、朱色と微妙に色合いを変え、春には青々とした草木が夢のように萌えだし白い花が咲き誇るこの赭土の美しい大地への愛は、スカーレットという人間の一部であり、他のすべてが変わろうとけっして変わらないものだった。こんな土地はここ以外に世界のどこにもない。

〈タラ〉を見れば、なぜ戦争が起きるのか少しは分かる。男たちはお金のために戦うとレットは言ったけれど、それは違う。そう、南部の男たちは、柔らかく鋤き起こされてなだらかに起伏する畑、草がきれいに刈りこまれた緑の牧草地、のどかに流れる黄土色の川、マグノリアの木蔭で涼む白亜の屋敷、そんなもののために戦うのだ。戦いに値するものなどこれぐらいだ。自分たちのものであり息子のものでもある赭土の大地、孫子の代まで綿花をもたらしてくれる赭土の畑だけが、戦いに値する。

いまのスカーレットには、踏みにじられた〈タラ〉の畑しか残されていない。母とアシュリは逝き、父はショックで呆け、お金も使用人も安全も社会的な地位も、なにもかも一夜にして消え失せてしまったのだから。この土地について父と交わした会話を、まるで別世界での出来事のように思いだし、戦いに値するのは土地だけだと父さんが言ったその意味を理解できなかったとは、なんと幼く、物知らずだったんだろうと思った。

「この世で確かに残るものは土地だけだ……アイルランド人の血が一滴でも入っていれば、自分の暮らす土地は母親同然のものになる……土地こそ、われわれが労力を注ぎ、わがものにせんと争い——ときには命までも懸けるに値する唯一のものなのだ」

そのとおりよ、〈タラ〉こそが戦いに値する。そのためなら、わたしはなんの疑問もなくすんなり戦いを受けいれる。だれもわたしから〈タラ〉は奪えない。なにがあろうと、わたしも家のみんなも親戚(しんせき)の情けにすがる居候(いそうろう)暮らしなんてするものか。そのことでみんなに大変な苦労をかけることになろうと、わたしは〈タラ〉を守り通してみせる。

26

アトランタから〈タラ〉にもどって二週間もする頃には、スカーレットの足のいちばん大きなまめは膿みだして腫れあがり、靴もはけずに踵でよちよちと歩くしかなくなってしまった。爪先のひどい赤むけを見るたび、やけを起こしそうになった。兵士の怪我のように壊疽を起こして、お医者もいないこの僻地で死んでしまったらどうしよう？　人生はかくも苦しくとも、まだ世を去る気はさらさらなかった。自分が死んだらだれが〈タラ〉の面倒をみるんだろう？

帰宅した当初は、そのうち父ジェラルドが昔の精気をとりもどし、家を取り仕切ってくれるだろうと楽観していたが、この二週間でそんな望みも潰えた。いまでは、好むと好まざるとにかかわらず、このプランテーションとそこで暮らす人々の生活は、経験ゼロの自分の手にかかっているのだとスカーレットは悟っていた。なにしろ父はいまだに夢でも見ているようにじっと座っているばかり。〈タラ〉の運営のことなど恐ろしいほど念頭になく、ただおとなしく。アドバイスを乞うても、こんな答えしか返ってこなかった。「自分が最良と思うことをしなさい」さらにひどいときは、「母さんに相談したらどうだ」と。

この父が変わることはもうないだろう。スカーレットはそう気づき、この事実をなんの感慨もなく受けいれた――ジェラルド・オハラは死ぬまで妻のエレンを待ちつづけ、その足音に耳を澄ましているだろう。いまの父は時が止まった薄暮の境域にいて、そこではいつも隣の部屋に妻がいるのだ。妻が亡くなったとき、父という存在の主ぜんまいが飛んでしまい、それと同時に、あの威勢のいい自信や、図太さや、あくなきバイタリティも消し飛んだ。父は妻を観客にして、ジェラルド・オハラの怒濤のドラマを演じてきたのだった。いま舞台の幕は降りてもはや開くことはなく、フットライトがほの暗く照らすなか、大切な観客は突然、姿を消してしまい、ひとけのない舞台に残された老俳優は呆然として、合図が出るのを待っている。

その朝、スカーレット、ウェイドと病身の女性三人を除いた全員が、例の雌豚を見つけに沼地へ出かけていたので、家の中はしんとしていた。この日はジェラルドまでがちょっと覚醒したようで、片手でポークの腕をつかみ、もう片手にロープを一巻き持って、鋤き起こした畑をのろのろと歩いていった。スエレンとキャリーンはいつものように泣き疲れて寝入ったところだった。一日に少なくとも二度は、亡き母を想って悲しみと心細さによる涙がふたりのこけた頰に流れるのだった。メラニーはその日、初めて身を起こして枕によりかかり、繕ったシーツを掛けてふたりの赤子にはさまれていた。羽毛のように柔らかな亜麻色の髪をした子を片腕にそっと抱き、もう一方の腕には、黒い縮れ毛をしたディルシーの子を抱いている。ウェイドはベッドの足元に座って、おとぎ話に耳を傾けていた。

スカーレットにしてみれば、〈タラ〉の静寂は耐えがたかった。あの長かった一日、アトランタからここへ帰るまでに、荒れはてて死んだように静まりかえった野辺を通りすぎてきたが、その静けさを痛烈に思いだすからだ。乳牛もその子牛もしばらく鳴き声のひとつもあげていない。部屋の窓の外で鳥がさえずることもなく、耳ざわりな葉音をさせるマグノリアの木に何世代も棲みついてきたマネシツグミのうるさい一家も、その朝ばかりはなりをひそめていた。スカーレットは開け放った寝室の窓の近くにローチェアを引っぱってきて、正面の馬車道、芝生、そして道路のむこうに広がる家畜のいない緑の牧草地を見晴らすと、膝の上までしっかりスカートをたくしあげて椅子に座り、窓のさんに両手で頰杖をついた。脇の床には、水の入ったバケツが置いてあり、ときおりまめのできた足をそこに浸けては、傷がしみて顔をしかめた。

スカーレットはむしゃくしゃして、腕に顎をうずめた。この爪先ときたら、力がいちばん必要なときに膿みだすんだから。あのマヌケさんたちだけでは親豚は捕まらないだろう。子豚を一匹一匹捕まえにいくのに一週間もかかったし、親豚にいたっては二週間たってもまだ自由の身のままだ。沼地にスカーレットも一緒に行けば、ロープを手に、ドレスを膝上までまくりあげ、投げ輪であっというまに親豚を捕まえてやるだろうに。

でも、親豚を捕まえたとしても――もし捕まえたらどうするのだろう？　雌豚と子豚たちを食べてしまったらその後は？　人生はつづいていくし、食欲もなくならない。冬が近づいているのに、食糧がない。隣人の菜園からとってきた乏しい野菜も底をついてしまう。干し豆やモロコシやひきわり粉や米もなくてはならないし――それから――ああ、要るものばかりだわ。来春撒くトウモロコシと綿花の種も必要だし、新しい衣類も。こんなにたくさんどうやって調達し、どうやってお代を払うというの？

スカーレットはこっそり父のポケットと金庫をあさってみたが、見つかったのは南部連合政府債の束と南部紙幣で三千ドルの現金だけだった。これじゃ、この家全員のまともな食事が一食ぶん用意できるていどね……。スカーレットは心の中で厭味を言った。いまや南部紙幣の価値はゼロどころではなかった。とはいえ、お金があって食糧を見つけたとしても、どうやって〈タラ〉まで運んでくるのだろう？　神さまはどうしてあの老馬を死なせてしまったの？　レットが盗んできたあんなみじめな馬だって、いてくれれば大助かりだったのに。ああ、道むこうの放牧地を跳ねまわっていた毛並みのいいラバたち、美しい馬車馬たち、わたしのかわいい牝馬（めすうま）、妹たちのポニーや、ターフを疾走していた父の大柄な雄馬――ああ、あのなかの一頭だけでもいい、いちばん言うことをきかないラバでもいてくれたら！

でも、馬なんかどうでもいい――足の傷がよくなったら、歩いてジョーンズボロへ行ってやろう。そんな長距離を歩いたことはないけど、歩き通してみせる。もしヤンキー軍に街をすっかり焼き払われていたって、そのへんのだれかが食べ物を買える場所を教えてくれるだろう。ウェイドのやつれた顔が目に浮かんだ。ヤムイモ好きくない、と、またうるさく言うだろう。ドラムスティック〔鶏などの下腿の骨付き肉〕だのライスだのグレーヴィだのが欲しいんだ、と。

前庭に射（さ）す明るい陽が急に涙でくもり、木々がぼやけた。スカーレットは腕に顔を突っ伏して、泣くまいとこらえた。いま泣いても何にもならない。泣くのが功を奏するのは、なにかお願いできる男性がそばにいるときだけ。顔をうずめてぎゅっと目をつむり、涙を押しもどしたところで、駆けてくる馬の蹄（ひづめ）の音が聞こえてはっとした。

それでも、頭はあげなかった。この二週間、昼夜問わず、空耳でこんな音を聞くことがしょっちゅうあったからだ。母のスカートの衣ずれの音が聞こえた気がするのと同じこと。例によって胸の鼓動が速まってきたので、きつく自分に言い聞かせた。「ばかね、気のせいよ」

ところが、蹄の音はびっくりするほど自然にスローダウンし、歩くリズムになったかと思うと、ザッザッと規則正しく砂利を踏む音に変わった。馬が近づいてくる——タールトンのだれかかしら、それともフォンテインのだれか！　スカーレットは弾かれたように頭をあげた。そこにいたのは、ヤンキー軍の騎馬兵だった。

とっさにカーテンの後ろに身をかくし、生地の襞をとおしてぼんやり見える男の姿を食い入るようにのぞき見た。驚きのあまり息も止まりそうだ。

だらしない恰好で鞍にまたがる兵士はまるまると太った男で、のび放題の黒い口髭がボタンをはずした青い上着にまでもじゃもじゃと垂れていた。小さな目は寄り目ぎみで、炎天下に目を細めながら、きつそうな青い制帽のまびさしの下から悠然と屋敷のようすをうかがっていた。男がゆっくりと馬を降り、手綱をつなぎ柱に掛けたとたん、スカーレットはみぞおちを殴られた人が息を吹き返すように、突然苦しげに呼吸をはじめた。ヤンキー兵が、長いピストルを腰にさしたヤンキー兵が！　しかもここには病身の女三人と赤ちゃんたちとわたししかいない！

　男がホルスターに手をかけ、小さい珠のような目できょろきょろ辺りをうかがいながら、屋敷への歩道をのんびりと歩いてくると、スカーレットの頭には、ピティ叔母が声をひそめて話していた、無防備な女性たちを暴行するとか、喉をかき切るとか、死にかけの女たちがいる家に火を放つとか、うるさく泣く子どもらを銃剣で刺し殺すなどなど、「ヤンキー」の名と結びついた言葉に尽くしがたい残虐な図が、ごちゃごちゃになって駆けめぐった。

　恐怖に駆られてまず考えたのは、クローゼットに隠れる、ベッドの下にもぐりこむ、裏階段を駆けおり、悲鳴をあげながら沼地へ逃げるなど、男から逃れることばかりだった。そのうち玄関への上がり段をそっとあがってくる音が聞こえ、忍び足で玄関に入った音がすると、スカーレットは逃げ道を断たれたことを悟った。ぞっとしてすくみあがり、身じろぎもできずにいるうちに、男は階下の部屋から部屋へと歩きまわり、留守宅だと思ったのだろう、その足音はだんだん大きく無遠慮になってきた。いまはダイニングルームにいるようだが、きっとすぐに出てきて厨房に入るだろう。

　厨房のことを考えたとたん、不意にスカーレットの胸に怒りが湧きあがってきた。ナイフで心臓を突かれるような峻烈な怒りで、圧倒的な怒りを前にして恐怖心は散り去った。厨房に入られた！　いま、かまどの火には鍋が二つかけてあって、ひとつはリンゴを煮つめており、もうひとつは〈トウェルヴ・オークス〉やマッキントッシュ農園から苦労して運んできた野菜でごった煮を作っていた——腹をすかせた九人の人間に出さなくてはいけないのに、二人前あるかないかの量だった。スカーレットは何時間も空腹をがまんして、狩りに出た人たちを待っていたから、少しばかりの食物をヤンキーに横取りされると思うだけで、怒りでわなわなと震えてくるのだった。

ヤンキーなんてみんな呪われればいい！　イナゴの大群みたいに襲いかかってくるや、〈タラ〉のものを奪い尽くしてじわじわと飢えさせ、そのうえ舞いもどってきて乏しい残り物を盗もうというのだ！　空っぽの胃袋がよじれそうになった。神にかけて、このヤンキーにばかりはこれ以上盗みはさせない！

すり減った靴を脱いではだしになると、膿んだ足の痛みも感じないまま、ドレッサーに歩みよった。音をひそめながら一番上の抽斗を開け、アトランタから持ってきた重いピストルをとりあげた。チャールズが挿していったもののついぞ発砲することのなかった武器だ。壁のサーベルの下に掛かった革製の箱を探って弾薬をとりだし、それを銃にこめる手はもう震えてはいなかった。二階の廊下へ音をたてずにすばやく飛びだすと、片手で手すりにつかまって体を支え、ピストルを腿のあたりにぴたりとつけてスカートの襞でかくしながら、階段を馳せおりていく。

「だれだ、そこにいるのは？」鼻にかかった声があがり、スカーレットは階段の途中で立ち止まった。血がどくどく打つのが耳に大きく響き、男の声もろくに聞こえなかった。「止まれ、さもないと撃つぞ！」また声が飛んできた。

男はダイニングルームへの入り口に、前屈みになって身構え、片手にピストルを、もう片手には小さな紫檀の裁縫箱を持っていた。箱の中には、金製の指ぬき、持ち手が金製の裁縫ばさみ、上部に金を被せた小さなドングリ型の針みがきなどが入っているはずだ。スカーレットの脚は膝のあたりまで冷たくなっていたが、顔は怒りで燃えるように熱かった。お母さまの裁縫箱をヤンキーが手にしている。こう怒鳴りつけてやりたかった。「箱を置きなさい、その箱を！　この汚らわしい――」ところが、言葉にならなかった。手すり越しに男をにらみつけることしかできず、そのうち、初めは警戒心からけわしい表情をしていた男の顔に、小ばかにしたような、媚びたような笑いが浮かぶのが見てとれた。

「そうか、人がいたのか」男はピストルをホルスターに挿しもどしながら言うと、玄関ホールに出てきてスカーレットの真下あたりに立った。「独りきりなのかい、お嬢さん？」

スカーレットは一弾指の間に、手すりの上からピストルを突きだし、驚いたようすの髭面の男に狙いをつけた。そして男がベルトをまさぐる暇もあたえず、引き金をひいた。発砲の反動で後ろによろめくうちにも、凄まじい銃声が耳にこだまし、硝煙のつんとする臭いが鼻を刺激した。男は床へ後ろざまに倒れこみ、ダイニングルームに大の字に伸びると、その振動で家具がゆれた。手にしていた裁縫箱が落ちてガチャンと音をたて、中身がまわりに散らばった。スカーレットはわれ知らずつぎの行動を起こして階段を駆けおりると、男のそばに立って、鬚の上にある顔の残骸を凝視した。鼻があったところは穴になって血が噴きだし、どんよりした目は弾で焼けただれていた。見れば、血の筋が二本、磨きこんだ床に流れていく。一本は男の顔面から、もう一本は後頭部から。

ええ、死んでる。間違いなく死んでるわ。わたし、人を殺してしまったんだ——

硝煙が渦巻きながらゆっくりと天井にのぼっていき、血のしみが足元に広がった。いっとき時を忘れて立ちすくんでいると、いまだに暑い夏の朝の静寂のなか、無関係な物音や匂いが妙に強く感じられた。早鐘のように打つ心臓の音、マグノリアの微かな葉ずれの音、遠くで沼地の鳥の啼く哀れな声、窓の外に咲く花々の甘い薫り……。狩猟の時でさえ殺生の瞬間には決して居合わせないようにしていた自分が、人を一人殺した。精肉小屋で屠られる豚や、罠にかかったウサギの甲高い鳴き声を聞くのすら耐えられなかったわたしが。人殺しをするなんて！　スカーレットはぼんやりとそう思った。そう、わたし、人を殺したんだ。ああ、そんなことがこの身に起きるなんてありえない！　しかしずんぐりとして毛深い手が床に投げだされ、そのそばに裁縫箱がころがっているのを見ると、いきなり気力がよみがえり、残忍な冷たい悦びがこみあげてきた。鼻があった場所に空いた傷口を踵で踏んづけ、男のなま温かい血を素足に感じて、甘美な歓びにひたってもいいぐらいだ。〈タラ〉の、お母さまの、敵を討ってやった。

そのとき、上階の廊下をまろぶように急ぐ足音が聞こえた。しばしの間があり、また足音がし、こんどは弱々しく足を引きずるように歩く音、その合間に金属のぶつかりあう音がした。スカーレットは時間の感覚と現実感をとりもどし、はっと見あげると、階段のてっぺんにメラニーが立っていた。ねまき代わりに使っているぼろぼろのシュミーズを着けただけの恰好で、か弱げな腕に重たいチャールズのサーベルをたずさえている。メラニーの目は階下の光景をそっくり見てとった。青い制服姿で伸びている男、そのまわりにできた赤い溜まり、脇にころがる裁縫箱、そしてはだしのスカーレットが真っ青な顔で、銃身の長いピストルを握りしめている。

沈黙のなかでメラニーとスカーレットの目があった。いつもやさしいメラニーの顔は冷酷な誇りで輝き、そのほほえみは称賛と烈しい歓喜にあふれており、それはスカーレット自身の胸に渦巻く激情に勝るとも劣らなかった。

まあ、驚いた――メラニーもわたしと同類なのね！　いまのわたしの気持ちを分かっているんだわ！　スカーレットは長く思える一時にそう考えた。この人ならやはり同じことをしたはずよ！

スカーレットはぞくぞくしながらメラニーを見あげた。これまで吹けば飛びそうなこのか弱い女性には、嫌悪や軽蔑しか感じたことがなかったのに。いまは、アシュリの妻に対する憎しみと競るようにして、感嘆の気持ちと親近感が湧きあがってきた。つまらない嫉妬でくもっていた目が晴れると、メラニーのやさしい声とハトのように柔和な目の奥に、不撓の鋼の薄い刃がきらめくのが見え、メラニーのおだやかな血のなかに果敢さの高らかな印を感じとった。

「スカーレット！　スカーレット！」スエレンとキャリーンの弱々しくおびえた甲高い声が、閉めたドアのむこうからくぐもって聞こえ、ウェイドが「おばちゃま！　おばちゃま！」と叫ぶ声が響いた。メラニーは唇にさっと指を立てると、階段のてっぺんにサーベルを置いて、上階の廊下をつらそうに歩いていき、病室のドアを開けた。

「ご心配なく、怖がりさんたち！」メラニーは陽気な声でからかってみせた。「お義姉さまがチャールズのピストルの錆落としをしようとして弾が暴発したのよ。お義姉さまも死ぬほどびっくりなさってたわ！」……「だいじょうぶよ、ウェイド・ハンプトン、お母さんがお父さんのピストルを撃ってしまっただけなの！　あなたも大きくなったら、きっと撃たせてくださるわよ」

まあ、クールに嘘をつくこと！　スカーレットは感心しきっていた。わたしだったらあんなにすばやく頭がまわらないわ。でも、どうして嘘をつくの？　わたしが男を殺したこと、みんなに知らせるべきじゃないかしら。

また死体を見おろすと、さっきまでの怒りとショックが溶けてなくなり、嫌悪感が襲ってきて、その反動で膝が震えだした。メラニーはまた重い足どりで階段のてっぺんまでもどってくると、手すりにつかまり、血の気のない唇を噛みながら段を降りはじめた。

「ベッドにもどってよ、おばかさんね、死んでしまうわよ！」スカーレットは怒鳴ったが、メラニーは半裸の恰好のまま、しんどそうに玄関ホールまで降りてきた。

「スカーレット」メラニーは囁き声で言った。「その人、ここから運びだして埋めてしまいましょう。独りではないかもしれないし、それがここにあるのを仲間が見つけたら――」と言って、スカーレットの腕につかまり体を支えた。

「いいえ、きっと独りよ」スカーレットは言った。「二階の窓から仲間の姿は見えなかったもの。脱走兵じゃないかしら」

「独りだとしても、このことはだれにも知られてはいけないわ。使用人たちがよそでしゃべらないとも限らないし、話が伝わったら、だれかがあなたを捕まえにくる。スカーレット、みんなが沼地から帰ってこないうちに、その人を隠してしまいましょう」

せっぱつまったメラニーの声にかきくどかれ、スカーレットもつぎの行動を起こそうと必死で考えだした。

「庭の隅に埋めたらどう、あの葡萄棚（ぶどうだな）の下に――あそこは、ポークがウィスキーの樽（たる）を掘りだしたから、地面が柔らかくなっているはずよ。とはいえ、どうやってあそこまで運んだものか？」

「ふたりで片脚ずつ持って、引きずっていきましょう」メラニーはきっぱりと答えた。

不本意ながら、スカーレットのなかでメラニーの株はあがる一方だった。

「その体じゃ、猫一匹引きずれないでしょ。わたしが引きずっていくわ」スカーレットはぶっきらぼうに返した。「いいから、あなたはベッドにもどって。ほんとに死んじゃうわよ。わたしの手伝いなんかしようと思わないこと。そうでないと、わたしが担いででも寝室に連れていくわよ」

　メラニーは青白い顔をしながらも笑み崩れて、やさしく理解ある表情を見せた。

「大好きよ、スカーレット」そう言って、相手の頰に軽く唇を押しあてた。そして、びっくりしたスカーレットが呆然としているうちに、こうつづけた。「あなたがこれを引きずりだしてくれたら、わたしはこの――この汚れたところをきれいに拭いておくわ。みんなが帰ってこないうちにね。ところで、スカーレット――」

「なに?」

「この人のナップザックを探ってみるのは人の道に悖ると思う? なにか食べ物を持っているかもしれないでしょう」

「探してわるいわけないわ」スカーレットはそう答えながら、その点に自分で気づかなかったのが癪にさわった。「あなたはナップザックを調べて。わたしはポケットを探ってみるから」

　スカーレットは嫌悪感を覚えながら、男の上に屈みこんで上着の釦をぜんぶはずし、ポケットというポケットを順番に検めていった。

「すごいわ、見てこれ」と声をひそめながら引っぱりだしたのは、膨れあがった財布で、ボロ切れが巻かれていた。「メラニー――メリー、この財布、お金がたくさん詰まってるみたい！」

メラニーはなにも答えず、いきなり床に座りこむと、壁にもたれかかった。

「あなたが見てくれる」と、震える声で頼んできた。「わたし、ちょっとふらふらして」

スカーレットはボロ切れをむしりとると、震える手で革の折りたたみ財布を開いた。

「見て、メリー――いいから、見て！」

財布を見たメリーの目が大きく瞠（みは）られた。そこには札束が一緒くたに突っこまれていた。合衆国紙幣（グリーンバック）にいくらか南部紙幣も混じっており、そのなかで十ドル金貨一枚と、五ドル金貨二枚が光っていた。

「お金を数えるのは後にしましょ」紙幣をいじりだしたスカーレットにメラニーが注意した。「時間がないんだもの――」

「分かってるの、メラニー、このお金で食べ物が買えるってことよ？」

「ええ、ええ、そうね。分かってるけど、いまは時間がないのよ。他のポケットも調べてちょうだいな。わたしはナップザックを見てみるわ」

スカーレットは財布を置きたくなかった。突然、目の前に明るい展望が開けたのだ

――本物の合衆国紙幣、ヤンキーの馬、それから食べ物！　やっぱり神さまはいらして、こうして与えたもうた。だいぶ変わった与え方をなさったけど。スカーレットはお尻をついて座りこみ、にやにやしながら財布を眺めた。これで食べ物が買える！　すると、メラニーが財布を手からとりあげて言った。

「急いで！」

　ズボンのポケットからは、ろうそくの燃えさしと、ジャックナイフ、噛みタバコ、麻紐の切れ端しか出てこなかった。メラニーはナップザックからコーヒーの小さな箱を手にとり、最高に芳しい香水でも嗅ぐようにうっとりとなった。それから乾パンが出てきた。つぎにケシ真珠を鏤めた金の額縁入りの少女の細密画が出てくると、メラニーの顔つきが変わった。そしてガーネットのブローチ。小さな金鎖のさがった幅の太い金製のブレスレットが二つ。金製の指ぬき。赤子の誕生祝いの小さな銀製カップ、金製の刺繍用はさみ、ダイヤをひと粒嵌めたソリテア・リング、梨形のダイヤの飾りをさげた一対のイヤリング。このダイヤは素人のふたりが見ても、一つでゆうに一カラットは超えていた。

「泥棒よ、この人！」メラニーが死体から後じさりながら言った。「スカーレット、きっとこれ、ぜんぶ盗品なんだわ！」

「そうでしょうとも」スカーレットは答えた。「ここへも、さらに盗むつもりで来たんでしょ」

「あなたが殺してくれてよかったわ」メラニーはいつも穏和な目をけわしくした。「さあ、早くここから運びだして」

スカーレットは屈みこむと、長靴(ちょうか)を履いた死体の両脚をつかんで引きずろうとした。なんて重いんだろう。なんだか自分が恐ろしく非力に思える。もしこの人を運びだせなかったらどうなる? こんどは前をむいて死体に背をむけ、長靴を脇の下に抱えこむ体勢で、思い切り前に体重をかけた。重い死体が少し動き、もう一度ぐっと引っぱる。騒ぎにまぎれて忘れていた足の生傷がずきずきと酷(ひど)く痛み、スカーレットは歯を食いしばって、体重を踵に移した。引いては踏ん張り、ひたいに汗しながら、なんとか玄関ホールを引きずっていくと、通った跡に赤い染(し)みがついてしまった。

「庭に血の跡がついたら、ごまかせないわ」スカーレットは息を切らして言った。「そのシュミーズをかしてよ、メラニー。この人の頭に巻くから」

メラニーの青白い顔が真っ赤になった。

「なに恥ずかしがってるの、見ないわよ」スカーレットは言った。「自分だってペチコートかパンタレットを穿(は)いていたら、使うところよ」

メラニーは壁際にしゃがみこむと、ぼろぼろのリネンの下着を頭から脱ぎ、両手でなるべく体を隠そうとしながら、無言でそれをスカーレットに放ってきた。

やれやれ、わたしはあんなに慎み深くなくてよかった。スカーレットはメラニーの姿を見ずともその羞恥心の葛藤を感じながら、めちゃくちゃになった男の頭部をそのぼろ切れでくるんだ。

痛む足をかばいながらぐいと引っぱり、それを何度も繰り返して、玄関ホールから裏のポーチへと死体を引きずっていきながら、立ち止まって手の甲でひたいの汗を拭い、ちらりとメラニーのほうを振り返ると、彼女はまだ壁際に座りこんで、裸の胸にきゃしゃな膝を抱えていた。メラニーったら、この期におよんでまだ女のたしなみを気にするなんてばからしい。スカーレットはそう思っていらいらした。こういうお上品ぶりが、昔から鼻白むのよね。と思ってから、急に恥ずかしくなった。なんのかの言っても――メラニーは産後まもない体なのに、ベッドから這うようにして助けにきてくれたんじゃないの。しかも重くて持ちあげられないようなサーベルをたずさえて。勇気が要っただろう。そうした勇気は自分にはないと、スカーレットは自覚していた。それは薄い鋼のような、絹織りのような勇気で、アトランタ陥落の悲惨な夜にも、また帰郷の長い道のりでも、メラニーならではの強さを発揮させた。ウィルクス家のみんなにはこれと同様の一見目立たない不可解な勇気が備わっており、スカーレットには理解できないものの、不本意ながら感心せざるを得なかった。

「ベッドにもどってて」スカーレットは肩ごしに言った。「もどらないと体をこわすわよ。この人を埋めたら、わたしがここも掃除しておくから」

「大丈夫、ラグラグで拭いておくわ」メラニーはいまにも吐きそうな顔で血溜まりを見て、蚊の鳴くような声で答えた。

「なら、勝手にしてちょうだい、もう知らないから！　それから、わたしの仕事が終わらないうちに、みんなが沼地からもどってきたら、だれも外に出さないでね、この馬はどこかから迷いこんできたって言うのよ」

メラニーは朝陽を浴びながら震えており、死体の頭部がポーチの上がり段にゴトンゴトンとぶつかる不気味な音を聞くのがいやで、耳をふさいだ。

馬の出どころなど、だれも訊こうとしなかった。最近そのへんの戦場からはぐれてきたのは明らかだし、馬が手に入れば大助かりだからだ。ヤンキーの骸はすでに、スカーレットがスカッパーノンの葡萄棚の下に掘った浅い穴の中に横たわっていた。太い蔓を支えている支柱はもう腐っていたので、その晩、スカーレットが厨房の庖丁でめった切りにした。支柱は倒れ、のび広がってもつれた蔓が墓の上に覆いかぶさった。支柱の取り替えなど簡単な作業のはずだが、スカーレットから修繕の指示はなく、使用人たちはその理由に気づいていたとしても、沈黙をまもっていた。

　疲労のあまり眠れずにいる長い夜、浅い墓から亡霊が起きあがってスカーレットにとり憑く、というようなことはなかった。あのことを思いだしても、恐怖心や後悔の念に苛まれることもなかった。どうしてだろう。たったひと月前ですら、あんなことはとても出来なかったと思うと、余計に不思議だった。えくぼがチャームポイントで、イヤリングをじゃらじゃらさげた、なにをするにもか弱げで、あのかわいらしいハミルトンの若奥さまが、男の顔を銃で吹き飛ばして、急ごしらえの墓に死体を埋めてしまうなんて！　そんなことを聞いたら知り合いたちはさぞ度肝を抜かれるだろう、そう思ってスカーレットはちょっと意地悪くにやりとした。

「このことはもう考えるのはよそう」スカーレットは心に決めた。「もう済んで片が付いたことだし、そう、まともな判断力があれば、あの状況で殺さないわけには行かないわ。たぶん――たぶん〈タラ〉に帰ってきてから、わたしは少し変わったのね。以前のわたしなら出来るわけがないもの」

　その後、この件はとくに意識していたわけではないが、不愉快で困難な仕事に直面したりすると、心の奥に潜むそれが力づけてくれた。「人殺しまでしたわたしが、これしきのことを出来ないはずがないわ」と。

スカーレットは自分で思うよりもずっと変わっていたのである。〈トウェルヴ・オークス〉の奴隷(どれい)の菜園に倒れ伏したあのとき、心の周りにつきはじめた硬い殻は、その後ますますぶ厚くなっていた。

馬が手に入ったので、スカーレットはみずから近隣のようすを探りに出かけた。帰郷してから幾度となく、「この郡にはわたしたちしか残っていないのかしら？　他のみんなは焼け死んでしまったの？　それともみんなメイコンへ疎開(そかい)してしまったの？」と考えて絶望的な気持ちになった。〈トウェルヴ・オークス〉やマッキントッシュ農園やスラッタリー家のぼろ家が廃墟(はいきょ)となった図はまだ記憶に新しく、真実を知るのが怖い気もしていた。とはいえ、くよくよ考えているより、最悪の事態でも知ったほうがいい。まずフォンテイン家に行ってみることにしたのは、いちばん近い隣家だからではなく、お医者のフォンテイン大先生が留まっているかもしれないと期待したからだ。メラニーは医者に診てもらう必要があった。産後の肥立ちが思ったよりはかばかしくなく、衰弱して青い顔をしているのを見ると、スカーレットは不安でたまらなくなった。

　平底靴なら履けるぐらい足のまめが癒えると、スカーレットはさっそくヤンキーの馬にまたがった。片足は短くしたあぶみに入れていたが、もう片方は鞍の前橋に回して横乗りのような姿勢をとり、〈ミモザ〉館が焼け落ちていても気を確かにもつんだと自分に言い聞かせながら出発した。

　うれしいことに、ミモザの木立の中にあらわれた黄色い漆喰塗りの邸宅は、色あせてはいるものの、意外にも昔のままの姿だった。フォンテイン家の女性が三人、邸内から出てきて、スカーレットにキスをし、感極まって声をあげながら迎えてくれたときには、喜びに胸が熱くなり涙が出そうになった。

　ところが、感激してひとしきり親しく声をかけあい、そろってダイニングルームに行って着席すると、スカーレットはなんだか寒気を覚えた。〈ミモザ〉館は街道から遠く離れているので、ヤンキー軍もここまでは進軍してこなかった。そのためまだ家畜や貯蔵品も残っていたが、やはり〈タラ〉や辺り一帯に見られるように、ここも奇妙な静けさにつつまれていた。内働きの女たち四人をのぞいて、奴隷たちはみんなヤンキーが来るのを怖がって逃げてしまったという。この敷地内には、サリーの息子で、オムツもまだとれないジョーを数に入れなければ、男性がひとりもいなかった。この大きな屋敷で暮らしているのは、七十代のフォンテインの「祖母さま」と、いまだに「若奥さん」と呼ばれている嫁（ただしもう五十代だったが）と、二十歳になるかならないかのサリーだけらしい。隣人たちから遠く隔たり、守ってくれる男性もいない状況だったが、三人とも不安はあっても顔には出さなかった。スカーレットが思うに、若奥さんとサリーに限っていえば、この一見はかなげだが剛毅な祖母さまが怖くて、不安のひとつも漏らせないのではないか。じつはスカーレット自身も、過去にこの老婦人の鋭い観察眼とさらに鋭い舌鋒を思い知ったことがあり、恐れをなしていたのである。

血縁もなく年齢も離れていたが、同じ経験をし気持ちを分かちあうことで、フォンテイン家の女性三人は絆で結ばれていた。三人とも手染めの喪服を着て、三人とも疲れ、悲しみ、不安を抱え、すねたり不満を言ったりせずとも、笑顔や歓迎の言葉の奥に怨嗟が見え隠れし、どこかぎすぎすしていた。奴隷は逃げてしまうし、持っているお金は価値を失い、サリーの夫のジョーはゲティスバーグの戦いで戦死し、フォンテインの若先生までヴィックスバーグで赤痢にかかって命を落とし、若奥さんも未亡人となっていたのだ。あと二人の息子、アレックスとトニーはヴァージニア州のどこかにいるらしいが、安否がまったくつかめず、大先生はどこかでウィーラー将軍麾下の騎兵隊についているらしい。

「うちの爺さんは若いふりをしているけど、もう七十三なんだよ。豚がノミにたかられるみたいにあちこちリウマチだらけ」夫を誇りに思う祖母さまは、言葉とは裏腹に目をきらきらさせていた。

「アトランタの近況をなにかご存じありませんか？」スカーレットはなごやかな雰囲気におちついた頃を見計らって、そう尋ねてみた。「わたしたち、すっかり〈タラ〉の田舎に埋もれてまして」

「おや、なにを訊くやら」いつものように客とのやりとりを一手に引き受けていた祖母さまはそう答えた。「うちもおたくと同じ状況だよ。シャーマン将軍があの町を落としたという以外、なにも分からない」

「では、やはり陥落したのですね。シャーマンはなにをしているんです？　いま戦いはどこで起きているんでしょう？」

「こんな僻地に三人だけで暮らしている女たちに、戦況なんか分かるもんですか。もうここ何週間も、手紙や新聞だってとどいていないんだから」老婦人はつっけんどんに答えた。「うちの使用人のひとりがジョーンズボロへ出かけたという使用人に会ったとかいう使用人から話を聞いただけでね。その他はなにも耳に入ってこない。噂によれば、ヤンキー軍はアトランタにただ居座って、しばらく兵士と馬たちを休ませているとか。けど、真偽のほどが分からないのはおたくと同じだよ。南部連合軍が相手をした以上、ヤンキー軍に休息が必要ないとは言いませんけどね」

「みなさんがずっと〈タラ〉にいらしたのに、知らずに過ごしていたかと思うと！」若奥さんが話に割って入ってきた。「馬で会いに出かけなかったのが悔やまれます！でも、こちらも仕事がたくさんありましてね。使用人たちがみんな逃げてしまったので、わたしも家を離れられなかったんです。とはいえ、そちらに出向く時間をつくるべきでした。わたしったら、なんて友だち甲斐のない隣人でしょう。だけど、きっと〈タラ〉も〈トウェルヴ・オークス〉やマッキントッシュ農園みたいに、ヤンキー軍に焼かれて、おたくのご家族はメイコンへ疎開されたものだと思っていたんですよ。あなたが帰ってきているとは夢にも思わなかったわ、スカーレット」

「だって、おびえたオハラ家の黒人たちが目の玉をむいて、〈タラ〉が焼かれるって叫びながらここを駆け抜けていったんだよ。そうなると思うじゃないの」祖母さまが口をはさんだ。

「それに、実際、見たんです――」サリーが言いかけると、

「それをいま、話そうとしたんだよ」と、祖母さまが短く言ってさえぎった。「おた

くの奴隷たちが言うには、ヤンキー軍が〈タラ〉じゅうに野営を張っているので、オハラ家のみなさんはメイコンに避難する予定だと。それでその夜になると、〈タラ〉の方角に火の手があがるのが見えてね、それが何時間もつづくうちに、わが家の愚かな奴隷たちはすっかり震えあがって逃げだしてしまったんだよ。あれはなにを燃やしていたんです?」

「うちの綿花畑です――お金にして十五万ドルぶんの」スカーレットは言葉に恨みつらみをこめた。

「燃されたのがお屋敷でなくて感謝なさい」祖母さまが杖に顎をあずけて諭した。

「綿花ならまた育てられるけど、お屋敷はそうはいかないからね。ちなみに、それまでに綿花は摘みはじめていたの?」

「いいえ」スカーレットは答えた。「もうほとんど全滅です。辺鄙(へんぴ)な川べりの低地に畑が少しありまして、そこの三梱(こり)ぶんぐらいしか残っていないと思います。でも、畑があったからって一体なんでしょう? 野良(のら)働きはみんな逃げてしまいましたから、摘み手がいないんです」

「なにを言うやら、『野良働きはみんな逃げてしまいましたから、摘み手がいないんです』だって!」祖母さまは口真似(くちまね)をして、厭味な目でスカーレットを見た。「あなたのそのかわいいお手々はどうしたの、奥さん、それから妹さんたちの手は？」

「わたしに綿花を摘めと？」いやしい罪を犯せと言われたかのように、スカーレットは唖然として声を高くした。「野良働きのようにですか？　貧乏白人のように？　スラッタリーの女たちのように？」

「おや、貧乏白人はよかったね！　いいですか、奥さん、わたしはね、子どもの頃に父がディらしいものかと思えば！　まったく、あなたがたの世代はもっと柔和でレ財産をなくしたことがあるんだよ。父さんがまた財を築いて奴隷を買うまでは、自分の手でこつこつ作業をしたし、畑にも出た。自分の担当の畝に鍬を入れ、綿花を摘んで。いまでもまた必要とあらば、出来ますとも。やることになりそうな雲行きだけれどね。まったく、なにが貧乏白人だか！」

「そうは言っても、お義母さま」と、フォンテイン家の嫁が割って入り、サリーとスカーレットにすがるような目をむけて、毛を逆立てた祖母さまを一緒になだめるよう訴えた。「いまのお話はずいぶん昔のことで世の習いが違いましたし、今日びは時代も変わりましたから」

「地道な手作業が必要だって時に、時代の違いもなにもあるのかね」鋭い目つきの老婦人はたやすく言いくるめられようとしない。「あなたのお母さんに代わって恥ずかしく思いますよ、スカーレット。まるで地道な手作業をしたら、まともな人間がクズになるような言い方をして。だいたいにして、かの神父いわく、『アダムが大地を耕し、イヴが糸を紡(つむ)ぎし時――』〔イギリスのワット・タイラーの乱の指導者とされる神父ジョン・ボールの言葉。「誰が領主だったか」と続く〕」

なんとか話題を変えようと、スカーレットはあわてて質問した。「タールトンさんとカルヴァートさんのおうちはいかがですの？　焼けてしまったんでしょうか？　みなさんメイコンへ疎開されました？」

「ヤンキー軍はタールトンさんの所までは行っていません。うちみたいに街道からだいぶはずれていますから。けど、カルヴァートさんの所へは押しかけて、家畜や家禽(かきん)類を残らず強奪して、奴隷たちには自分たちについて逃げるよう――」サリーが説明しかけると、祖母さまがまた割って入った。

「ハッ！　黒人の娘たちを絹のドレスだの金のイヤリングだので釣ったんだろう――おおかたそんなところだよ。キャスリーン・カルヴァートが言うには、兵士のなかには、浅はかな黒人娘を馬鞍の後ろに乗っけていったのもいたとか。まあ、混血(ムラート)の赤ん坊がぞろぞろ生まれるのが関の山だ。ヤンキーの血が入ったところで血統が良くなるとも思えないけどね」

「お義母さまったら！」

「そんな大げさな顔しなさんな、ジェーン。みんな既婚者なんだからかまわないじゃないの？　それに、やれやれ、混血の子は以前から見かけたものだよ」

「どうしてカルヴァートさんのお屋敷は焼かれなかったんですか？」

「ほら、あそこの後妻さんはあっちの訛り（なま）が混じっているし、農園監督のヒルトンはヤンキーだし、そんなんで焼かれずに済んだんだろう」祖母さまはカルヴァート家の家庭教師あがりの妻をいつも〝後妻さん〟と呼んだ。前妻が亡くなったのはもう二十年も前なのだが。

「『わたしたちは合衆国連邦（ユニオン）の忠実な支持者ですの』」老婦人は長い鼻で鼻にかかった発音をしながら北部訛りを真似してみせた。「キャスリーンが言うには、後妻さんと監督はあっちこっちで、カルヴァート家の子どもたちはみんなヤンキーだと吹聴（ふいちょう）しているらしいね。しかもカルヴァートのご主人は荒野の戦い〔リー将軍率いる北ヴァージニア軍に、グラント将軍が仕掛けた戦闘〕で亡くなっているし！　レイフォードはゲティスバーグで戦死するし、ケイドはヴァージニアで従軍しているし！　キャスリーンは屈辱のあまり、いっそ屋敷が焼かれればよかったと言ってますよ。ケイドがもどってきてこの話を聞いたら卒倒ものだね。それにしても、ヤンキーの女なんかと結婚するとこうなるという見本だよ――誇りもわきまえもなく、いつも自分の肌のことばかり気にしているような女たちだから……

ところで、〈タラ〉の屋敷はどうして焼かれずに済んだの、スカーレット?」

スカーレットは一瞬、答えをためらった。つぎにきっとこう訊かれるのは分かっていたからだ。「それで、ご家族のみなさんはいかが? 愛しいお母さんは?」と。母が亡くなったことを告げる自信がなかった。この同情心あふれる女性たちの前でそのことを口にしたら、いや、考えただけでも、涙があふれて止まらなくなり、力尽きるまで泣き続けになるだろう。いまは涙に屈するわけにはいかない。帰郷してから泣いたことはなかったし、涙腺を一度ゆるめてしまったら、必死で守ってきた気丈さもどこかへ行ってしまうにちがいない。とはいえ、こうして自分をかこむ友だち思いの隣人たちの顔を見てはとまどう——もしエレンの訃報を伏せたりしたら、きっとフォンテイン家の人たちは赦してくれないだろう。祖母さまはとくにエレンが大のお気に入りだけれど、なにしろこの老婦人がその鋭い目で一目置く相手はクレイトン郡にも皆無に近いのだ。

「どうしたの、話しておくれ」祖母さまは鋭い目つきでスカーレットを見た。「あなた、そのあたりのいきさつを知らないの?」

「ええと、つまり、わたしが帰ってきたのは、この辺りの戦いが終わってからなんです」スカーレットはあたふたと説明した。「その頃にはヤンキーはみんな立ち去っていました。父さんが――父さんが言うには、スエレンとキャリーンが腸チフスを患っていて動かせないので、家を焼くのはやめるよう説得したらしいんです」

「ヤンキーが良心的な行動をとったなんて初耳だね」祖母さまは侵攻者の善行を耳にして、なんだか口惜しそうだった。「それで、妹さんたちの具合はどう？」

「ええ、良くなっています。実際、ずいぶん良くなって、ほぼ全快と言っていいのですが、体がだいぶ衰弱しておりまして」スカーレットはそう答えた。そこで、さっきから恐れていた質問が老婦人の口にのぼりかけているのを察して、すかさず別の話題を提供した。

「それで、あっ、あの、食べ物を少しばかり分けていただけないでしょうか？　ヤンキー軍がイナゴの大群みたいに食べ尽くしていったんです。けど、おたくも充分でないようでしたら率直におっしゃって――」

「ポークを荷馬車で寄越しなさい。うちにある米、ひきわり粉、ハム、それから鶏肉、みんな半分はさしあげます」祖母さまは急に鋭敏な目をして言った。

「そんな、それは頂きすぎです。ほんとに――」

「つべこべ言わない！　聞く気はありませんよ。なんのために隣人がいると思うの？」

「ご親切に、お礼のしようも——でも、今日はもう帰らなくてはなりません。家のものが心配しますので」

祖母さまは不意に立ちあがると、スカーレットの腕をつかんだ。

「あんたがたふたりはここにいなさい」嫁と孫にそう命じると、スカーレットを裏のポーチのほうへ押しだした。「この子とふたりきりで話したいから。階段を降りるのに手を貸しておくれ、スカーレット」

若奥さんとサリーはスカーレットに別れを告げ、近々おうかがいしますと約束した。これから祖母さまがスカーレットとなにを話そうというのか、ふたりとも好奇心が疼いてしかたなかったのだが、本人がしゃべる気にならない限り知ることはできないだろう。お年を召したご婦人がたはむずかしいからね、と若奥さんは針仕事にもどりながらサリーにささやいた。

ポーチで馬勒に手をかけて祖母さまの話を待つスカーレットは、胸が塞いでいた。「さて」と、祖母さまはスカーレットの顔をのぞきこんで話を切りだした。「〈タラ〉になにがあったんです？　あなた、なにをかくしているの？」

スカーレットは顔をあげて老婦人の鋭い目をのぞきこむと、いまなら泣かずに事実を話せそうだと思った。どんな人もこの厳めしい祖母さまの前では、泣く許可でもあたえられない限り泣けないだろう。

「母が亡くなりました」スカーレットはそっけなく答えた。

腕にかけられていた祖母さまの手に力が入って、つねらんばかりになり、黄金色の瞳にかぶさった皺くちゃの瞼がぴくぴくと動いた。

「ヤンキーに殺された――？」

「いいえ、腸チフスが原因です。亡くなったのは――わたしが帰ってくる前日でした」

「そのことはもう考えなさんな」祖母さまはきっぱりと言い、ごくりと唾を飲むのが分かった。「じゃ、お父さんは？」

「父さんは――父さんはどうかしてしまいまして」

「どういう意味です？　話しなさい。病気かなにか？」

「たぶんショックのせいで――なんだかおかしくて――どうかして――」

「〝どうかしている〟なんて言い方はおよし。つまり、気がふれたということ？」

こうも露骨に事実を告げられると、むしろほっとした。妙な同情を寄せられたら泣いてしまうだろうから、祖母さまの態度はありがたかった。

「はい」スカーレットは憮然として答えた。「正気をなくしています。なにをするにもぼんやりして、ときどき母が亡くなったことも忘れているみたいなんです。何時間でもそこに座って、亡き妻を、しかもあんなに辛抱強く待っている父の姿を見るのは耐えられません。だって、以前は子ども並みに我慢のきかない人でしたから。けれど、母が亡くなったのを思いだしたときはもっと悲惨なんです。ときおり、母の衣ずれの音に耳を澄ましながらじっとしていたかと思うと、突然、飛びあがって家を出ていき、うちの埋葬地に向かうことがあります。しばらくして泣き濡れた顔でとぼとぼと帰ってくると、わたしが音を上げるまで何度も何度も、『ケイティ・スカーレットや、ミセス・オハラは亡くなったのだ。おまえの母さんは亡くなったのだよ』と言うんです。毎度わたしが初めて聞くみたいに。それから夜遅くに、母さんの名前を呼ぶ声が聞こえることもあって、わたしは起きだして父の寝室へ行き、お母さまは病気の奴隷の看病をしに小屋のほうに行ってますと、嘘をつくんです。すると、まったく、母さんはいつも人の看病でへとへとじゃないかと、うるさく文句を言って。またベッドに寝かせるのがひと苦労です。まるで子どもみたい。ああ、フォンテイン先生がいらしたら！　父さんのこと、なんとかしてくださるでしょうに！　それはそうと、メラニーもお医者さまの診察が必要なんです。産後の肥立ちが思ったよりかんばしくなくて――」

「メリーに、赤ちゃんが？　しかもおたくにいるって？」

「そうなんです」

「メリーがおたくでなにをしているの？　どうして叔母さんやご親戚のいるメイコンに疎開していないんです？　もちろんチャールズの妹さんではあるけど、あなたがそこまでメリーを好いているとは知らなかったね。どういう事情なのかよく聞かせておくれ」

「話せば長い話なんです。中に入ってお座りになってはいかがでしょう？」

「わたしはこのままで結構」祖母さまはあっさりと答えた。「あのふたりの前で話したら、またわあわあ泣かれて、あなたもわが身を憐れむことになるだろう。さあ、ここで話しておしまい」

　スカーレットはアトランタの包囲戦の最中にメラニーが産み月を迎えたことをしどろもどろに話しだしたが、まじろぎもせず見つめてくる鋭い目にさらされて話を進めていくうちに力がみなぎり、恐怖がよみがえって自然に言葉が出てきた。さまざまなことが一気に呼び起こされてきた。赤ん坊が生まれた日のぐったりするほどの猛暑、日々不安に苛まれたこと、交戦、そしてレットに置き去りにされたこと。夜の獰猛な闇につつまれ、敵か味方かも分からない野営の篝火におびえ、あくる日朝陽のなかで不気味にそびえる煙突を目にし、道ばたにころがる人や馬の死骸(しがい)に行き会い、腹をすかせながら荒れはてた野辺を進み、〈タラ〉の屋敷が焼け落ちていたらと不安に駆られ……そんなことをひとつひとつ話した。

「家に帰りつきさえすれば、あとは母がぜんぶなんとかしてくれる、自分はつらい重荷をおろせると思っていました。家にむかう途上でも、すでに最悪の事態は経験したと思っていましたけれど、母が亡くなったと聞かされると、じつは最悪の事態ってこういうことだと気づいたんです」

スカーレットは地面に目をやって、祖母さまが話しだすのを待った。ところが、やけに長く沈黙がつづくので、ひょっとしてこの不幸のどん底を分かってもらえなかったのではと訝(いぶか)った。やっと話しだした老婦人の声はやさしかった。こんなにやさしく人に話しかけるのは聞いたことがないぐらいだ。

「スカーレット、女がその身に起こりうる最悪の事態に直面するというのは、じつに不幸なことなんだよ。最悪の事態を経験するとね、なにかを心から恐れるということがなくなってしまう。なにかしら恐れるものがないというのは、女にとって不幸なことなんだ。わたしがいまの話を、あなたが経験したことを理解していないと思うの？いや、ちゃんと分かってますよ。わたしはあなたの年の頃、クリーク族の蜂起(ほうき)〔アメリカ南東部の先住民が一八一三年から一四年にかけて起こした大規模な暴動〕に遭った。ミムズ砦の大虐殺の直後だった――そう、あれは……」祖母さまの声は遠い過去から響いてくるようだった。「五十何年か前だから、ちょうどあなたと同年齢の頃だね。わたしはどうにかブッシュに逃げこむと、身を伏せて隠れ、自分の家が焼かれるのも見たし、兄弟と姉妹がインディアンに皮を剝がれるのも見た。それでも、ひたすらそこに伏せて、この隠れ場が炎に照らしだされませんようにと祈るしかなかった。インディアンたちはその場所から二十フィート〔およそ六メートル〕ばかりのところで、母さんも引きずりだして殺したよ。そしてやはり皮を剝いでいった。ひとりのインディアンがしょっちゅうもどってきて、何度もまさかりを母の脳天に突き立てた。わたしは大変なお母さんっ子でね、そのわたしが茂みに伏せて一部始終を目撃したんだ。そうして朝になると、いちばん近くの集落へむかった。近くといっても三十マイル離れていて、インディアンたちのいる沼地を抜けて、到着するのに三日間かかった。それからのわたしは気がふれてしまいそうに見えたと……でも、そこでフォンテイン先生に出会ったんだよ。わたしを介抱してくれてね……ああ、さっきも言ったけれど、五十年も経つんだねえ。この身に起こりうる最悪のことを経験したあの時から、わたしは何事も何者も恐れないようになった。恐れを知らないせいで、ずいぶん困ったことにもなったし、幸せも逃したよ。神さまは女を怖がりで臆病なものとしてお造りになったから、恐れを知らない女というのはどこか不自然なんだよ……スカーレット、いつでも恐れるものを持っておき——愛するものを持つべきなのと同じだからね……」

祖母さまの声は小さくなって途切れ、黙りこんだその目は半世紀あまり前を顧みて、恐れおののいたあの日を思い浮かべていた。スカーレットはもどかしげに身じろぎした。祖母さまなら自分の境遇を理解して、問題を解決する手だてをなにか示してくれると思ったのに。ところが、お年寄りによくあるように、だれも生まれていない頃のことを、だれも興味がないことを話しだすとは。スカーレットはこの人に打ち明け話などしなければよかったと思った。

「さあ、そろそろ家にお帰り。でないと、おうちの人たちが心配するだろう」祖母さまは唐突にそう言った。「今日の午後にでも、荷馬車でポークを寄越しなさい……それから、肩の荷をおろそうなんて考えないこと。無理な話だからね。わたしには分かっているよ」

その年は小春日和(びより)が長引いたまま十一月になり、暖かな毎日は〈タラ〉の人々にとって明るく喜ばしいことだった。どん底の日々は過ぎた。馬が手に入ったので、歩かずにすむようになった。ヤムイモとピーナッツと干しリンゴばかりだった食卓にも、朝は目玉焼き、夜は焼きハムなども乗るようになった。ある祭日には、ローストチキンまで食べた。野放しになっていた例の年寄り雌豚もとうとう捕獲され、母豚と子豚たちは床下につくった檻の中で、地面を鼻で掘り満足げにブーブーいっていた。その鳴き声があまりにうるさくて、家の中で話ができないこともあったが、心はずむ音だった。これで寒い季節が来て豚を屠る時になったら、白人たちは新鮮な豚肉、黒人たちはチタリングズが食べられるわけだし、家じゅうの冬期用の保存食も確保できる。

本人はさほど自覚していなかったが、フォンテイン家を訪れたことでスカーレットの気持ちはだいぶ和らいでいた。近くに隣人がいること、オハラ家の友人たちとその屋敷がいくらか残っていること、それを知るだけで、〈タラ〉に帰ってからの何週間か悩まされたひどい喪失感や孤独感は払拭された。農園の場所が敵軍の進路からはずれていたフォンテイン家とタールトン家は、乏しい蓄えをじつに惜しみなく分けてくれた。隣人たちが助けあうのはこの郡の慣わしなので、どちらの家もスカーレットから一銭も受けとろうとせず、困った時はおたがいさまだ、来年、また〈タラ〉の畑から収穫があがるようになったら、現物で返してくれればいいと言うのだった。

一家のための食糧は確保でき、馬も手に入り、ヤンキーの強盗からいただいたお金と宝石もあるとなると、いまスカーレットにいちばん入り用なのは新しい衣類だった。服を買うのにポークを南方の街へ行かせると、敵か味方の軍隊に馬をとられる危険があった。とはいえ、少なくとも服を買うお金も、移動のための馬と荷馬車もあるわけだし、ポークだって捕まらずに行ってこられるかもしれない。そう、どん底はもう過ぎたのだ。

朝起きるたびに、スカーレットは晴れた水色の空と暖かな陽の光にふれて、神に感謝した。いずれ防寒用の衣類を買うことにはなるが、好天がつづく限り、先延ばしにできる。暖かな日が訪れるたびに、空っぽだった奴隷小屋――プランテーションに残された唯一(ゆいいつ)の保管場所――に綿花が積みあげられていった。畑に残っていた綿花はスカーレットとポークが見積もったより多く、おそらく四梱ぶんにはなりそうだから、小屋もじきにいっぱいになるだろう。

スカーレットは先日フォンテインの祖母さまに手厳しいことを言われながらも、当初、手ずから綿花摘みをする気はなかった。かつてはオハラ家の令嬢であり、いまは〈タラ〉の女主人ともあろう自分が畑仕事をするなど、考えられなかったからだ。そんなことをしたら、ぼさぼさ髪のスラッタリーのかみさんやエミーと同レベルになってしまうではないか。畑仕事は黒人の使用人たちにやらせ、自分と快復期の女性三人は家事に従事しようと考えていたが、ここでスカーレット・オハラもそこのけの強烈な階級意識に直面する。畑仕事を頼むと、ポーク、マミー、プリシーはそろって抗議の声をあげた。三人とも自分は内働きの召使であって野良働きではないと、繰り返し主張した。とくにマミーは、あたしは園丁の仕事だってしたことがありませんと猛烈に主張した。生まれたのもロビヤール家のお屋敷の中であって奴隷小屋なんかではないし、大奥さまのベッドの足元の寝床で眠り、その寝室で育てられたんです、と。ディルシーだけが文句ひとつ言わず、まじろぎもしない目でにらみつけてプリシーを縮みあがらせた。

スカーレットは抗議の声にも耳をかさず、召使たちをみんな綿花畑へ追いやった。ところが、マミーとポークはあまりに仕事がのろく、嘆いてばかりいるので、やむなくスカーレットはマミーを厨房（ちゅうぼう）の料理番にもどし、ポークはウサギとポッサムの罠（わな）や釣り糸を持たせて、森や川へ送りだした。ポークにとって綿花摘みは沽券（こけん）にかかわるが、猟や魚釣りはかまわないらしい。

スカーレットはつぎに、妹ふたりとメラニーに畑仕事をやらせてみたが、結果はマミーたちとどっこいどっこいだった。メラニーは手際よく、すばやく、熱心に綿花を摘んでくれたが、一時間も暑い陽のもとで作業をすると、ぱたりと静かに気絶して、一週間も寝こむことになった。むくれて涙していたスエレンも気絶したふりをしたが、スカーレットが柄杓（ひしゃく）一杯の水を顔にかけてやると、正気づいて、怒った猫みたいにうなりまくった。そして結局、きっぱりと作業を拒否してきた。

「野良働きみたいな畑仕事なんかお断りよ！　いくら言われても絶対しませんから。お友だちの耳にでも入ったらどうするの？　まんいちケネディさんが知ったら？　ああ、お母さまがこんなことを知ったら――」

「いいこと、スエレン・オハラ、こんどお母さまの名を出したら、ひっぱたいてやるわよ」スカーレットは声を荒らげた。「お母さまは〈タラ〉でどの奴隷よりも重労働をこなしてらした。あなたも分かっているはずよ、この気取り屋め！」

「それは違うわ。少なくとも畑仕事はなさらなかったもの。とにかく、いくら言われても、わたしはやりません。父さんに言いつけてやるわ。父さんならわたしを働かせたりしないわよ！」

「あなた、こっちのもめ事で父さんを悩ませる気じゃないでしょうね！」スカーレットは怒鳴りながら、妹への腹立ちと父への恐れの間でゆれていた。

「わたしが手伝ってあげる、姉さん」キャリーンがおとなしくそう申し出た。「わたしがスーのぶんの仕事もすればいいでしょ。スーはまだ本調子じゃないから、陽にあたるのはよくないわ」

スカーレットは感謝して「ありがとう、かわいこちゃん」と言ったが、心配になってキャリーンの顔をのぞきこんだ。いつも白い肌をほんのり紅く染めて、春風に散ってしまうランの花のように繊細だったこの子は、いまや肌の赤みを失っていたが、それでも思いやりあふれる愛らしい顔には、咲きこぼれる花のような印象があった。キャリーンが意識をとりもどしてみると、母は亡くなり、姉は口うるさい女主人に変身し、世界は一変して、休まず労働せよというのが新生活の掟となっていたわけで、それ以来、この妹は言葉少なになり、なんだかぼんやりしていた。世の中の変化に自分から順応していける質の子ではないのだ。なにが起きたのか単に理解できず、言われたことだけきっちりこなしながら〈タラ〉の敷地内を夢遊病者のように歩きまわるしかなかった。見かけからしてか弱そうで、実際もか弱かったが、役に立ちたいという気持ちはあり、従順で義理堅い子でもあった。スカーレットの頼んだ仕事をしていないときは、いつもロザリオを手に小さく口を動かして、亡き母とブレント・タールトンの冥福を祈っていた。スカーレットには思いもよらぬことだったが、キャリーンはブレントの死に打ちのめされ、その悲しみもまだ癒えていなかったのだ。しかしスカーレットにしてみれば、キャリーンは相変わらず「チビちゃん」であり、真剣な恋愛をするにはまだまだ子どもだったから、心中を推し測れなかった。

綿花畑で陽にあたりながら作業をしていると、曲げっぱなしの腰は痛むし、乾いた綿の丸莢で手は荒れる。そんなときスカーレットは、スエレンの威勢のよさと体力にキャリーンのおとなしい性格を兼ね備えた妹がひとり欲しいものだと思った。キャリーンはせっせと熱心に綿摘みをしてくれるのだが、一時間も作業をすると、こうした畑仕事ができるほど「本調子」でないのはスエレンではなく彼女のほうだと分かる。

そんなわけで、キャリーンも家事担当にもどすことになった。

いまや長い長い畑の畝を前に、スカーレットと共に残ったのはディルシーとプリシーだけ。プリシーはやれ足腰が痛いだの、やれみじめな気持ちになるだの、もうへとへとだのと文句ばかりたれて、その作業はだらけっぱなしでムラがあり、そのうちディルシーが綿の枝を手にし、娘が悲鳴をあげるほどさんざん鞭打つことになる。打たれた後は少しはましになったが、母親の鞭がとどく範囲には寄りつこうとしなかった。

ディルシーはまるで機械のごとく疲れ知らずで黙々と作業をこなしたので、スカーレットは重い綿花袋を運んで腰が痛み、肩の皮が剝けてつらいときも、ディルシーだけはその体重を金に換算したぐらいの価値があると感心していた。

「ディルシー」スカーレットは話しかけた。「また良い時代がもどってきても、あなたのこの仕事ぶりは忘れないわ。本当によくやってくれてるもの」

ブロンズ色の肌をしたこの大女は他の奴隷たちとは違って、褒められてもにやけたり嬉しそうに身をよじったりしなかった。眉ひとつ動かさずスカーレットのほうをむくと、堂々とこう言うのだった。「ありがとうございます、奥さま。ですが、ジェラルド旦那もエレン奥さまも親切にしてくださいました。ジェラルド旦那はうちのプリシーも買ってくれたですから、あたしは文句を言わないで、ご恩を忘れずにお仕えして参るです。あたしは半分インディアンで、インディアンは親切にしてくれた方々を決して忘れない。プリシーのことはすみません。えらい役立たずで。父親に似てそのへんの使用人といっしょです。あの子の父親もえらい気まぐれな男で」

綿摘みの手が足りなくても、みずから働いてくたくたになっても、綿花が少しずつでも畑から小屋へ運ばれていくと、スカーレットの気持ちは昂揚した。綿花には、なにかほっとするような安心感があった。〈タラ〉は南部全体がそうであるように綿花栽培で栄えてきたし、スカーレットは生粋の南部人だから、この赭土の畑から〈タラ〉と南部は復興すると信じていたのだった。

〈タラ〉で摘み終えた綿花など、これっぽっちではもちろん大した価値はないが、生活の足しにはなる。南部紙幣とはいえいくらかお金になるだろうし、いくらかお金があれば、ヤンキーの財布からいただいてしまってある合衆国紙幣(グリーンバック)や金貨は、本当に必要なときに備えてとっておける。来春には、南部政府にお願いして、徴用されたうちのビッグ・サムはじめ野良働きたちを帰してもらおう。もし帰してくれなかったら、ヤンキーのお金を使って畑の働き手を近隣から雇い入れればいい。来春には、きっと、きっと作付けをしよう……疲れた背中を伸ばし、収穫を終えて茶色っぽくなった畑を見わたすと、あたり一面に、綿の木がたくましく青々と育っている来年の光景が浮かんできた。

来春！　おそらく来春にはこの戦争は終わり、また良い世の中がもどってきているだろう。南部連合が勝っても負けても、いまより良い時代が訪れるはず。敵味方両軍から襲撃の危険に始終さらされる生活に比べたら、なんだってましだ。この戦争が終わったら、農園で地道に働いて食べていけるだろう。ああ、この戦争さえ終われば！作物を植えればそれなりの収穫が見込める生活がもどってくる！

いまではこうして希望が生まれた。戦争が永遠につづくわけがない。綿花も少しばかり穫(と)れたし、食物もあるし、馬だって一頭いるし、お金も少しだけれど大切に貯(た)めてある。そうよ、どん底の時期は過ぎたんだわ！

27

十一月のある真昼のこと、〈タラ〉の面々はダイニングテーブルを囲んで集まり、マミーがコーンミールと干したハックルベリーを材料にモロコシ・シロップで甘味をつけたデザートを食べ終えようとしていた。秋の空気には今季初めての冷気がまじり、ポークはスカーレットの椅子(いす)の後ろに立って、うれしそうに揉(も)み手をしながらこう尋ねた。「そろそろ豚を屠(ほふ)る頃合いでないかなァ、スカーレットさま?」

「もうチタリングズの味を思いだしてるんでしょ?」スカーレットはそう答えてにやりとした。「そうね、わたしも新鮮な豚肉の味が口に広がってきたわ。もしあと何日かお天気がもったら、そろそろ——」

メラニーがスプーンを口に持っていったところで、言葉をはさんだ。「ちょっと、静かにして!　だれか近づいてくる足音がするわ!」

「だれか叫んどりますよ」ポークが不安げに言った。

さわやかな秋の空気を通して、馬の蹄（ひづめ）の音がはっきり聞こえてきた。その速いリズムは恐怖に高鳴る心臓の拍動を思わせた。つづいて甲高く叫ぶ女の声がした。「スカーレット！　スカーレット！」

凍りつくような一瞬、食卓についていた面々は目を見交わし、即座に椅子を後ろに引いて跳びあがった。恐怖で金切り声になっていたが、あれはサリー・フォンテインの声にちがいない。ほんの一時間前には、ジョーンズボロへ行く途中、〈タラ〉に立ち寄ってちょっとおしゃべりをしていったサリー。みんなが先を競って玄関口に殺到すると、汗馬に乗ったサリーが馬車道を風のように疾走してくるのが見えた。髪を後ろになびかせ、ボンネットはリボンで結んであったが頭から脱げてゆれていた。屋敷が近づいても手綱を引きもせず、猛然とギャロップで進んできながら、いま通ってきた後ろの方角を指している。

「ヤンキーが来ます！　あそこで見たんです！　表の街道を近づいてきます！　ヤンキーが――」

サリーは強く手綱を引き、玄関の上がり段を駆けあがりそうな馬をすんでのところで止めた。馬は急角度で向きを変え、脇（わき）の芝生を三跳びでまたぎ越え、サリーは猟場でするように四フィートばかりの生け垣を馬に跳びこえさせた。地を蹴（け）る重たい蹄の音が響き、馬が裏庭を駆けぬけ、奴隷小屋の間の細い径を疾駆していくのが分かった。近道をして畑地を突っ切り、〈ミモザ〉館へ向かうつもりだろう。

いっとき〈タラ〉の面々は呆けたように突っ立っていたが、スエレンとキャリーンがべそをかきだし、たがいの指をからませた。幼いウェイドはぶるぶる震えて泣くこともできず、根が生えたように立っていた。アトランタを出た夜からずっと恐れていたことが、ついに起きた。ヤンキー、ウェイドを捕まえにくる……。

「ヤンキーだと？」ジェラルドはぼそりと呟いた。「しかしやつらはもう前に来たではないか」

「ああ、どうしよう！」スカーレットはそう叫んで、おびえたメラニーと顔を見あわせた。その刹那、アトランタで過ごした最後の晩の恐怖の記憶がまた脳裏をよぎった。田舎の風景のなかに点在する廃墟となった家々、暴行や拷問や虐殺にまつわるいろいろな噂……。それから、母の裁縫箱を手に玄関ホールに立っていた兵士の姿もまた浮かんできた。スカーレットはこう思った。「死のう。いますぐこの場で死んでしまおう。こんな酷いことはもうぜんぶ済んだと思っていたのに。死んでやるわ。もうこれ以上耐えられない」

そこでふと馬に目が留まった。鞍をつけてつながれた馬は、ポークがタールトン家へお遣いに行く支度が調っている。わたしの馬！　たった一頭の馬！　ヤンキーはこの馬も、牝牛も、子牛も奪っていくだろう。母豚と子豚たちも——あの母豚とすばしこい子豚たちを苦労して捕まえるのに、どれだけかかったことか！　それに、フォンテインさんがくれた雄鶏も、卵を孵せる雌鶏も、アヒルも奪っていくだろう。貯蔵庫に蓄えてあるリンゴとヤムイモも。小麦粉と米と干し豆も。ヤンキー兵士の財布の中にあるお金も。なにもかも略奪して丸裸にし、またわたしたちを飢えさせるつもりだ。

「わたすもんか！」スカーレットが急に声にして叫んだので、みんなぎょっとした顔をふりむけた。悪い報せに耐えかねて、気でも狂ったのではないか。「ひもじい思いはしないと決めたのよ！　わたすもんか！」

「な、なによ、スカーレット？　わたさないって、なにを？」

「馬よ！　牛よ！　豚よ！　死んでもわたさない！　絶対にとられない！」

スカーレットはさっとふりむくと、妙に血の気がうせた顔で、玄関口のあたりに固まっていた四人の召使たちを見据えた。

「沼地へ」スカーレットは口早に言いつけた。

「どこの沼地で？」

「川沿いの沼地に決まってるでしょ、ばかね！　豚たちを沼地へつれていくのよ。四人全員でね。急いで。ポーク、おまえとプリシーは床下に這入って、豚たちを外に出すこと。スエレン、あなたとキャリーンは運べるだけの食べ物をバスケットに詰めて、森へ行ってなさい。マミー、あなたは銀器をまた井戸に隠してちょうだい。それから、ポーク！　ポーク、ちょっと聞きなさい、そんなところに突っ立ってないで！　父さんをつれていって。どこにですか、なんて訊くんじゃないわよ！　どこでもいいわ！　ポークについていってね、父さん。それでこそ、やさしい父さんだわ」

敵軍の青い軍服など見たら、ただでさえ不安定なジェラルドの心にどんな影響があるか、スカーレットは逆上しつつも考えずにはいられなかった。いったん言葉を切り、おちつかず手を揉んでいると、怖がってメラニーのスカートをつかんでいる幼いウェイドのすすり泣きが、パニックに拍車をかけた。

「で、わたしはなにをすればいいの、スカーレット？」わめく者、涙を流す者、ばたばた走りまわる者がいて騒がしいなか、メラニーの声はおだやかだった。顔は紙のように真っ白で全身震えてはいたが、その声がやけに冷静なので、みんなわたしの命令や指示を期待しているのだと気づき、スカーレットは気をとりなおした。

「牝牛と子牛をお願い」と、口早に指示をつづけた。「むかしの放牧地にいるわ。馬に乗って、牛たちを沼地に追いこんで——」

最後まで言い終わらないうちに、メラニーはもうウェイドの手をふりきり、正面の上がり段を降りて、裾(すそ)の広がったスカートをたくしあげながら馬のいる方へ駆けていった。スカーレットの目に、彼女の痩(や)せた脚とひるがえるスカートと下着がちらっと映ったと思うと、もうメラニーは馬の鞍にまたがっていたが、あぶみまではとうてい足がとどかず、ぶらぶらしている。手綱を手にして馬のわき腹を踵(かかと)で蹴ったが、急に手綱を引き、なにか怖くなったのか、引きつった顔をした。

「赤ちゃん！」メラニーはいきなり叫んだ。「どうしましょう、わたしの赤ちゃん、ヤンキーたちに殺されてしまうわ！　つれてきて！」

　メラニーは鞍の前橋(ポメル)に手をかけてにじり降りようとしたが、スカーレットが声高に叫んで押しとどめた。

「だめだめ、降りないで！　とにかく牛を捕まえに行って！　赤ちゃんの面倒はわたしが看(み)るから。いいから、行きなさいって！　このわたしがアシュリの子をヤンキーに渡すとでも思ってるの？　行きなさい！」

　メリーは悲痛な目で後ろを顧みたが、馬のわき腹を蹴り、砂利をまき散らしながら牧草地へと馬車道を進みだした。

　スカーレットは一瞬、「メリー・ハミルトンが男みたいに馬にまたがる姿を見ることになるとはね！」という感慨を抱いてから、邸内に駆けこんでいった。ウェイドがまだべそをかきながら、母のひるがえるスカートをつかもうとしてまとわりついてくる。階段を二段抜かしで駆けあがっていくと、スエレンとキャリーンが樫のバスケットを提げてパントリーへ飛んでいくのを見かけ、ポークがいささか乱暴にジェラルドの腕を引っぱり裏のポーチへ引きずっていくのに行き会った。父は不機嫌にぶつぶつ言い、子どもみたいに手をふりほどこうとしていた。

　裏庭からマミーがうるさくわめく声が聞こえてきた。「おまえがやるんだよ、プリシー！　さっさと床下に入って、子豚をこっちにわたしな！　分かってるだろう、あたしはでっかすぎて、そんなせまい格子戸はくぐれないんだ。ディルシー、あんた、こっちに来てこの役立たずを――」

　まったく、わたしときたら、床下に豚を隠せばだれにも見つからないだろうって得意になっていたんだから！　スカーレットはそう思いながら自室に駆けこんだ。ああ、もう、どうして沼地に豚小屋を造らなかったんだろう？

　チェストのいちばん上の抽斗を勢いよく開け、衣類を引っかきまわして、ヤンキーの財布を手にとった。つぎに裁縫かごに隠してあったソリテア・リングとダイヤのイヤリングをとりだし、財布の中につっこんだ。とはいえ、これをどこに隠したらいいだろう？　マットレスの間？　煙突の中？　それとも井戸に投げこむ？　自分の胸元に隠してみたら？　ああ、それはもってのほかだわ！　バスクを通して財布の形が透けて見えるから、ヤンキーに見つかったら、身ぐるみ剝がれて体じゅう点検されるだろう。

そんなことされたら死んでやる！　スカーレットは気も狂わんばかりになった。

階下は、人々の駆けまわる足音や泣きじゃくる声で大変な騒ぎになっていた。スカーレットは半狂乱のさなかにも、メリーのことを思った。彼女がそばにいてくれたら。おだやかな声のメリー。わたしがヤンキー兵を撃ち殺した日もあんなに気丈だったメリー。メリーがいたら三人分の心強さなのに。ああ、メリー——そういえば、メリーになにか頼まれなかった？　そうだ、赤ちゃんを！

スカーレットは財布を押し抱くようにして、廊下をわたり、ボーと命名された子が揺りかごで眠る部屋へ飛んでいった。勢いよく抱きあげると子どもは目を覚まし、小さな拳をふって眠い声でむずかりだした。

スエレンが叫ぶ声がする。「いらっしゃい、キャリーン！　早く！　もうひと通り詰めたわ。ねえ、キャリーン、ぐずぐずしないで！」裏庭からは、キーキー鳴く声、ブーブーうなる声が聞こえてきた。窓際へ飛んでいって見ると、マミーが暴れる子豚を両脇に一匹ずつ抱えて、綿花畑をよたよたと沼地へ急いでいるところだ。その後ろにつづくポークも豚を二頭抱え、ジェラルドを後ろから追いたてていた。ジェラルドは畑の畝につまずき、つまずき、杖をふりたてている。

スカーレットは窓から身を乗り出した。「母豚を頼んだわよ、ディルシー！　早くプリシーに床下から追いださせなさい。出てきたら、畑のむこうに逐っていくのよ！」

ディルシーは目をあげたが、そのブロンズ色の顔はげっそりしていた。エプロンには銀器をひと山も抱えており、床下を指さした。

「プリシーは母豚がかみつくもんで、床下から出てこれませんです」

やってくれるわね、あの豚。スカーレットは胸のうちでつぶやくと、急いでまた自室にもどり、さっきの隠し場所から、死んだヤンキー兵の持ち物に見つけたブレスレット、ブローチ、細密画と銀製のカップをかき集めた。集めたはいいけど、どこに隠せばいい？　片腕に赤子を抱き、もう片手に財布と宝飾品を持っていくのは、危なっかしい。スカーレットはボーをベッドに寝かせようとした。

すると、赤子はスカーレットの手を離れたとたんに大声で泣きだし、そこで名案が浮かんだ。赤ちゃんのオムツの中ほどもってこいの隠し場所はないわ。スカーレットは子どもを手早くうつぶせにすると、ベビー服をまくりあげ、オムツとお尻の間に財布を突っこんだ。この仕打ちに泣き声はいっそううるさくなり、スカーレットは三角に広がった裾をばたつく足にきつく巻きつけた。

「これでよし」スカーレットは深呼吸をした。「さあ、沼地へ」

泣きわめく赤子を脇に抱き、もう片手には宝飾品をがっちり抱えて、スカーレットは廊下へ飛びだしていった。が、駆け足が急に止まり、恐ろしさで膝がくずれた。家じゅうなんて静かなんだろう！　怖いほど静まりかえって！　みんなわたしを置いて出てしまったんだろうか？　だれひとり待っていてくれなかったの？　置いてきぼりにされるつもりはなかったのに。最近は女が独りでいるとなにがあるか分からないのに、ヤンキーたちが来るっていうこんな時に――

小さな物音がしてスカーレットは跳びあがり、はっとしてふりむくと、階段の手すりの脇に、忘れていた息子が恐怖に目を見開いてうずくまっていた。なにか言おうとしているが、声が出ないようだ。

「立ちなさい、ウェイド・ハンプトン」スカーレットは口早に言いつけた。「立って、自分で歩くんです。お母さんはあなたまで抱っこできないからね」

ウェイドはおびえた小動物のように母に駆け寄ってきて、広がったスカートをつかみ、そこに顔をうずめた。小さな手がスカートの襞を分けて母の脚を探しているのが分かる。スカーレットは階段を降りはじめたが、ウェイドの手に引っぱられて降りにくくて仕方がないので、一喝した。「手を放しなさい、ウェイド。手を放して、独りで歩きなさい！」ところが、怒鳴られた子どもはますますかじりついてきた。

階段の踊り場に着くと、屋敷の一階の風景が目に飛びこんできた。みんなに愛された素朴な調度品の数々がそろって別れをささやいているようだった。「さよなら！　さよなら！」スカーレットの喉に嗚咽がこみあげた。母エレンが仕事に精を出した執務室のドアが開いており、なつかしいセクレタリーデスクの角がちらりと見えた。ダイニングルームでは、椅子が押しだされて横を向いたままだったし、食卓の皿にはまだ料理が載っていた。床には、母が手ずから織って染めたラグラグが敷かれている。それから壁には、ロビヤールお祖母さまの肖像画。胸元の開いたドレスを着て、髪を高く結いあげ、細長の鼻孔が永遠の貴族的冷笑を形作っていた。なにをとっても幼い頃からの思い出の一部であり、なにもかもがスカーレットの最奥にあるルーツと密に関わっていた。「さよなら！　さよなら、スカーレット・オハラ！」

それがヤンキーたちにぜんぶ焼かれてしまうんだ――この家のすべてを！

これがわが家の見おさめになる。そう、後は森の木蔭か沼地からの眺め――高い煙突が煙につつまれ、屋根が火焔のなかへ崩れおちる光景を隠れ場所から見るばかりだろう。

「見捨てていけるものですか」恐怖で歯の根もあわないほどだったが、スカーレットはきっぱりと心を決めた。「〈タラ〉の屋敷を、あなたを見捨てられる訳がない。そうよ、父さんだって、てこでも動こうとしなかった。この家を焼くならわしの目の前で火を放てと、ヤンキー兵に言い放ったのよ。いいわ、あなたを置いていけないのはわたしも同じ。わたしのいるこの家に火をつけるがいい。わたしに残されたものは、あなたしかないんだもの」

　そう決意するといくらか恐怖心も薄れ、ただ胸のあたりに感情が凝り、希望も恐れも一緒に凍りついたかのようになった。そうしているうちに、敷地内の並木道から、馬の一群が駆けてくる音、馬具がぶつかりあう金属音、サーベルの鞘のたてる音が聞こえ、いかめしい声で号令が飛んだ。「下馬！」スカーレットはそばにいる息子の方にすばやく屈みこむと、有無を言わせぬ、しかし妙にやさしい声で話しかけた。

「いい子だから、手を放しなさい、ウェイド！　すぐに階段を降りて、裏庭から沼地へ行くんですよ。あっちにマミーがいるからね。それからメリーおばちゃまも。さあ、急いで、ウェイド、怖がらないの」

母の声音が変わったのを聞いて幼子は顔をあげたが、その目がなんだか罠にかかった子ウサギを思わせ、スカーレットはぎょっとした。

ああ、どうかお願いです。スカーレットは胸のうちで祈った。この子が引きつけなんか起こしませんように！　ヤンキー兵の前でそんなことになりませんように！　怖がっているのを気取られてはならない。呼びかけてもウェイドはスカートにいっそうがっちりしがみつくばかりなので、きっぱりとこう言った。「男らしくなさい、ウェイド、たかがヤンキーどもじゃないの！」

そう言うと、スカーレットはそのヤンキーを出迎えるべく階段を降りていった。

シャーマン将軍はアトランタからジョージア州を抜け、沿岸地方へと進軍していった。シャーマンの背後では、アトランタが焼け落ちて煙をあげたのだった。ヤンキー軍が出ていくときに、街に火を放ったからである。いまや、シャーマンの眼前には、州兵隊と老人少年から成る義勇軍がぽつぽつと配置されただけの、無防備も同然の土地が三百マイルにわたって広がっていた。

そこには、女子どもと年寄りと黒人奴隷をかくまったプランテーションが点在する肥沃な州がある。幅にして八十マイルの領域を、ヤンキー軍は掠奪しながら燃やし尽くしていった。炎に焼かれた家屋は何百軒にのぼり、何百軒という家にヤンキー兵たちの足音が響いた。しかし、いまわが家の玄関ホールに青い制服の兵士がなだれこんでくる光景を見つめるスカーレットにとって、それは国事ではなく、まったく個人的な、まさに自分と自分のものにむけられた悪逆であった。

スカーレットは赤子を両の腕に抱いて階段のたもとに立っていた。ウェイドはしっかり母親に身を寄せ、スカートに顔をかくしている。そこへ、ヤンキー兵たちが邸内になだれこんできたかと思うと、スカーレットを押しのけるようにしてどかどかと階段をあがり、調度品を正面のポーチに引きずりだし、銃剣やナイフを布張りのソファやクッションに刺して、中に忍ばせた貴重品がないか探しまわった。二階の部屋では、マットレスや羽毛入りのベッドをつぎつぎと引き裂き、じきに廊下のいたる所に羽毛が舞い飛んで、階下のスカーレットの頭にもふわふわと落ちてきた。ヤンキー兵たちが荒らしまわり、盗み、破壊するそばでなす術（すべ）もなく立ちつくしている間、スカーレットの気持ちにわずかばかり残っていた恐れも、やり場のない怒りのせいで消え失（う）せた。

一行を率いる軍曹はがに股（また）に白髪まじりの小男で、大きな嚙（か）みタバコを頰ばっていた。真っ先に近づいてきて、床にもスカーレットのスカートにもさかんに唾（つば）を飛ばしながら、単刀直入に要求した。

「手に持ってるものをこっちにもらおうか、奥さん」

　宝飾品も隠すつもりで忘れていたのだ。スカーレットは肖像画のロビヤールお祖母さまを真似(まね)た冷笑に多くを語らせながら宝飾品を床に放り投げ、われがちに奪いあう光景を楽しそうに眺めてやった。

「その指輪とイヤリングもちょうだいできますかね」

　スカーレットは赤ん坊をますますしっかりと抱きしめながら——子どもは顔が下向きになり、真っ赤になって泣きわめいたが——父が母に結婚祝いとして贈ったガーネットのイヤリングをはずした。それからチャールズに婚約指輪として贈られたサファイアのソリテア・リングも引き抜いた。

「それは投げなさんな。わしに直接渡してくれ」軍曹はそう言って両手を差しだした。「こいつらはもう充分にちょうだいしたからな。まだなにか持ってるか？」軍曹の鋭い視線がスカーレットの胸元にむけられた。

　スカーレットは無骨な手が胸に突っこまれ、ガーターをまさぐられるのを予感して、一瞬、くらっと目眩(めまい)がした。

「それでぜんぶよ。でも、獲物は身ぐるみ剝ぐのがあなたがたの流儀なんでしょう？」

「いや、奥さんの言葉を信用するよ」軍曹は愛想よく答えると、ぺっと唾を吐いて踵を返した。スカーレットは赤ん坊を抱きなおしてあやそうとしながら、財布を押しこんだ場所に手をあて、メラニーが子どもを産んだこと、その赤ちゃんがオムツを当てていることを、神に感謝した。

　階上からは、重い長靴でどかどかと歩きまわる足音や、床を引きずられる調度品が抵抗するようにきしむ音、陶器や鏡の砕ける音、金目の物が出てこないと罵る声などが聞こえてきた。庭からは大きな怒鳴り声がする。「首をはねちまえ！　逃がすんじゃねえぞ！」そして鶏たちの悲痛な鳴き声、アヒルやカモたちが、ガアガア、ギイギイ騒ぐ声が聞こえてきた。家畜の断末魔の悲鳴を耳にしたスカーレットは胸がずきんと痛んだが、その声は突如、一発の銃声で静かになった。あの母豚が殺されたのだ。役立たずのプリシーめ！　豚を放って逃げだしたんだわ。子豚たちだけでも無事でいますように！　うちの家族がみんな無事に沼地へ着いていますように！　とはいえ、いまは知るすべもない。

　無言で立ちつくすスカーレットの周りでは、兵士たちが騒ぎたち、怒声を飛ばし、悪態をつく。ウェイドはすくみあがって、母のスカートをがっちりつかんでいた。ぴったりくっついてくるので、その小さい体が震えているのがスカーレットにも分かったが、励ましの言葉ひとつかけてやれなかった。いわんやヤンキー兵たちにものを言うことなど、とても無理だ。懇願、抵抗、怒り、そんな言葉はひとつも出てこなかった。ただ、膝がくずおれずに持ちこたえていること、頭を毅然と上げているだけの力が残っていることを、神に感謝するのみだった。ところが、略奪品のあれこれをたっぷり抱えてどたどたと階段を降りてきた髭面の兵士たちのひとりが、チャールズの軍刀を手にしているのを見たとたん、自然と叫び声が出た。

その軍刀はウェイドのものだ。もとは彼の父のものであり、さらにさかのぼれば祖父のものであり、スカーレットは前の誕生日祝いに、幼子にそれを贈ったのだった。物々しく授与式をおこなうと、メラニーは誇りと悲しみの記憶を新たにして泣きだし、ウェイドにキスをして、あなたもお父さまやお祖父さまのように勇敢な兵士におなりなさい、と言った。ウェイドは大いに得意がり、しょっちゅうテーブルに上っては、壁に掛かった軍刀をなでていた。スカーレットは自分の持ち物であれば、憎い敵の手でこの家から持ち出されるのを見てもこらえられたが、これだけは我慢ならない――うちの息子の誇りなのだから。ウェイドは母の叫び声を聞いて、スカートの後ろからそっと顔をのぞかせ、烈しく泣きじゃくりながらも抗う勇気を得たらしい。片手を差しのべて叫んだ。

「それ、ぼくの！」

「返しなさい！」スカーレットもすかさず言い添えて、手を突きだした。

「へっ、返せってか？」軍刀を手にしていたチビの兵士は不遜（ふそん）にもスカーレットににやりとした。「いいや、もらってくぜ。なんせ反逆軍（レベル）の剣だもんな！」

「いいえ、違うわ。メキシコ戦争の時の軍刀よ。それは渡せません。うちの坊やのものだから。祖父から受け継がれたものだからよ。お願いします、大尉（たいい）さん」スカーレットは軍曹のほうをむいて声を高くした。「返すように言ってください！」

軍曹は大尉に格上げされて、にやけながら前に進みでた。

「おい、若造、その軍刀を見せてみろや」

小柄な騎兵は渋々ながら剣を軍曹にわたして言った。「柄（つか）は純金ですぜ」

軍曹は手にとった剣をひっくり返し、柄を陽にかざして彫りこまれた文字を読もうとした。

「『ウィリアム・R・ハミルトン大佐』」と、文字を判読した。「『その武勲を称（たた）えて幕僚より贈る。ブエナビスタ、一八四七年』」

「ほう、そうかい、奥さん」軍曹は言った。「ブエナビスタの戦いにはわしも行っとる」

「さようですか」スカーレットは冷ややかに答えた。

「そうともさ。言わせてもらえば、ありゃ激闘だった。あんな激闘は今回の戦争じゃ経験がねぇ。じゃ、この剣はこの坊主(ぼうず)のじいちゃんのものってことか?」

「そういうことです」

「ふん、だったら坊主のもんだな」軍曹はあっさりそう言った。ハンカチでひとまとめにした宝石や宝飾品で満足しているらしい。

「けど、柄は純金なんですぜ」寸足らずの騎兵は言いつのった。

「まあ、わしらの思い出の品として置いてってやれ」軍曹はにやりとした。

スカーレットは「ありがとう」も言わずに軍刀を受けとった。自分の所有物を返してもらうのに、この泥棒たちに礼を言ういわれはない。サーベルをしかと胸に抱く傍らで、チビの騎兵が軍曹につっかかって言い合いになっていた。

「ちくしょう、だったらおれもこのクソ反逆者どもに置きみやげをくれてやる」兵卒は、和やかだった軍曹がとうとう頭に来て、このやろう、二度と口答えするなと怒鳴りつけると、そうわめいた。このチビの騎兵が家の奥へずかずかと歩き去っていくと、スカーレットは少し息をつく思いだった。いまのところヤンキーたちから、屋敷を焼く話は出ていない。火をつけるから家を出ろとは言われていない。だったら――もしかして――二階と玄関の外から、兵士たちがぞろぞろホールへ集まってきた。

「なにか見つかったか？」軍曹が質問した。

「雌豚が一頭、それから鶏とアヒルが何羽かいたぐらいです」

「あとはトウモロコシやらヤムイモやら豆やら。さっき馬に乗ってるのを見かけたじゃじゃ馬が、きっと前もって知らせやがったんだ」

「ポール・リヴィアも顔負けだな〔アメリカ独立戦争のレキシントン・コンコードの戦いの前夜、真夜中に伝令として走り回ったことで知られる著名な愛国者〕」

「とにかく、ここには大したものは残ってません、軍曹。もう取るもんは取りました。おれたちが来るって報せが辺りに広がらないうちに先へ進みましょうや」

「薫製小屋の床下も掘ってみたか？　お宝はだいたいそこに埋めるんだ」

「薫製小屋なんてねぇですよ」

「奴隷小屋は見てまわったか？」

「そっちは綿花ばかりです。とりあえず火をつけときました」

一瞬、スカーレットの脳裏に綿花畑での灼熱の長い一日がよみがえり、背中のひどい痛みがぶり返し、皮が剝けて痣になった両肩を思いだした。あのすべては泡と消えた。あの綿花は残らず燃えてしまったのだ。

「実のところ、ここには大したものはないようだな、奥さん？」

「おたくの部隊が前にも来ていますから」スカーレットはすまして答えた。

「そうそう。たしか九月にもこのへんに来たな。忘れてた」兵士のひとりが手の中でなにかころがしながら言った。

目をやると、兵士が持っているのはエレンの金製の指ぬきではないか。この指ぬきがきらめきながら、母の凝った手芸品の間を動くのをよく見かけたものだ。それをふたたび目にしたとたん、指ぬきをはめていた華奢な指の思い出がいっきに甦り、胸が苦しくなった。あの大切な物がこんな他人の胼胝のできた汚い掌の中にあり、今後まもなく北部へわたり、盗品を着けて鼻を高くするようなヤンキー女の指におさまるのだ。エレン・オハラの指ぬきが！

スカーレットはこうべを垂れて、泣いているのを敵に見られまいとした。涙は赤子の頭にぽつりぽつりと落ちかかった。涙でぼやけたむこうに、兵士たちが玄関へむかう姿が見え、軍曹があらっぽい大声で号令をかけているのが聞こえた。このまま敵兵が去れば、〈タラ〉は無事に残されるだろうが、母の思い出を傷つけられたスカーレットは喜ぶ気にもなれなかった。馬に乗りこむ兵士のサーベルがぶつかる音がし、馬の蹄の音が聞こえてきても、スカーレットはほっとするよりも、急に気が抜けてへなへとなり、そうして呆然とするうちに男たちは並木道を遠ざかっていった。だれもが衣服や毛布、絵画、鶏やアヒルや豚といった略奪品をたんまり積んで。

そのとき煙の臭いが鼻をつき、スカーレットはふりむいた。ようやく緊張が解けて力が抜け、綿花のことまで気がまわっていなかったが、ダイニングルームの開いた窓のむこうに、奴隷小屋から煙がゆらゆらと立ちのぼるのが見えた。ああ、綿花が燃えていく。あれで税金を払い、一部はこの冬を越すための資金にするはずだったのに、それがなくなっていく。いずれにせよ、こうして手をつかねて眺めているよりないのだ。綿花畑の火事は以前にも見たことがあったし、男たちが束になって火消しにかかってもなかなか消えないものだと分かっていた。ともあれ、奴隷小屋が母屋からだいぶ遠くてよかった！　ありがたいことに、今日は風もないので、〈タラ〉屋敷の屋根に火の粉が飛んでくることもないだろう！

突然、スカーレットはポインター犬のように身を固くしてふりむき、恐怖に目を瞠って、玄関ホールのむこう、厨房につづく屋根つきの渡り廊下の方を凝視した。厨房から煙が出ている！

それに気づくや、玄関ホールと厨房の間のどこかに、赤ん坊を寝かせた。どこかでウェイドの手をふりきり、壁に投げつけるようにして置いてきた。煙の立ちこめる厨房に飛びこんだとたんに咳きこみ、目から涙を流して後ろによろめいた。つぎはスカートの裾で鼻をおおって、再度、煙の中へ突入した。

厨房内は小さな窓から明かりが入るだけで暗く、煙がもうもうとして前が見えなくなったが、シューシューいう音と火が爆ぜる音は聞こえてきた。片手で目をおおいながら、目を細めてのぞき見ると、四方の壁へと厨房の床を燃え広がっていく炎の波が見えた。どうやら、かまどで燃えていた薪を厨房じゅうばらまいたらしく、からからに乾燥したマツ材の床は炎を吸いこみ、水のように吐きだしているのだった。

スカーレットはダイニングルームへ駆けもどると、床からラグラグを引きはいで、上に乗っていた椅子を二脚、ガタンとひっくり返した。

「あんな火、消せない——絶対に無理よ！　お願いします、神さま、だれか助けてくれる人を！〈タラ〉が焼けてしまう——焼けてしまう！　ああ、神さま！　あの小男が言ったのはこういうことだったんだ。置きみやげをくれてやるって！　ああ、こんなことなら、あの男に軍刀を遣ってしまえばよかった！」

玄関ホールを駆けていく途中、隅っこで軍刀を手に横たわる息子と行き会った。目をつぶり、なんだか天上の安らぎを得たような呑気な顔をしている。

どうしよう、死んじゃったわ！　ヤンキーがあんまり脅かすからよ！　胸を裂かれる思いだったが、ひとまず素通りして、厨房の入り口近くの渡り廊下に常備された飲み水のバケツへと突進した。

ラグラグの一端をバケツの水に浸し、深呼吸をしてから、煙の立ちこめた室内へ飛びこんでドアをバタンと閉めた。どれぐらいの間だろう、よろめき咳きこみながら、迫りくる炎にラグラグを叩きつけつづけたが、火の手はあっというまにスカーレットの背後にもまわった。二度ほど長いスカートに火がつき、両手でたたき消した。ピンがはずれてばらけた髪が肩にかかると、毛が焼け焦げて嫌な臭いがした。火の手はのたくり跳びかかるヘビとなって、さらにスカーレットの背後へ、渡り廊下へと迫る勢いで広がっていった。スカーレットは力尽きて打ちのめされ、もうどうにもならないと悟った。

そのときドアが勢いよく開き、新たな空気にふれて火はいよいよ高くあおられた。ドアはまたバタンと閉まり、視界をふさぐもうもうたる煙のなかに、火を足で踏みつけたり、なにか黒くて重そうな物でたたいたりして消そうとしているメラニーの姿がぼんやり見えた。よろめく姿が見え、咳きこむ声が聞こえる。血の気の引いた顔で歯をくいしばり、渦巻く煙に目をうんと細めているのがちらっと見えたり、敷き物を振りあげ振りおろしながら、小さな体をのけぞらせ屈みこむ姿が目に入ったりした。ふたりはふらつきながらともに炎と戦い、またどれだけ経ったろうか、スカーレットはとうとう火の手が小さくなってきたことに気づいた。そのとき、不意にメラニーがこちらをむいて悲鳴をあげ、肩のあたりを満身の力でたたいてきた。スカーレットは煙に巻かれてがくりと膝をつくと、そこで視界が暗転した。

目を覚ますと、裏のポーチでメラニーにあんばい良く膝枕をされて横になっており、午後の陽が顔に射していた。火傷をした両手、顔、両肩がひりひりと耐えがたく痛んだ。奴隷居住区からはまだ煙があがって、小屋をもくもくと取り巻いており、綿花の燃える強烈な臭いがした。厨房からも薄い煙が出ているのを見ると、スカーレットは必死で立ちあがろうとした。

しかし押しとどめられ、メラニーのおだやかな声がした。「静かに寝てなさい。火はもう消えたわ」

スカーレットは目を閉じて安堵のため息をつき、しばらく静かにしていると、近くでぐずる赤子の声がし、ウェイドの無事を告げるしゃっくりの音が聞こえてきた。よかった、あの子、死んでなかったんだわ！　スカーレットは目を開け、メラニーの顔をのぞきこんだ。巻き毛が焼け焦げて、顔は煤で真っ黒になっていたが、興奮で目をきらきらさせて頬笑んでいた。

「メラニーったら、黒んぼみたい」スカーレットは柔らかな膝枕にぐったりと顔をうずめながらつぶやいた。

「あなただって、ミンストレルショー〔顔を黒く塗り、黒人に扮した芸人による歌や踊りや寸劇の見世物〕の道化みたいよ」メラニーもおっとりした声で返した。

「さっき、どうしてたたいてきたの？」

「それはね、背中に火がついていたからよ。まさかあなたが気絶するなんて思わなかったけど、今日は死んでもおかしくないぐらい大変な思いをしたものね……わたしは牛を森の沼地につれていって、すぐとんぼ返りしてきたの。あなたと赤ちゃんをふたりで残してきたかと思うと、気が気でなくて。スカーレット——そ、その、ヤンキーたちになにかされた？」

「レイプされたかって意味なら、ノーよ」スカーレットはそう答えると、うなりながら身を起こそうとした。メラニーの膝枕は心地よかったが、横たわっているポーチの床は快適とは言いがたかったのだ。「けど、根こそぎ持っていかれたわ。なにもかも。なにもかも失くしてしまったのよ、わたしたち——ちょっと、なにをそんなにうれしそうな顔してるわけ？」

「おたがい死なずにすんだし、ふたりの子どもも無事だし、住む家だって残ってるじゃないの」そう答えたメラニーの声にはどこかはずむような調子があった。「いま、それ以上に望めることってあるかしら。まあ、まあ、ボーのオムツが濡れたようね！どうせヤンキーは替えのオムツまで取っていったんでしょうね。とりあえずこの子の――ちょっと、スカーレット、オムツの中に一体なにが入ってるの？」

メラニーは焦った顔で赤子のお尻にいきなり手をつっこみ、財布をとりだした。一瞬、初めて見る物のように眺めていたが、ぷっと吹きだした。安らかでどこまでもおだやかな笑い声が響いた。

「こんなことを思いつくのはあなたしかいないわ」メラニーは声をあげ、スカーレットの首に抱きついてきてキスをした。「こんなおかしなお姉さんがいるのはわたしぐらいよ！」

スカーレットは黙って抱擁されていた。目下は抗う力もなく、褒め言葉に心癒されもしたし、煙もうもうの暗い厨房で火消しをするうちに、義妹への敬意が増してもいたからだ。それは同志に対する親しみに似ていた。

そう、これだけは言えるわね。スカーレットは渋々認めざるを得なかった。メラニーはいざというとき頼れる人だわ。

28

畑を凍てつかせる霜が降りたかと思うと、一転して冬の気候になった。ドア枠の下から寒風が吹きこみ、ゆるんだ窓ガラスはのべつガタガタと鳴った。ほとんど丸裸の木々から最後の葉が落ちると、落葉していないのは薄色の空を背にひんやり黒々と立ち並ぶマツの木だけになった。轍のついた赭土の道は石のように凍りつき、寒風に乗ってひもじさがジョージアじゅうに吹き荒れた。

スカーレットはかつてフォンテインの祖母さまと交わした会話を苦々しく思い返していた。もう何年も前のことに思えるが、二か月前のあの昼下がり、わたしは自分の身に起こりうる最悪の事態はすでに経験したなどと、老婦人に語ったのだった。しかも大まじめに。いまにして思えば、あんなのは女学生が大げさなことを言うのと同じだろう。シャーマンの部隊が二度目に〈タラ〉を襲う前には、ささやかながら食糧とお金にも恵まれ、余裕のある隣人からの好意もあり、なんとか春までしのげそうな綿花もあった。それがいまや、綿花は焼かれ、食糧は奪われ、お金はあっても使い道がなく、それで買い物をするにも、食物がまったく出回っておらず、隣人たちはこちらよりもっと生活に困っていた。少なくとも、うちには乳牛と子牛が一頭ずつと子豚も何頭か、それに馬もいたが、隣人たちは家畜や物品を森に隠したり地中に埋めたりする暇はほとんどなかったのだ。

　タールトン家の〈フェアヒル〉館は焼けて土台だけになり、タールトン夫人と四人の娘たちは農園監督の小屋で生活していた。ラヴジョイに近いマンロー家の屋敷も焼け落ちた。フォンテイン家の〈ミモザ〉館の木造の棟も焼けたが、母屋（おもや）は漆喰（しっくい）壁がぶ厚くて火に強いのと、フォンテイン家の女性と奴隷（どれい）たちが濡（ぬ）らした毛布とキルトをかぶせて死にもの狂いで消火したおかげで、なんとか全焼をまぬかれた。カルヴァート家の邸宅は今回も、ヤンキーの農園監督ヒルトンのとりなしで難を逃れたが、家畜や家禽（かきん）は残らず奪われ、地所にはトウモロコシ一本残っていなかった。

〈タラ〉のみならずクレイトン郡全体が食糧難に陥っていた。どこの家にもヤムイモとピーナッツの残りと、森で狩れる野獣ぐらいしか食べ物がなかった。それでも郡の人々は豊かな頃そうしていたように、わずかな食糧をもっと困っている家族と分けあった。とはいえ、分けあう物も尽きる時が遅からずやってきた。

〈タラ〉では、ポークが運良くウサギやポッサムやナマズを捕まえてきた日には、それを食べた。成果がない日は、ちょっぴりの牛乳とヒッコリーの実、それから焼いたドングリとヤムイモだけ。みんな常に腹をすかせていた。スカーレットにしてみれば、なにかあるたびに食べ物を欲しがる手がのびてきて、哀れな目で泣きつかれるようなものだった。そんな姿を見ると怒りが爆発しそうになった。こっちだって同じようにひもじいというのに。

貴重な乳を飲みすぎるため子牛は屠るよう言いつけ、その晩ばかりは、みんな気持ちが悪くなるほど新鮮な牛肉をたらふく食べた。こうなったら子豚も一頭屠るべきなのだろうが、できれば大きくなるまで待ちたいので、日々先送りにしていた。子豚はまだ小さい。いま処分したところで大した食糧にはならないし、もう少し生かしておいたほうが食べられる肉も増える。スカーレットとメラニーは、ポークに合衆国紙幣（グリーンバック）を持たせて馬で街へ送りだし、食糧の買いつけをさせるという案の当否を夜な夜な検討した。しかし馬を取られ、持ち金を盗まれる危険性を考えると、二の足を踏んでしまうのだった。どこにヤンキー兵がいるか分かったものではない。千マイルも離れたところかもしれないし、川向こうかもしれない。一度など、スカーレットが自棄（やけ）を起こして、みずから食糧探しに出かけようとしたこともあるが、家じゅうがヤンキー兵恐さにヒステリックにわめいて止めるので断念した。

　ポークは食糧探しで遠征し、ときには夜通し帰らないこともあったが、どこに行っていたのかスカーレットは尋ねなかった。獣をたずさえて帰ることもあれば、トウモロコシを何本かと干し豆をひと袋ぐらい持ち帰ることもあった。一度など、森のなかで見つけたと言って、雄鶏を持ち帰ったこともあった。家族で鶏肉を堪能したが、過去に豆やトウモロコシを失敬してきたように、これも盗んできたことは重々承知だったので、良心の呵責も一抹あった。それからまもないある晩には、みんなが就寝した後ずいぶんたってから、ポークがスカーレットの部屋のドアをノックしてきて、おずおずと脚を見せたことがある。散弾銃で撃たれたらしく小さな傷がたくさんあった。スカーレットに包帯を巻いてもらいながら、本人がしどろもどろに説明したところによると、フェイエットヴィルで鶏小屋に忍びこもうとして見つかったらしい。スカーレットはどの家の鶏小屋か尋ねはせず、ただ目に涙を浮かべてポークの肩をやさしくたたいた。黒人たちはときに腹の立つこともするし、ときに間がぬけていて怠け者でもあるが、お金で買えない忠誠心がある。白人の主人たちと一心同体という気持ちがあり、食卓に食べ物を絶やすまいと命まで賭けてくれるのだ。

　世が世なら、ポークの食糧漁りは大問題になり、鞭打ちも辞さなかったろう。世が世なら、少なくとも厳しく叱咤したただろう。「いつも心に留めておきなさい」母はよく言ったものだ。「神さまがあなたの手に委ねた黒人たちには生活の保障をしてやるだけでなく、モラルの面でも責任をもたなくてはなりません。彼らは子どものようなものですから、危ないことをしないよう護ってやる必要があるし、あなた自身が彼らの立派な手本にならなくてはいけません。それを忘れないようにね」

とはいえ、いまはそんな母の教えは念頭から追いはらった。窃盗を奨励しようが、うちより貧しい家から盗もうが、そんなことはもはや良心を苛む問題ではなかった。それどころか、この件ではモラルの重圧はむしろ軽かった。スカーレットは執事を罰しも叱りもせず、彼が撃たれたことを悔しがるだけだった。

「もっと気をつけなくちゃだめじゃない、ポーク。あなたに死なれたら困るの。あなた無しでは、この家は立ちゆかないのよ。ものすごく有能だし義理がたいし、そのうちお金が入ったら、大きな金時計を買って、聖書からの言葉を彫りこんであげるわね。『有能にして忠実な僕の功績を讃える』ってね」

ポークは褒められて喜色満面になり、包帯を巻いた脚をそうっとなでた。

「そりゃあ、ありがたいことだァ、スカーレットさま。ところで、そのお金はいつ入るご予定で？」

「そんなの分からないわよ、ポーク。けど、そのうちなんとかして手に入れてやるわ」そう言って、スカーレットは心ここにあらずの目でちらりとポークを見てきたが、そのまなざしが恐ろしく憎々しげなので、執事はおろおろした。「いつかこの戦争が終わったら、わたしは大金持ちになるわよ。そうなったら、もう二度とひもじい思いも寒い思いもしない。この家のだれにもそんな思いはさせない。みんなで上等の服を着て、フライドチキンを毎日食べて、それから――」

そこでスカーレットは口をつぐんだ。〈タラ〉で最も厳しく言われている掟、それはスカーレット自身が作ったもので、全員にきつく守らせようとしていたが、すなわち、むかし食べたごちそう、将来食べるごちそうのことは、機会があっても口にすべからず、というものだった。

スカーレットが不機嫌に遠くを眺めたままなので、ポークはそそくさと退室した。思えば、過ぎ去りし古き時代には、人生はなにやらずいぶんと複雑だった。複雑でこみいった問題に囲まれていた。アシュリの愛を勝ちとるべく努めながら、一ダースもの恋人を宙ぶらりんのまま焦らしておくという難題があった。そうしつつ、ちょっとした不品行が年配のおばさまがたにばれないようにし、嫉妬深い娘たちは鼻であしらうか丸めこむかし、どんなドレスや生地を選ぶべきか考え、斬新な髪型をためし、それにくわえて、ああ、決めなくちゃならない事柄がなんとたくさんあったことだろう！　それに引き換えいまの生活は呆れるほどシンプルだ。いまの問題は、生きていけるだけの食べ物と、凍えずにすむ衣類と、あまり雨漏りがしない屋根を確保する、それに尽きた。

この時期に何度もくりかえし見た悪夢に、スカーレットはそれから何年もとり憑かれることになる。いつも同じ内容で、細部まで変わることがなかったが、迫ってくる恐怖は回を追うごとに高まり、またあの夢を見るのではないかと思うと、起きている間まで不安に苛まれた。初めてこの夢を見た日のできごとは、いまもよく覚えていた。

冷たい雨が何日も降りやまず、邸内はすきま風と湿気で凍える寒さだった。暖炉の薪は湿って燻るばかりで、室内はちっとも暖まらなかった。朝食を食べてしまうと、あとは牛乳が少しあるきりだった。ヤムイモすら底を突いており、その日はポークの罠も釣り糸も成果をあげなかったのだ。なにかお腹に入れるなら、明日には子豚を一頭屠らなくてはならないだろう。飢えてはりつめた白と黒の顔が無言のうちに食べ物を求めて、じっとスカーレットの顔を見つめてくる。馬を取られる危険はあるが、一か八かポークを街に送りだしなにか買ってこさせるべきか。さらに弱ったことには、ウェイドが喉を腫らし高熱を出しているのに、医者もいなければ薬もない。

ひだるく、子どもの看病にも疲れて、スカーレットはいっときウェイドをメラニーに預け、ベッドで仮眠をとることにした。しかし足は冷えきり、不安と失意に押しつぶされそうで眠れずに輾転（てんてん）としていた。何度も心の中でこう思った。「どうしたらいいんだろう？　こんなときだれに頼ればいいの？　助けてくれそうな人はこの世にだれもいないのかしら？」世界をつつんでいたあの安心感はどこへ消え去ってしまったのだろう？　だれか、この重荷を肩代わりしてくれる強くて賢い人がどうしていないんだろう？　わたしはこんな重荷を背負うようには生まれついていない。どうやって背負っていけばいいのかすら分からない。そうするうちに、不安なまま、まどろみに落ちた。

いつのまにか、渦巻く靄（もや）の立ちこめる見知らぬ未開の地にいた。目の前に手を伸ばしても見えないほどの靄。足元の地面は不安定だ。恐ろしい静けさに憑かれた土地で道に迷い、スカーレットは夜道で迷った子どものように途方に暮れておびえていた。身を切るような寒さ、そして空腹、靄につつまれた一帯になにが潜んでいるのかと怖くてたまらず、悲鳴をあげようとしたが声が出なかった。指をのばしてくる霧のなかに、スカートを引っぱり、足元で不安定にゆれる地面の下へ引きこもうとするものがいる。もの言わぬ冷酷な化け物の手。そのとき急に、このぼんやりした薄明かりのどこかに、隠れる場所が、助けてくれるものが、かくまい暖めてくれる逃げ場があると感じた。でも、一体どこにあるのだろう？　化け物の手に捕まって、流砂の中へ引きずりこまれる前に、そこへ辿りつけるだろうか？

　つぎの瞬間、気がつくと走っていた。狂ったように靄をついて走りながら、叫び、悲鳴をあげ、両手を差しのべてなにかつかもうとするが、手は湿った靄のなかで空を切るばかりだった。安らかな隠れ家は一体どこにあるの？　見つけようとすると見つからないけれど、どこかにかくれているはず。ああ、そこに辿りつけさえすれば！　そうすればもう安心なのに！　ところが、恐怖で足に力が入らず、空腹で倒れそうだった。絶体絶命で悲鳴をあげたところで目が覚め、メラニーが心配そうに上からのぞきこんで、ゆり起こしていた。

　この悪夢を何度でも見る。胃の腑が空っぽのまま寝つくと決まってそうだ。つまり、しょっちゅうと言っていい。あまりに恐ろしい夢なので、眠るのが怖くなってしまった。こんな夢などなにも恐れることはない、夢でまわりをとりまく霧のなかには怖いものなどなにもない、なにひとつない、と必死で自分に言い聞かせてもだめだった――あの靄の立ちこめた地へ迷いこむかと思うだけで怖くてたまらず、じきにスカーレットはメラニーと一緒に寝るようになった。夜中にうなりながら身悶えだしたら、またあの夢に捕まっているということだから、すぐにメラニーが起こしてくれるのだ。

　そんな緊張のなかで、スカーレットは青ざめてやせ細っていった。顔からは愛らしい丸みが失（う）せてやけに頬骨がつきだし、翠色（みどりいろ）の瞳（ひとみ）のつり目が強調され、なんだか獲物を狙（ねら）う飢えた猫のような顔つきになってきた。

　夢なんか見なくたって、起きている間も悪夢みたいなものなのに……。スカーレットはいい加減げんなりして、寝る前に食べるために、その日の食糧をとっておくようになった。

　クリスマスの時季になると、軍糧食部からフランク・ケネディ率いる小隊が軍用の穀物や動物を求めて馬で〈タラ〉にやってきたが、もちろん成果はあがらなかった。隊員の身なりはぼろぼろで、なんだかゴロツキみたいな風体だったし、彼らの乗る馬は足をひきずり、ゼイゼイ喘（あえ）いでおり、どう見てもこれ以上激しい労働はできそうにない。馬だけでなく、この兵站（へいたん）部員たちも体が利（き）かなくなって前線からはずされてきたようだ。フランクをのぞく全員が片手や片目を失っているか、関節が動かない身だった。その多くが捕虜のヤンキー兵から奪った青い上着を着ていたので、またシャーマンの部隊が舞いもどってきたのかと、一瞬、〈タラ〉の人々はぎょっとした。

部隊はその晩、農園に泊まっていくことになり、客間の床に雑魚寝したが、もう何週間も屋根の下で寝たことがなく、いつもマツの針葉の散る固い地面の上で眠っていたので、ベルベットの敷物に体を伸ばせる贅沢を堪能した。汚い髭面をしてぼろは着ていても、さすがに育ちの良い一行で、心なごむおしゃべりやジョークや褒め言葉を連発し、昔みたいに美女に囲まれてお屋敷でクリスマスイヴを過ごせるなんて、と喜んでくれた。彼らは戦争のまじめな話はしたがらず、とんでもないデタラメを言って女性を笑わせ、掠奪にあってがらんとしたこの屋敷にも、初めて浮きたつ雰囲気が漂い、お祭り気分につつまれた。かつてこの家はそうしたものに長年親しんできたのに。

「ハウス・パーティを開いていた頃みたいじゃない？」スエレンはうれしそうにスカーレットの耳元でささやいた。彼女は自分の恋人が家にいるものだから天にも昇る心地で、フランク・ケネディから片時も目を離そうとしなかった。病気で痩せてしまって肉付きはもどっていないのに、今日の彼女は綺麗と言ってもよく、そんな姿を見てスカーレットは驚いた。頰はぽっと赤らみ、目にはやさしい柔らかな輝きがあった。

「フランクのことがよっぽど好きなのねえ」スカーレットは胸のうちではばかにしていた。「この子も旦那さんがいれば、もっと人間らしい人間になるでしょうに。たとえ相手が口うるさいフランクおじさんでもね」

キャリーンもこの晩ばかりはちょっと明るくなり、いつもの夢遊病者みたいなぼんやりした目はしていなかった。隊員のひとりがブレント・タールトンの知り合いで、彼が殺された日も一緒にいたと判明し、夕食の後、ふたりでゆっくり話そうと心に決めていたのだ。

夕食の席では、メラニーがふだんの内気さをかなぐり捨て、活発と言っていいふるまいをするので、みんな内心仰天していた。声をあげて笑い、ジョークを飛ばし、片目の兵士といちゃつかんばかりにし、兵士は彼女の努力に大仰なまでの恭しさで快く応えていた。彼女がこんな態度をとるには精神的にも肉体的にも努力が要ることを、スカーレットはよく知っていた。メラニーはとにかく男性の前ではひどい人見知りをするのだ。しかもまだ本調子とはとても言いがたい。本人は、自分はもともと丈夫なんだからと言い張り、ディルシー以上に仕事を引き受けていたが、体調がすぐれないのは分かっている。物を持ちあげると顔から血の気が引くし、重労働の後には脚が体重を支えきれなくなったかのように、突然ぐったりと座りこむのが常だった。それなのに今夜はスエレンやキャリーンと一緒になって、兵士たちにクリスマスイヴを楽しんでもらおうと精一杯がんばっている。来客に囲まれて、スカーレットだけが楽しめないでいた。

マミーが供した干し豆と干しリンゴの煮込みとピーナッツの夕食に、糧食部隊は自分たちの持ってきた炒りトウモロコシとベーコンもくわえ、何か月もこんなにすばらしい食事はしたことがないと断言した。兵士たちが食べる姿を見つめながら、スカーレットは気が休まらずにいた。彼らが口いっぱいに頬ばる食べ物を惜しむ気持ちもあるが、それだけでなく、前日、ポークが子豚の一頭を屠ったのを気づかれるのではとヒヤヒヤしていたのである。その豚はいまパントリーに吊してあり、この子豚のことや、沼地の豚小屋にかくした他の子豚たちの存在を客たちの前で口にしたら、だれであろうと目の玉を掻き出すよ、とスカーレットは家の人々におごそかに宣言してあったのだ。腹をすかせたこの兵士たちは子豚など丸々一頭、一回の食事で食べ尽くしてしまうだろうし、他にも生きた豚がいると知ったら、軍用に徴収してしまうかもしれない。馬や牛のことも気が気でなかった。放牧地のはずれの森につないでおいたりしないで、沼地に隠しておけばよかった。糧食部に家畜、家禽をとられてしまったら、〈タラ〉は冬を越すことができないだろう。補充するにもできないのだから。軍の食糧事情など、知ったことではなかった。できれば、軍は軍でなんとか食べていってほしい――。こっちは自分ひとり食べていくのもかつかつなのだ。

隊員たちはデザートと称してナップザックから「ラムロッド・ロール」をとりだし

て食卓にのせた。スカーレットはこのとき初めて、シラミと並んでジョークの種になっている南軍のこの食品にお目にかかった。なんだか、木みたいなものを黒焦げにして渦巻き状にしたような……。兵士たちに、さあ、ひと口召しあがれ、とけしかけられて食べてみると、真っ黒焦げの表面の下は塩気のないトウモロコシパンだった。兵士たちはコーンミールに水と、塩が手に入るときは塩も加え、そのどろっとしたペーストをラムロッド・ロール全体に塗りつけ、この不味そうなものを野営の篝火でローストするらしい。ロック・キャンディほど固く、木っ端を嚙むような味気なさで、スカーレットはひと口かじっただけですかさず持ち主に返し、爆笑を誘った。メラニーと目があったが、ふたりとも同じことを考えているのは顔を見ればたがいに分かった……「兵隊さんたちはこんな物しか食べられずに、よく戦いつづけられるものだわ」

晩餐はそれなりに楽しく盛りあがり、一家の主の席に就いてぼんやりしていたジェラルドまでが、薄暗い記憶の底からホスト役のマナーをなんとか呼び起こしたらしく、あいまいな笑みを浮かべていた。兵士たちはよくしゃべり、女たちはにこにこして盛んにお世辞を言っていた――スカーレットはふとフランク・ケネディの方をむいてピティパット叔母さんの近況を尋ねようとしたが、ちらっと彼の表情を見たとたん、言おうとしていたことを忘れてしまった。

フランクの視線はスエレンを離れ、部屋をさまよっていた。ジェラルドの子どものようにきょとんとした目、床、擦り切れた敷物、飾りをむしり取られて殺風景なマントルピース、スプリングがだめになったうえヤンキー兵たちに布張りを銃剣で切り裂かれたソファ、サイドボードの上のひび割れた鏡、そこだけ色あせていない壁の部分——掠奪にあう前は絵画が掛かっていたからだ——、乏しい食器、なんとか見られる程度には繕ってはあるが古ぼけた女たちのドレス、粉袋を仕立て直したウェイドのおくるみ。

フランクは戦争前に親しんだ〈タラ〉を思いだしていた。その頰髯(ほおひげ)の伸びた顔に、傷ついた表情——やり場のない怒りに倦(う)んだ表情を浮かべて。スエレンのことを愛するばかりか、その姉妹も好いていたし、ジェラルドを尊敬し、なによりこのプランテーションに心から親しみを抱いていた。補充物資の徴収で州のあちこちを馬で廻っているから、シャーマン軍がジョージアを席捲(せっけん)してからというもの、痛ましい光景は数々目にしてきた。しかし今日目(ま)の当たりにした〈タラ〉の姿ほど、胸にこたえたものはない。オハラ家のために、とくにスエレンのためになにかしてあげたいが、自分にできることはなに一つなかった。フランクは不憫(ふびん)でならず、知らず知らずのうちに頭をふり、舌打ちをしているときに、スカーレットと目があった。その翠色の瞳が怒りにみちたプライドで燃えているのを見てとり、フランクは気まずくなってそそくさと皿に視線を落とした。

娘たちは巷のニュースを聞きたくて膝を乗りだしていた。四か月前にアトランタが陥落して以来、郵便配達は止まってしまっており、いまやヤンキー軍の居所も、南部連合軍の状況も、アトランタの街とそこで暮らしていた旧友たちの消息も、なにひとつ知ることができずにいる。フランクは仕事柄、そのあたりは隈なくまわっていたので、新聞並みに、いや、それ以上に事情に通じていた。というのも、メイコン北部からアトランタにかけての地域では、大方がフランクの親類か知り合いだったから、新聞には載らない面白い個人的ゴシップまでちょこちょこ披露することができたのだ。さっきの顔をスカーレットに見られてしまった照れ隠しに、彼はあわてて街の近況などを語りはじめた――南部連合軍はシャーマン軍が出ていった後、アトランタを取り返したんですが、シャーマン軍に焼かれてしまったので、都の燃えがらのようなものですが。

「えっ、アトランタはわたしが避難した夜に焼け落ちたものとばかり」スカーレットは面食らって声を高くした。「味方の軍が火をつけたでしょう!」

「とんでもありませんよ、スカーレットさん」フランクも驚いて声をあげた。「みなさんが暮らす街を焼いたりするはずがない！　燃えているのをご覧になったのは、ヤンキーに取られたくない倉庫や糧食や物資、それから鋳造所や弾薬庫などでしょう。でも、それ以外には手をつけていません。シャーマンに街を支配されたとき、家並みや店舗はお望みどおりのきれいな状態でしたよ。それで、シャーマンは兵士をそこに住まわせることにしたのです」

「でも、そこに住んでらした人たちは？　まさか――殺されてしまったのですか？」

「そう、殺された人たちもいくらかいた――もっとも撃ち殺されたのではありませんが」片目の兵士が暗澹たる表情で答えた。「アトランタの街に進軍してくるなり、市民はひとり残らず出ていってもらうことになると、市長に通達したんですよ。しかしそんな強行軍に耐えられない年配者や、動かすのが危険な病人も大勢いました。ご婦人がたでも――その――動かしてはいけない状況の方々が……。それでもシャーマンは未だかつてない過酷な暴風雨のさなか、市民を追いだしたのです。何百人と束にして。そうしてラフ・アンド・レディに近い森の中へ置き去りにし、フッド将軍に彼らを引き取りに来いと連絡した。肺炎や、こんな仕打ちに耐えかねて、多くの市民が亡くなりました」

「まあ、ひどい。けど、シャーマンはなぜそんなことを？　お年寄りや病人なら残っていても害はないはずでしょう！」メラニーが憤然として尋ねた。

「兵士と馬を休めるのに街の家屋や店舗を使うつもりだ、とのことで」フランクが答えた。「シャーマンは十一月中旬まであそこで人馬を休ませてから出立した。しかし去り際に町中に火を放って、なにもかも焼き尽くしていったんです」

「まさか、なにもかもなんてことあり得ませんわ！」女たちは真っ青になって叫んだ。喧噪に包まれ、人々が行き交い、兵士たちでごった返したあのなじみ深い都会が、消え去ってしまうなんて考えられない。木々の葉蔭に建つ美しい家々、規模の大きな店舗や高級ホテル――あれだけのものがぜんぶ消えてしまうわけがない！　メラニーはいまにも泣きだしそうな顔をしていた。彼女はアトランタの生まれで、他に故郷をもたない身だ。スカーレットもあの街を〈タラ〉のつぎに愛するようになっていたから、気持ちが重く沈んだ。

「いや、その、あらかた、という意味ですよ」フランクは女たちの顔を見て、しまったと思い、あわてて言いなおした。女性を動揺させて良いことはなにもないと思っていたので、とにかく明るい顔をしようと努めた。女性がおろおろすると、つられて自分もおろおろし、じつに不甲斐ない気がしてくるからだった。自分の口から最悪の事態を知らせる気には、とうていなれなかった。放っておいても、そのうち他から耳に入るだろう。

アトランタにもどった南部連合軍が見たものをここで話す気にはなれなかった。見わたすかぎりの焦土のなかで煙突だけが灰燼のなかに黒々とそびえ、半焼した建物が折り重なり、崩れ落ちたレンガが山をなして道路をふさぎ、樹齢を重ねた木々は大火でやられて倒れ、寒風に吹かれながら、黒焦げの枝を道に投げだしていた。その光景に心底胸がわるくなったこと、兵士たちが街の廃墟を目の当たりにして吐いた痛烈な罵詈雑言を、フランクはいま思い起こしていた。どうか、墓暴きのおぞましいニュースまでこのご婦人がたの耳に入りませんよう。知ったらきっと立ちなおれないだろう。アトランタの墓地には、チャーリー・ハミルトンとメラニーの父母も眠っているのだから。あの墓地の光景はいまでも悪夢となって現れるほどだった。亡骸とともに埋葬された宝飾品目当てで、ヤンキー兵たちは納骨所に押し入り、墓を掘りかえした。骸が着けていた品々まで剝ぎとり、棺から金銀のネームプレートや、銀の縁飾りや、銀の把手までむしりとっていった。たたき割られた棺が散乱するなかに、白骨や遺骸が乱雑に投げだされ、凄惨きわまりない姿を晒していた。

フランクが話せないことはまだあった。犬や猫のことだ。なにしろ、ご婦人がたは目の中に入れても痛くないほどペットをかわいがっていた。しかし市民が強制退去させられると、何千頭という動物たちは家を失って飢えることになり、そのありさまを目にしたフランクは犬や猫が大好きなだけに、墓地の件に劣らぬショックを受けたのだった。ペットたちはおびえ、寒さに凍え、森の獣たちのように腹をすかして野生化し、強者は弱者を襲い、弱者はさらに弱いものが死ぬのを待って、その死骸を食らっていた。さらに、荒れはてた街の上にはハゲタカが飛びまわり、その優美にして不吉な姿を冬の寒空に点々としるしていた。

　フランクは女性たちが少しでも安らげる知らせはなかったかと、必死で記憶をたぐった。

「もちろん無事だった家もありますよ。一軒だけ遠く離れて建っている家などには火の手が及ばなかった。それに教会とメゾニック・ホール〔フリーメイソンの会堂〕も残っています。店もいくらかは無事でしたし。とはいえ、繁華街と線路沿いの地域とファイヴ・ポインツの辺りは——その、なんです、街のその界隈(かいわい)は焼け落ちました」

「ということは」と、スカーレットは歯嚙みする思いで声を高くした。「チャーリーがわたしに遺(のこ)してくれた、線路の先のあの倉庫も、焼けてしまったの?」

「線路の近くであれば、そうでしょう。しかし——」そこで不意にフランクはにっこりした。どうしてもっと早くこれを思いつかなかったのだろう? 「でも、元気を出してください、みなさん！　ピティ叔母さまのお屋敷は無事ですよ。多少の損傷はありましたが、残っています」

「まあ、どうして難を逃れたのかしら？」

「そうですね、あのお宅はレンガ造りですし、アトランタではほぼ唯一、屋根がスレート葺きです。そのため火の粉が飛んできても燃えなかったのでしょう、きっと。それに街の北端のあたりですし、その辺りは火勢もさほどではなかったのです。もっとも、邸内に寝泊まりしたヤンキー兵たちに建材を散々むしり取られたのは、致し方ないことですが。やつらは階段のマホガニーの手すりやら壁のすそ板まで焚き火にくべてましたが、まあ、大したことではないですよ！　お家はりっぱに建ってます。先週、ピティパットさんにメイコンでお会いしましたが――」

「会ったんですか？　どんなようすでした？」

「ええ、お元気ですよ。お元気ですとも。お宅が無事なことを伝えると、すぐにでも帰宅する気になっておられました。まあ、あのピーター爺やがうんと言えばですけどね。すでにかなりの数の市民がアトランタにもどっているんです。つぎはメイコンが心配ですから。シャーマンはメイコンを素通りしていきましたが、じきにウィルソン将軍の奇襲隊が来るんじゃないかとみんな不安なんです。あれはシャーマンより質が悪いですからね」

「家がないのに帰ってくるなんてどうかしてるわ！　どこに住むんです？」

「スカーレットさん、家のない人たちはテントなり掘っ立て小屋なり丸太小屋なりに住んでいますよ。無事だった数軒の家に六、七家族が押し合いながら暮らしていることもある。しかも焼けた家を再建しようとしています。スカーレットさん、そういう人たちを〝どうかしてる〟などと言わないでください。アトランタの人たちのことはわたしに劣らずよくご存じでしょう。あの街にがっちり根をおろしていて、まあ、チャールストン人がチャールストンに拘るのといい勝負ですよ。いっぺんヤンキーが来て火をつけたぐらいで追い散らされないでしょう。アトランタ人というのは――メリーさんには失礼ながら――アトランタにかけてはまさしくラバのように頑固です。わたしにはその理由がさっぱり分かりませんがね。我がちで不作法で、昔からどうも苦手です。もっとも、わたしは田舎の生まれですから、どこであれ都会は好きになれないのですが。もう一つ言うと、真っ先にもどってきた人たちは賢明でしたよ。最後の方になると、自分の家の焼け残った木材や石材やレンガ一つ見つからないことになるでしょうから。あっちではいま、みんな家を再建する建材を集めようと、血眼になって街じゅうを漁っているんです。つい一昨日も、メリウェザーの奥さんとメイベルの奥さんがばあさん女中をつれて、手押し車でレンガを拾い集めているのを見かけました。それからミードの奥さんは、先生が帰っていらしたら丸太小屋を建てるつもりだとか。なんでも、アトランタに初めてやってきた頃は——その時分はマーサズヴィルと呼ばれてましたが——丸太小屋に住んだものだし、またそうしても全然かまわない、と。もちろん冗談でしょうけど、アトランタに対するあの人たちの気持ちがよく表れているでしょう」

「たいした心意気ですわ」メラニーが誇らしげに言った。「そう思わない、スカーレット?」

第二の故郷を思うと、スカーレットの胸におごそかな喜びと誇りが広がっていった。フランクが言うように、我がちで不作法な街だけれど、そこが好きなのだ。旧い街とは違って、偏屈さがないし、目新しいものを毛嫌いすることもなく、勇みたつ高揚感にあふれていて、そこが自分と気が合うゆえんだった。「わたしとアトランタは似た者同士だわ」スカーレットはそう思った。「わたしだって、ヤンキーが来て火をつけたぐらいじゃへこたれないわよ」

「ねえ、スカーレット、ピティ叔母さまがアトランタへ帰るなら、わたしたちも街へもどって一緒にいてあげた方が良くなくて?」スカーレットが考え事をしているところにメラニーの声が割りこんできた。「あの怖がりの叔母さまに独り暮らしは無理よ」

「けど、わたしがここを放りだしていけると思う、メリー？」スカーレットはカチンときた。「そんなに帰りたいならどうぞ。止めないから」

「あ、そんなつもりで言ったんじゃないのよ」メラニーは困って顔を赤くしながら答えた。「わたしったら、ほんとに考え無しね！〈タラ〉はあなたに出て行かれたら困るに決まってるわ——まあ、あちらはピーター爺やとクッキーが叔母さまの面倒をみてくれるでしょう」

「あなたを止める理由はべつにないけど」スカーレットはずばっと言った。

「わたしがひとりで帰るはずがないでしょう」メラニーはそう答えた。「わ、わ、わたしだって、あなた無しでは怖くて仕方ないんだもの」

「だったら、好きにすれば。だいたいね、わたしがアトランタに帰るわけないじゃないの。家が何軒か建ったら、すかさずシャーマンがもどってきて、また焼いてしまうわよ」

「いや、もどっては来ないでしょう」フランクは思わずしょげた顔をしてしまった。「シャーマン軍はジョージア州を突っ切る形で沿岸まで進軍しました。今週はサヴァナも陥落し、つぎはサウスカロライナに攻めこむと言われています」

「サヴァナが陥落したですって！」

「そうです。サヴァナが落ちたのも致し方ないことです。防衛するにも人手が足りなすぎた。これでも集められる兵士は片端から——足を引きずってでも歩ける兵士は残らず集めたのです。ご存じですか？　ヤンキーがミレッジヴィルまで迫ってくると、まだ士官学校にいる生徒たちまで、どんなに若くてもみんな駆りだし、あまつさえ新たな部隊を編制するために州刑務所すら開放したのです。ええ、そうです、戦う気があればどんな罪人も釈放し、戦争を生き延びたら恩赦をあたえてやると約束したんです。まだ年端もいかない士官学校生が盗人や人殺したちと隊を組んで歩かされている図を見て、わたしは怖気(おぞけ)をふるいましたがね」

「罪人を世に放ったですって！」

「まあ、スカーレットさん、おちついて。ここからだいぶ離れた場所ですし、それに連中は兵士としてはなかなかのものなんですよ。泥棒がすぐれた兵士になれないという法はないでしょう？」

「けっこうですこと」メラニーがそっとつぶやいた。

「さあ、そうは思えないけど」スカーレットがにべもなく返した。「だって、ただでさえこの辺りには泥棒がうじゃうじゃいるんだし、他にもヤンキー兵だのなんだの

――」はっとして口をつぐんだが、隊員たちは笑いだした。

「ヤンキー兵だの、わが糧食部隊だのね」隊員たちが後をつづけると、スカーレットは真っ赤になった。

「ところで、フッド将軍の軍隊はどこにいるんですの？」メラニーがあわてて質問を挟んだ。「将軍がいれば、きっとサヴァナは守れたでしょうに」

「なにをおっしゃる、メリーさん」フランクはドキリとし、諫めるような声を出した。「あの地域はフッド将軍の守備範囲ではまったくない。将軍はヤンキー軍をジョージアから引っぱりだすために、テネシーで戦っていたのです」

「そのささやかな作戦がよく功を奏しましたこと！」スカーレットは厭味を言った。「ヤンキーどもは士官学校生と罪人と義勇軍しか防衛の手がないジョージア州を端から端まで荒らしていますからね」

「娘よ」ジェラルドが急にいきり立った。「口汚いことを言うもんじゃない。母さんが嘆くぞ」

「ヤンキーどもでいいじゃありませんか」スカーレットは負けじと言い返した。「他の呼び方をしようとは思いません」

エレンの話題が出たとたん、みんな気まずくなって、不意に会話が止まってしまった。メラニーがふたたび割って入った。

「メイコンにいらしたとき、ウィルクス家のインディアとハニーにはお会いになりまして？　ふたりは――なにかアシュリの消息を耳に入れていました？」

「メリーさん、いいですか、わたしがあちらのお宅でアシュリの近況を耳にしていたら、メイコンからまっすぐここへ駆けつけてお知らせしていますよ」フランクは不服そうに言った。「いいえ、おふたりはなにも報せは受けていませんでしたが――メリーさん、アシュリのことで気を揉むのはおよしなさい。長いこと便りがなくて心配なのは分かりますが、捕虜収容所に収監中なんですから、便りがなくても仕方ないでしょう。しかしむこうの収容所が南部よりひどいということはないはずです。なにしろヤンキー軍は食糧もたっぷりあるし、医薬や毛布も充分にあるのですから。自分たちが食べるにも事欠き、捕虜までとても面倒みられないこちらとは違います」

「ええ、ヤンキーには物資がたっぷりあるのでしょう」メラニーの声にも辛辣なものが混じっていた。「けど、それを捕虜にまで分けるでしょうか。そんなわけがないと、ケネディさんもご存じのはずですわ。わたしを安心させたいばかりにそんな嘘をおっしゃるのね。南部の兵隊さんたちはむこうで凍え死にし、飢え死にし、お医者さまも薬もないまま死んでいっているのでしょう。ヤンキーがわたしたちを大嫌いだというだけで！　ああ、この地上からヤンキーというヤンキーを一人残らずぬぐい去ってしまえたら！　ええ、わかってますわ、アシュリはもう――」

「それは言わないで！」スカーレットはいまにも心臓が飛びだしそうだった。アシュリが亡くなったとだれも言わないかぎりは、生きているという微かな望みをつないでいられるが、それが言葉になったとたん死んでしまう気がしていたのだ。

「まあ、ウィルクスの奥さん、旦那さんの心配はおよしなさい」片目の兵士が慰めに入った。「わたしは第一次マナサスの戦い〔一八六一年〕で捕虜になり、のちに捕虜交換で解放されたんですがね、収容所ではずんぶんに食わしてもらいましたよ。フライドチキンやら焼きたてのビスケットやら――」

「嘘をお吐きですのね」メラニーはうっすら頬笑んで答えたが、そこには強い意志がのぞいていた。男性相手にそんな態度をとるメラニーをスカーレットは初めて見た。

「ご自分ではどう思われて？」

「いや、ごもっともです」片目の兵士はそう言うと、アハハと笑いながら自分の脚をぴしゃりと打った。

「客間へどうぞ。クリスマス・キャロルを歌ってさしあげましょう」メラニーはそつなく話題を変えた。「ピアノばかりはヤンキー軍も持ちだせなかったようですね。客間のピアノは調律が狂ってるかしら、スエレン？」

「ええ、とんでもなく」スエレンはそう答えながらも、フランクに微笑んで呼び招いた。

ところが、みんなが部屋から出ていってもフランクはぐずぐずしており、スカーレットの袖を引いてきた。

「ちょっとふたりだけでお話ししたいんですが」

家畜のことを訊かれるのかと、一瞬、スカーレットはすくみあがり、まんまと騙してやろうと気合いを入れた。

部屋にだれもいなくなり、ふたりで暖炉のそばに立つと、みんなの前では明るさを装っていたフランクの顔から輝きが失せ、なんだかお年寄りのように見えた。その顔は〈タラ〉の芝生に舞い飛ぶ木の葉みたいに乾いて枯れた色をしており、生姜色の頬髯はしょぼしょぼと貧相で、白髪がいくらか交じっていた。その髯を上の空でつまみ、耳ざわりな咳払いをしてから、フランクはようやく切りだした。

「お母さんのこと、心よりお悔やみ申しあげますよ、スカーレットさん」

「その話はどうぞご遠慮ください」

「それに、お父さんも——ずっとあんな調子なのですか、奥さんが——」

「ええ――そうなんです――あのとおり、なんだかおかしくて」

「奥さんをそれは大切になさってましたからね」

「あの、ケネディさん、もうその話はよしましょう――」

「すみません、スカーレットさん」フランクはもどかしげに足摺(あしず)りをした。「じつはお父さんとお話ししたいことがあったんですが、どうも間が悪いようだ」

「お力になれるかもしれませんわ、ケネディさん。ほら――いまではわたしがここの家長ですし」

「ですから、わ、わたしは」フランクはそう言いかけて、また髯をそわそわと指先でいじった。「じつを言いますと――その、スカーレットさん、わたしはお父さんにスエレンさんをくださいと言おうと思っていたのです」

「えっ、つまりこういうことですか」スカーレットは驚くやら可笑(おか)しいやらで声を高くした。「スエレンとのこと、まだ父さんに許しを得ていなかったと？　もう本人には何年も言い寄っていながら！」

　フランクは赤くなって気まずげににやりとした。はにかみやで臆病(おくびょう)な少年のような佇(たたず)まいだった。

「それはその、彼女に――受けてもらえる自信がなかったんです。あちらよりはるかに年上だし、それに――〈タラ〉にはハンサムな若者がたくさん群がっていましたから――」

ぷっ！と、スカーレットは心のなかで吹きだした。男性たちが群がっていたのは、あの子じゃなくてわたしですけどね！

「いまだって、うんと言ってもらえる自信はありません。まだ申し込んだことはありませんが、わたしの気持ちはご存じのはずです。わ、わたしは――まずオハラさんのお許しを仰いで、本当のことを話すつもりでした。スカーレットさん、いまのわたしは一文無しなんです。こう言ってはなんですが、かつてはずいぶんお金持ちでしたが、たったいまわたしが有しているものは、乗ってきた馬と着ている服だけなのです。え、軍に入隊したさい、自分の土地のほとんどを売り払い、そのお金をすべて南部連合の債券に替えました。あの政府債がどうなったかご存じでしょう。いまや、それが印刷された紙きれほどの値打ちもありません。ともあれ、その紙くずもいまでは手元にないのです。ヤンキー軍がうちの姉の家を焼いたときに焼失してしまいました。われながら一文無しでスエレンさんにプロポーズするとはいい度胸だと思いますが――それは、こういうことなんです。この戦争ではこの先なにがどうなるか分からないと考えるようになりました。まあ、わたしにはこの世の終わりみたいに見えますが。ともかく、確信のもてるものなど何ひとつない――もしわたしたちが婚約できたら、わたしにとっても、彼女にとっても、それがむしろ大いなる慰めになると思ったんです。少なくとも心あてにはなるでしょう。自分の力で彼女を養えるようになるまでは申し込むつもりはありません、スカーレットさん、それがいつのことになるのかも分かりませんが。しかしあなたが真実の愛になんらか価値を見いだすのであれば、他になにもなくたって、スエレンさんはその愛につつまれて豊かでいられるとお思いになることでしょう」

最後のほうは正々堂々と言い切ったので、スカーレットは面白がりながらも、ちょっと感動してしまった。もっとも、スエレンを愛せる男性がいるというのは理解に苦しむ。自分からすれば、あれは身勝手と、不平不満と、強情っ張りの化身としか言いようがない。

「ええ、ケネディさん」スカーレットはやさしく応えた。「ご心配にはおよびません。父にはわたしの方から言っておきますから。父もケネディさんのことは大いに買っておりますし、スエレンのことは初めからあなたにもらっていただくつもりでした」

「それは、いまもですか？」フランクは喜びで顔を耀かせていた。

「ええ、もちろん」じつは食卓で向かいに座るスエレンに父が始終がなりたてていたのを思いだし、スカーレットは笑いを押し殺しながら答えた。「さあ、どうなんだ！　おまえの熱烈な恋人はまだ訊いてこんのか？　どういうつもりか、わしから問いただしてやろうか？」

「彼女には今晩にも申し込むつもりです」フランクは面を震わせながら言い、スカーレットの手をがっちりつかむと、握手をした。「ご親切にありがとう、スカーレットさん」

「あなたのところへ行くよう、あの子に言ってきますね」スカーレットは微笑みながら客間へむかった。メラニーはもう演奏を始めていた。ピアノは哀しいほど調律が狂っていたが、ときどき和音がきれいに響くこともあり、メラニーは声を張りあげてみんなをリードし、『天には栄え！』を合唱していた。

　スカーレットはふと足を止めた。信じられない。戦争で二度も〈タラ〉をめちゃくちゃにされたことも、焼け野原のような土地に暮らしていることも、飢え死に寸前の思いをしていることも、こんなに美しいクリスマス・キャロルが歌われている横では、なんだか現実とは思えなかった。不意にスカーレットはふり返ってフランクを見た。

「さっき、この世の終わりみたいに見えるとおっしゃったのは、どういう意味です？」

「ざっくばらんにお話ししますが」フランクはゆっくりと言った。「わたしから聞いた話で、他のご婦人がたを脅かさないでいただきたいのです。戦争はそう長くはつづくまい。入隊させようにも新たな人材がいませんし、離隊率も高くなっています――軍が直視したくないぐらい高い数字です。男というのは家族が飢えていると知りながら家を離れていられないものなのです。家族の求めるものを与えようと家に帰ります。そういう彼らを責められはしないが、兵力が低下するのは確かです。軍隊というのは食糧なしには戦えないのに、その食糧がないのです。ええ、わたしの仕事は糧食の調達ですから、実情はよく分かっています。アトランタをとりもどしてからこの地域は隈なく廻っていますが、カケス一羽、満足に食べさせられないほどの窮状だ。サヴァナまでの南三百マイルも同じような状況です。人々は飢えに苦しみ、線路はもぎとられ、新しいライフルもなく、弾薬は尽きかけ、靴にあてる革切れ一枚ない……お分かりでしょう、終わりはもうそこまで来ているのです」

しかし南部勝利の望みが薄れゆくことより、食べ物がないという話のほうが、スカーレットの胸には重くこたえた。自分の心づもりとしては、ポークに金貨と合衆国紙幣(グリーンバック)を持たせて荷馬車で送りだし、食糧や衣服の生地を求めて一帯を廻らせようと思っていたのだ。しかしフランクの言うことが本当だとすると――

とはいえ、メイコンはまだ陥落していない。メイコンには食べ物があるはずだ。軍糧食部隊につつがなくお帰りいただいたら、大切な馬を軍に没収される危険を冒しても、ポークをメイコンへ送りだそう。一か八かやってみなくては。

「今夜ぐらい嫌な話はよしましょうよ、ケネディさん」スカーレットは言った。「例の母の仕事部屋へ行ってお待ちください。スエレンをそちらへ遣りますから、ぞんぶんに——いえ、あそこなら多少はプライバシーも保てますし」

フランクは顔を赤らめてにっこりしながら、部屋をそっと出ていき、スカーレットはその後ろ姿を見送った。

「彼があの子とすぐに結婚できないとは残念ね。ひとつ口減らしになったのに」スカーレットはそう独りごちた。

29

ジョンストン将軍はかつて指揮していた軍の無惨な残党をふたたび任せられ、その四月、軍がノースカロライナでついに投降すると、戦争は終わりを迎えた。しかし敗戦の報せが〈タラ〉にとどいたのは、それから二週間もたってからだった。〈タラ〉ではだれもかれも毎日の仕事を山ほど抱えており、農園の外をほっつき歩いたり、噂話を仕入れたりして時間を無駄にしてはいられなかった。隣人たちも同様に忙しく、たがいの行き来もほとんどなかったから、報せが伝わるのもゆっくりだったのだ。

農園はおりしも春の鋤き起こしが佳境を迎える頃で、ポークがメイコンから持ち帰った綿花と作物の種が畑に蒔かれているところだった。ポークはその買い付けからもどって以来、ほとんど役立たずのありさまだった。荷馬車に衣類、種、家禽、ハム、ベーコン、ひきわり粉をいっぱいに積んで無事に帰還したことで鼻高々になり、ろくに働こうとしなかったのである。間一髪逃れたという武勇伝、〈タラ〉への帰路にたどった脇道（わきみち）や田舎道、道なき道や山の廃道やイバラ道のことを、飽きもせず繰り返し語り聞かせた。ポークは五週間も旅に出ており、その間はスカーレットも気が気でなかった。とはいえ、帰宅したポークを叱（しか）りつけたりはしなかった。買い付けの成果をたずさえたうえ、渡してあったお金のほとんどを使わず返してきたので、大満足だったのだ。女主人がにらんだところ、こんなにお金が余ったのは……つまり、家禽類や食物の多くは買ったものではないということだろう。見張りもいない道路端の鶏小屋があり、入りやすそうな薫製（くんせい）小屋もあるというのに、ご主人さまのお金を使ったりしたら面目ないと、忠実なポークは思ったのだろう。

少しは食物が手に入ったいま、〈タラ〉の人々はまがりなりにも普段の生活にもどろうと、忙しく立ち働いた。だれもが仕事を抱えてせっせと手を動かしたが、それでもこなしきれず、作業はきりなく湧（わ）いてきた。今年の種を蒔くため、立ち枯れた去年の綿の木をまず引き抜く作業があり、その後、図体ばかり大きくて耕作に慣れていない馬がいやいや畑を引かれていった。菜園でもまず雑草を抜いて種を蒔かなくてはならず、薪割（まきわ）りの仕事も待っていたし、ヤンキー兵が無造作に焼き払ってしまった畜舎や何マイルものフェンスの復旧にむけて作業を始める必要もあった。ポークがしかけたウサギ罠（わな）は一日に二度は見にいかねばならず、川にたらした釣り糸は餌（えさ）の付け替えが必要だった。それから、ベッドメイキング、床の掃きそうじ、食事のしたく、皿洗い、豚や鶏たちへの餌やり、鶏卵のとりこみ。牛は乳搾りをして沼地の近くに放してやったら、一日中、番をする人手が要る。舞いもどってきたヤンキー兵かフランク・ケネディの隊員に連れていかれては困るからだ。幼いウェイドにさえ受け持ちの仕事があった。毎朝、籠を手に大いばりで出かけていって、火を熾すための小枝や木片を集めてくるのだ。

クレイトン郡で戦場から最初に帰還したのはフォンテイン家の息子たちであり、投降の報せをもたらしたのも彼らだった。アレックスはまだ長靴を履き、歩いて帰ってきたが、トニーははだしとはいえ、鞍なしのラバにまたがっていた。一家のなかで常に最上のものを手に入れるのがトニーだ。ふたりともこの四年間、陽に灼かれ雨風にさらされて、以前にもまして色が黒くなり、ますます痩せて、ますます筋張り、戦争でのび放題になった黒い顎鬚のせいで別人のように見えた。

〈ミモザ〉館への帰路、一刻も早くわが家に帰りたいふたりは〈タラ〉で女性たちにキスをし、降伏の報せだけをもたらすと、長居はしなかった。すべて終わりました、すべて終結しました、それだけ述べると、あとは思い残すところもなく、語りたくもないようだった。ふたりが知りたがったのは、〈ミモザ〉館も焼かれてしまったのかということだけだ。アトランタから南下してくる途上で、友人たちの屋敷があった所に煙突だけが建っている光景をつぎつぎと目の当たりにし、このぶんではわが家だけが運よく難を逃れるというのは望み薄の気がしてきたと言う。しかし吉報を得るとふたりは安堵のため息をつき、スカーレットから、サリーが男顔負けに馬を駆って、その垣根をひらりと跳び越えていった話を聞くと、腿を打って大笑いした。

「おてんば娘だな」トニーは言った。「許婚のジョーが戦死したのは、まったく気の毒だよ。ところで、噛みタバコはないか、スカーレット？」

「ウサギタバコ〔草を乾燥させて粉状にし煙を吸う。穏やかな鎮静効果があるとされ、先住民は医薬として用いた〕しかないわ。父さんはコーン・パイプに詰めて喫ってるけど」

「こっちはそこまで落ちぶれちゃいないよ」トニーは言った。「でも、じきにそういう羽目になりそうだな」

「ディミティ・マンローは無事かい？」アレックスがもどかしげに、でもちょっと言いだしにくそうに尋ねた。そう言えば、彼がサリーの妹にご執心だったことを、スカーレットはぼんやりと思いだした。

「ええ、元気よ。いまはフェイエットヴィルの叔母さんの家に身を寄せているの。マンロー家のラヴジョイの屋敷が焼けたのはご存じよね。ご家族の他のみなさんはメイコンに避難したわ」

「つまりさ、こいつが訊きたいのは——ディミティが義勇軍の勇敢な大佐とでも結婚したかってことじゃないの？」トニーが茶化すと、アレックスは怒った目でにらみつけた。

「ないない、結婚してない」スカーレットも面白がって答えた。

「いや、してるほうが良かったかもな」アレックスは顔を曇らせた。「ちくしょう、いったい——あ、口汚くて申し訳ない、スカーレット。でも、奴隷にみんな逃げられ、家畜も失い、ポケットに一セントもない男が、どうして女性にプロポーズできるというんだ？」

「そんなことディミティは気にしないって分かってるくせに」スカーレットは言った。ディミティの陰口などたたかず、やさしいことが言えるのも、自分がアレックスと良い仲だったことがないからだ。

「くそったれめ——あ、またもや申し訳ない。悪態の癖をなおさないと、祖母さまにこっぴどくぶたれるな。いや、どんな女性が相手でも貧乏人と結婚してくれと言うつもりはないよ。たとえむこうは気にしなくたって、ぼくが気にする」

スカーレットが男性たちと玄関ポーチで話しているうちに、メラニー、スエレン、キャリーンの三人は敗戦の報せを耳にするなり、無言でそっと邸内に入っていった。フォンテインのふたりが暇を告げ、〈タラ〉の裏の畑を突っ切って家へ駆けていくと、スカーレットも中に入ったが、そこで女たちのすすり泣きの声が聞こえてきた。三人はエレンの小さな執務室のソファに座って泣いていた。すべてが終わってしまった。みんなが愛し望みをたくした美しく輝く夢も、友人や恋人や夫の命を奪い、一家に貧乏暮らしをさせた大義も。決して潰えることがないと思っていた大義がこれきり潰えてしまったのだ。

ところが、スカーレットにしてみれば泣く理由はなかった。敗戦の報せを聞いたとたんに考えたのはこういうことだ。「ああ、良かった！　これでもう牛を盗まれる心配もない。馬をとられることもない。井戸の底から銀器を出してこれるし、ナイフとフォークで食事ができるんだわ。これからは食べ物を探してまわる際にびくびくすることもなくなるはずよ」

なんという安堵感！　もう馬の蹄の音にぎょっとすることもない。暗い夜中に目覚めて息を殺して耳を澄まし、庭から馬具がぶつかったり、馬の近づく音がしたり、ヤンキー兵が号令をかける胴間声が聞こえたりするのは、はたして現実だろうか、ただの悪夢だろうか、などと考えることもないのだ。なにより素晴らしいのは、〈タラ〉

の屋敷を焼かれる心配がなくなったこと！　そう、スカーレットの最悪の悪夢が実現することはもうないだろう。芝生から、最愛の屋敷から煙があがる光景を目にしたり、猛火に屋根が崩れ落ちる音を聞いたりすることもない。

そうよ、たしかに大義は潰えたけど、戦争なんてわたしには最初からばかみたいに思えたし、平和のほうが良いに決まってる。南部連合国旗が掲げられるのを見て目に星が飛んだこともなければ、南部軍歌の『ディキシー』が流れて背筋がぞくぞくしたこともない。まわりの人たちは大義の勝利を思って、狂信的な愛郷心に燃え、耐えがたきを耐えていたけれど、スカーレットはそんな愛郷心でもって、貧乏生活やら、不快な看護の仕事やら、包囲の恐怖やら、数か月のひもじさやらに耐えていたわけではない。そんなすべてが終わったんだ。すっかり済んだんだ。なのに、どうして泣くことがあるだろう。

すべてが終わった！　はてしなくつづくように思えた戦争。頼んでもいないのにスカーレットの人生を真っ二つに裂いてしまった戦争。あまりにすぱっと切られてしまったから、かつての無邪気だった日々は思いだせないほどだ。かつてきゃしゃな翠色（みどりいろ）のモロッコ靴を履き、襞飾（ひだかざ）りにラベンダーを薫らせていた可憐（かれん）なスカーレットを思い起こしても感慨がわかず、同一人物なのかふしぎなぐらいだった。郡じゅうの人々を足元にかしずかせていたスカーレット・オハラ。言うなりになる奴隷が百人もひかえ、つねに〈タラ〉という裕福な後ろ盾を持ち、おまけに両親は娘に甘く、願いをなんでもかなえてやろうとうずうずしている。甘やかされて悩みひとつないスカーレット。アシュリのこと以外では、報われない望みなど知らなかった。

この四年間の紆余曲折した長い道のどこかで、匂い袋を忍ばせダンスシューズをはいた少女の殻は脱ぎ捨てられ、後には鋭い翠色の目をした女が残った。小銭まできっちり数え、つまらない山のような手仕事を黙々とこなす女。地所を荒らし尽くされ、いま立っている壊しようのない赭土の土地しか残されていない女。

玄関ホールで女たちのすすり泣きを聞きながらも、スカーレットの頭は忙しく働いていた。

「もっと綿を植えよう。もっともっと。あしたポークをメイコンへ遣って、種を買ってこさせよう。もうヤンキーに焼かれることもないし、味方の軍隊にとられることもないんだ。ああ、やれやれ！　この秋には、綿花の値もうなぎ上りよ！」

スカーレットはこぢんまりした執務室に入っていくと、ソファで泣いている女たちにはかまわず、セクレタリーデスクの前に座って鵞ペンをとりあげた。いまある残金を元に、綿花の種の買い付け費用を算出するためだ。

「戦争が終わった……」改めてそう思ったとたん、押さえがたい喜びが一気にこみあげてきて唐突に鵞ペンをとり落とした。戦争が終わったということは、アシュリが——もしアシュリが生きていれば、家に帰ってくるということじゃない！　目下、潰えた大義を悼んで泣いているメラニーの頭にも、そんな考えはよぎっているだろうか。きっとじきに手紙が来るわ——いえ、手紙じゃないわね。郵便は動いてないから。でも、アシュリはじきに——ええ、なんとかして知らせてくれるはずよ！

ところが何週間たっても、アシュリからはなんの音沙汰もなかった。南部の郵便事情は相変わらず不安定で、とくに田舎のほうではまったく機能していなかった。ときおりアトランタからの旅人が通りがかりにピティ叔母の手紙をとどけていくことがあった。叔母はスカーレットとメラニーに帰ってきてほしいと、涙ながらに訴えていた。一方、アシュリの消息については杳として知れなかった。

南部連合軍降伏の後、スカーレットとスエレンの間では馬をめぐる相も変わらぬ対立が燻っていた。ヤンキー軍に奪われる危険がなくなったのだから、お隣さんたちを訪ねたいとスエレンは言う。いまの生活は寂しいし、昔の楽しい社交生活をなつかしんで、お友だちの家を訪ねたいのよ。本人はそう言ったが、じつは郡じゅうどこの家も〈タラ〉と同じぐらい生活が苦しいということを確かめたかったのだろう。しかしスカーレットはその要求を頑としてはねつけた。あの馬は作業用であって、森から薪を引いてきたり、畑を耕したり、ポークが食物を探しにいくのに乗ったりするものだ。日曜日は牧草地で草をはんで休息する権利がある。スエレンがお隣さんを訪ねたいというなら、歩いていきなさい。

去年まで、スエレンはその人生で百ヤードも歩いたことがなく、徒歩で出かけるというのはぞっとしなかった。それで家から出ずに、つけつけ文句を言ったり泣いたり、「ああ、お母さまがいてくれたらな！」としょっちゅう言ったりした。これに腹を立てたスカーレットは、前々から警告していた平手打ちをひとつお見舞いしたが、強くひっぱたきすぎて、スエレンは悲鳴をあげながらベッドに倒れ、家じゅうを仰天させた。そんなひと幕もある。それ以来、スエレンは少なくともスカーレットの前ではあまり泣き言を言わなくなった。

馬を休息させたいというスカーレットの言葉は本心だったが、じつは他にも理由があるのだった。南部連合軍降伏からひと月のうちに、郡内の家を訪ねてまわったことがあり、そのとき旧友たちの暮らしぶりや、歴史ある農園の惨状を見て、自分で思ったより意気消沈してしまったのだ。

フォンテイン家はサリーが馬を駆って知らせた甲斐があり、なかでは一番ましだったが、ここがりっぱに見えるというのは、他の隣人たちの地所がいかに惨憺たる状況かということである。フォンテインの祖母さまは一家を率いて火消しにあたり、屋敷を救った日に、心臓発作を起こし、なかなか全快に至らなかった。大先生は腕を切断する大けがを負い、回復ははかばかしくなかった。畑では、アレックスとトニーがおぼつかない手つきで鋤や鍬をあつかっていた。スカーレットが声をかけると、フェンスの手すりから身を乗りだしてきて握手をし、スカーレットのおんぼろ馬車を笑ったが、ふたりの黒い瞳には苦い光があった。スカーレットだけではなく自分たちのことも嘲笑していたのだろう。スカーレットが種トウモロコシを少し売ってもらいたいんだけど、と言うと、ふたりは請けあったうえで、農園の諸問題を検討しはじめた。フォンテイン家にはいま、鶏が十二羽、乳牛が二頭、豚が五頭、前線からつれ帰ってきたラバが一頭いるという。豚の一頭がつい先日死んでしまい、他の豚も死ぬんじゃないかと、ふたりは心配していた。往時は流行最先端のクラヴァットはなにかとか、それぐらいしか真剣な悩みなどなかった伊達男たちが、豚のことをこんな真剣に話すのを聞いて、スカーレットは笑いだしたが、こんどは彼女の笑いにも苦いものが混じっていた。

スカーレットは〈ミモザ〉館で一家の歓待を受け、種トウモロコシは差しあげるからお金は要らないと言い張られた。代金として合衆国紙幣(グリーンバック)をテーブルに置くと、激しやすいフォンテインの人々はカッとなって、お代はけっこうと、にべもなくはねつけたのだった。スカーレットは仕方なく種トウモロコシをただで受けとり、後でこっそり一ドル紙幣をサリーの手に押しこんだ。サリーはと言えば、八か月前、〈タラ〉に帰ってまもなくここを訪ねたとき出迎えてくれた娘さんとは別人のような変わりようだった。あの頃のサリーは顔色こそ悪かったけれど、活力がみなぎっていた。それがいまや、南部の降伏ですべての希望が奪われたようにすっかり悄然(しょうぜん)としていた。

「ねえ、スカーレット」サリーは紙幣を握りしめ、声を潜めて問いかけてきた。「こんなものがあったからってなんなの？　南部はどうして戦争なんかしたのかしら？れじゃ、ジョーも浮かばれないじゃない！　彼の赤ちゃんだってかわいそうよ！」

「戦争をした理由なんて分からないし、わたしにはどうでもいいわ」スカーレットは答えた。「そもそも興味ないし。最初からずっとね。所詮(しょせん)、戦争って男性のすることで、女には関係がないのよ。目下のわたしの関心はね、良い綿花を収穫すること。さあ、このお金を受けとって、息子さんのジョーに着る物でも買ってあげて。ね、必要でしょ。お宅からトウモロコシを盗むみたいなことはできないのよ、いくらアレックスとトニーのご厚意とはいえ」
一家の息子ふたりはスカーレットを荷馬車まで送り、乗りこむのに手を貸してくれた。ぼろは着ていても恭しく、快活なフォンテイン家の明るさを発揮して。しかしスカーレットはその貧窮の図を目の当たりにし、身震いする思いで〈ミモザ〉館を後にしたのだった。もはや貧しさと困窮の世の中にうんざりしていた。どこかに、裕福で、つぎの食事の心配も要らない人たちがいると分かれば、どんなにか励みになるだろうに！

ケイド・カルヴァートは〈パイン・ブルーム〉の家に帰っていた。平和だった頃にしょっちゅうダンスをしたなつかしい屋敷へと階段をあがっていったスカーレットは、そこで再会したケイドの顔に死相を見てとった。彼は痩せ衰え、膝にショールをかけて安楽椅子に横になり、陽にあたりながら咳をしていたが、スカーレットの姿を見ると、ぱっと顔を輝かせた。咳風邪が長引いてしまってね。ケイドはそう言って、来客を出迎えるために起きあがろうとした。いつも雨の中で寝ていたのが悪かったんだろうね。でも、じきに良くなったら、農園の仕事も手伝うつもりなんだ。

話し声に気づいてキャスリーン・カルヴァートが外に出てきた。ケイドの頭越しに彼女と目が合った瞬間、この妹はすべてを察して失意のどん底にいるのだと分かった。

ケイド本人は気づいていないかもしれないが、キャスリーンは分かっているのだ。〈パイン・ブルーム〉の地所は放ったらかしにされているのか、雑草が生い茂り、畑には実生のマツが芽を出しはじめ、家屋は傾きかけて、ろくに手入れもしていないようだった。キャスリーンは痩せて、張りつめた顔をしていた。

〈パイン・ブルーム〉には、ケイドとキャスリーン、それからヤンキーの義母と腹違いの四人の妹たち、そしてヤンキーの農場監督ヒルトンが残り、物音が妙にこだまするひっそりとした屋敷に引き続き暮らしていた。スカーレットは〈タラ〉の監督だったジョナス・ウィルカーソンと同様、ヒルトンのことも昔から好かなかったが、今日はますます気に入らない。ヒルトンはもったいつけて近づいてくると、まるで対等の立場にあるかのようなあいさつをしてきた。以前はウィルカーソンと同じく、卑屈さと不遜さが混じりあった態度をとったものだが、こうしてカルヴァート家の主人とレイフォードが戦死し、ケイドが病に伏せているとなると、卑屈さはすっかりなりを潜めていた。カルヴァート家の〝後妻さん〟は黒人奴隷からいかにして敬意を引きだすか心得ておらず、いわんや白人の使用人が相手では、それは望むべくもないのだろう。

「ヒルトンさんはこんな大変な時期にもうちに残ってくれたんだから、ありがたいことです」カルヴァート夫人は黙りこんだ義娘を気にしてちらっと見ながら、そう言った。「本当にご親切なことですよ。シャーマン軍がここに攻めてきたとき、二度とも彼が助けてくれた話はお聞き及びでしょう。ヒルトンさんがいなかったら、うちは一体どうなっていたことか。お金もなく、ケイドもいまではああいう——」

さっとケイドの蒼白(あおじろ)い頬が紅潮し、キャスリーンの長いまつ毛が伏せられ、口元が引き結ばれた。ヤンキーの監督に牛耳られ、やり場のない怒りでふたりの魂が悶(もだ)えているのが、スカーレットにはよく分かった。カルヴァート夫人はいまにも泣きだしそうだった。なんだか、またヘマをやらかしてしまったらしいわ。いつもどこかでしくじってしまう。ジョージア州に住んでもう二十年になるというのに、南部人というものがさっぱり理解できない。なにを言うと義子たちの気にさわるのか分からず、結局、なにを言ってもなにをしても、つねに彼らはいたって行儀よく接してくるだけだった。内心なにを考えているのか分からない石頭の他郷人の元を離れ、いつかは実子を連れて北部の同郷人たちの元へ帰ってやろうと思っていた。

こうしてふたつの家を訪問すると、もうタールトン一家を訪ねようという気は失(う)せていた。あそこは四人の息子たちが他界し、屋敷も焼け落ちて、一家は農園監督の小屋で窮屈な暮らしをしているというから、とても行く気になれなかった。ところが、スエレンとキャリーンにどうしてもと頼みこまれ、メラニーも、戦場から帰還した夕ールトンのご主人にご挨拶しに行かないのは隣人としていかがなものかと言うので、ある日曜日に四人で出かけていったのだ。

ここが、最も悲惨と言ってよかった。

荒れはてた屋敷のそばまで馬車で乗りつけると、ビアトリス・タールトンがくたびれた乗馬服を着て、小脇に乗馬鞭を抱え、パドックの柵の手すりに腰かけて、むっつりと宙をにらんでいた。その隣には、馬の調教係をしていたガニ股の黒人の小男がちょこんと座り、女主人と同様に陰気な顔をしている。かつては、跳ねまわる若い雄馬と繁殖用のおだやかな牝馬でいっぱいだったパドックは、いまやがらんとして、ラバが一頭いるだけだった。主人のタールトンが降伏の後に乗って帰ってきたラバだ。

「愛しい子たちがみんな死んでしまって、まさに途方に暮れてますよ」タールトン夫人はフェンスからにじり降りながら言った。知らない人が聞いたら、戦死した四人の息子のことだと思ったろうが、〈タラ〉から来た女性たちには愛馬の話だと分かっていた。「わたしの愛しい馬たちはみんな死んでしまいました。ああ、ネリーったらかわいそうに！　ネリーだけでも残っていたら！　わが家のパドックにろくでもないラバしかいないとは！　ろくでもないラバ一頭ですよ」夫人はやせこけたラバを腹立たしげに見やりながら、繰り返した。「血統馬たちのパドックにラバなんぞ入れるのは、愛しい馬たちの思い出に対する侮辱です。ラバなんて出来そこないだし普通じゃありませんよ。繁殖を法律で禁じるべきですね」

主人のジム・タールトンは顎鬚をもじゃもじゃ生やしてすっかり面変わりしていたが、監督小屋から出てくると、客人の女性たちを歓迎してキスをした。その後ろから、赤毛の四姉妹も継ぎのあたったドレス姿でぞろぞろと出てきたが、そこで、普段と違う物音に吠えながらドアに突進してきた十頭あまりの黒と茶の猟犬に蹴つまずいた。タールトン一家は無理に明るくふるまっている感じがし、〈ミモザ〉の貧窮ぶりや、〈パイン・ブルーム〉の人々の不気味な沈思黙考に接したときより、むしろ背筋が寒くなった。

タールトン家の人々は、このごろはお客さんもほとんどないし、いろいろと近況もおうかがいしたいから、ぜひ夕食も召しあがっていってくださいと言い張った。スカーレットは家の雰囲気が重苦しくて長居したくなかったが、メラニーと妹ふたりはもうしばらくお邪魔していたいと言い、四人は夕食まで残ることになって、供されたベーコンと干し豆を遠慮しいしい食べることになった。

わびしい食卓を笑いとばす声があり、タールトンの姉妹は間に合わせで作った衣類の話をして、こんなに可笑しいジョークはないというようにくすくす笑った。メラニーも彼女たちに調子をあわせ、思わぬ快活さを発揮して〈タラ〉での試練について語り、数々の困難も大したことでないように言うので、スカーレットはびっくりしてしまった。自分はといえば、ほとんど口もきけずにいた。あの愉快なタールトンの四兄弟がくつろいだり、タバコを喫ったり、ふざけたりしていないこの部屋は、まるで空っぽのような気がした。自分でさえそう感じるのだから、表向きは笑顔で隣人に接しているタールトン家の人たちの思いはいかばかりだろう。

キャリーンは食事のあいだ、ほとんど口をきかなかったが、それが済むとタールトン夫人の脇へ行って、なにごとか囁いた。タールトン夫人の顔つきが変わり、はかなげな微笑みが口元から失せて、夫人はキャリーンのほっそりしたウエストに腕をまわした。ふたりは連れだって部屋を出ていき、スカーレットもこの家の雰囲気にもう少しも耐えられそうになかったので、ふたりについていった。外に出たふたりは庭園の小径を歩いていき、見たところ、一家の墓地にむかっているようだ。スカーレットとしても、もういまさら部屋には引き返せない。かえって無礼にあたるだろう。それにしても、キャリーンはタールトン夫人が必死で気丈にふるまおうとしているのに、息子さんたちの墓なんかに引っぱっていって、どういうつもりなんだろう？

スギの木の下に、レンガで囲われた墓所があり、そこに新しい大理石の墓標がふたつ建っていた——雨で赭土がはねた跡もないから、そうとう新しいのだろう。

「先週、着いたばかりなのよ」タールトン夫人は誇らしげにそう言った。「主人がメイコンへ行って、荷馬車に積んできたんです」

新しく墓標を建てたのだ！　どれだけお金がかかったことだろう！　なんだか急に、タールトン一家が最初ほど気の毒に思えなくなってきた。食料がこんなに高価で、ほとんど手に入らないという時に、大切なお金を墓石なんかに浪費できる人は、だれであれ同情なんかに値しない。しかもそれぞれの墓石には、数行の銘文が刻まれていた。彫る文字が多いほど、値段が張るはず。この一家は頭がおかしいんだわ！　三人の息子の遺骸（いがい）を運んでくるだけでも、お金がかかったろうに。ボイドの遺体はとうとう見つからず、消息も知れなかった。

ブレントとスチュアートの墓の間に、「生前、麗（うるわ）しく人を愉（たの）しませた二人は死しても別れず」〔旧約聖書のサムエル記下より〕と刻まれた墓標が建っていた。

もう一つの墓標には、ボイドとトムの名前があり、「ドゥルケ・エト……」と始まるラテン語文が刻まれていたが、フェイエットヴィル女学校でラテン語から逃げまわっていたスカーレットには、ちんぷんかんぷんだった〔"Dulce et decorum est pro patria mori"「甘美にして名誉なるかな、祖国のために死すること」古代ローマの詩人ホラティウスの残した言葉〕。

墓石のために大枚をはたくなんて！　まったく、なんておろかな人たちなの！　スカーレットはまるで自分の金を無駄遣いされたかのように憤懣やるかたなかった。

　キャリーンは妙にきらきらした目をしていた。

「あの銘文、すてきですね」最初の墓標を指さして、ささやくように言った。

　キャリーンならあれをすてきだと思うんでしょうよ。センチメンタルなものなら、なんでも感激するんだから。

「そうでしょう」タールトン夫人はやさしい声で答えた。「こういうのが似つかわしいと思ってね――ふたりはほぼ同時に命を落としたそうだから。初めにスチュアートが、それからスチューの落とした旗を拾いあげたブレントがつぎに」

〈タラ〉への帰り道、馬車の中でスカーレットはしばらく口もきかず、その日、何軒かの家で見たことを思い、不覚にも、春を謳歌していた頃のクレイトン郡を思いだしていた。広大な屋敷にお客たちがつどい、お金を湯水のように使って、奴隷小屋には黒人たちがひしめきあい、よく手入れされた畑は白い綿花で輝いていた。

「あと一年放っておいたら、このあたりの畑はいちめん実生えのマツだらけになるわ」スカーレットはそう思いながら、まわりを囲む森林に目をやって身震いした。黒人たちなしでは、わたしたちはなんとか命をつなぐのが精々よ。黒人の手なしでは大農園なんて運営のしようがないもの、多くの畑が耕されもしないまま、ふたたび森におおわれてしまうでしょう。綿を植える手に事欠いたら、わたしたちはどうすればいいの？　農園暮らしの人たちはみんなどうなってしまうの？　街の人たちはなんとかやっていくかもしれない。これまでもずっとそうして来たのだから。でも、わたしたち田舎の人間は百年も逆戻りして開拓者たちのように暮らすんだろうか。小さな丸太小屋を建てて、ほんの何エーカーかの土地を耕して――糊口をしのいでいくんだろうか――？

「ふん、冗談じゃないわ」スカーレットは心のなかで凄んだ。「〈タラ〉だけはそんな暮らしはしない。わたしがこの手で畑を耕すことになろうとも。この地域が、この州ぜんぶが森に帰るというなら帰ればいい、でも、わたしは〈タラ〉だけは手放さないわ。それにわたしは墓石にお金を浪費する気もないし、戦争のことで泣いて時間を無駄にするつもりもない。わたしたちはなんとかやって行くわよ。男性が残らず死んだわけじゃあるまいし、やって行けますとも。最悪なのは奴隷に逃げられたことじゃない。男性たちを、とくに若い男性たちを失ったことよ」スカーレットはふたたびタールトンの四兄弟のことや、ジョー・フォンテインやレイフォード・カルヴァートやマンローの兄弟、フェイエットヴィルやジョーンズボロの男性たちのことを思った。犠牲者リストで名前を見た彼らみんなのことを。「充分な数の男性さえ残っていれば、なんとかしてやって行けるのに――」

そこで別の考えがひらめいた――もし自分に再婚する気があるなら。いいえ、結婚なんてもうたくさん。一度でお腹いっぱいよ。それに、これまで結婚したいと思った男性はアシュリしかいないけど、生きていてもすでに結婚しているんだもの。でも、でも、もし再婚する気になったら。わたしと結婚しようという男性はだれかいるだろうか？　そう思うと恐ろしくなった。

「ねえ、メリー」スカーレットは急に話しかけた。「南部の若い娘たちはこの先、どうなるのかしら？」

「どういうこと？」

「そのままの意味よ。どうなると思う？　だって、結婚相手の男性がいないのよ。そうでしょ、メリー、若い男性がみんな死んでしまったんだもの、南部じゅうで何千人という女性がオールドミスのまま死ぬことになるわよ」

「子どもも持てないままね」メリーにはその点が最重要なのだろう。

馬車の荷台に座っていたスエレンは前々からこの問題を案じていたらしい。いきなり泣きだした。クリスマスからこちら、フランク・ケネディからはなんの音沙汰もないままだった。郵便業務が停止しているせいなのか、それとも彼女の愛情をもてあそんだだけで忘れてしまったのか、判断がつかなかった。あるいは、戦争が終結する頃に戦死したのかもしれない！　忘れられるぐらいなら、死んでくれた方がどれだけましか分からない。恋人が死んだというなら、キャリーンやインディアのように少なくともいくらか沽券がたもてるけれど、婚約までして捨てられたのでは面目丸つぶれだ。

「ちょっと、お願いだから、静かにしてよ！」スカーレットは言った。

「よく言うわ」スエレンはべそをかきながら言い返した。「自分はもう結婚して子どももいるし、だれかに望まれたってことは世間のみんなが知っているから、そんなこと言えるんじゃない。でも、わたしはどうなの！　どうせ意地悪しようとして、わたしがオールドミスだなんてあてこすりを言ったんでしょ。わたしにはどうしようもないのに。憎たらしい人ね」

「だから、静かにしてって言ってるのに！　わめいてばかりいられると耐えられないのよ、あんたも知ってるでしょ。愛しの〝生姜髯〟さんは死んでないし、帰ってきてあんたと結婚するわよ。よく分かってるくせに。そのていどの器よ、あの人は。でも、わたしだったら、彼と結婚するぐらいならオールドミスでいるけどね」

しばし後ろの荷台は静かになり、キャリーンが姉をやさしくなでて慰めていたが、キャリーンも上の空だった。彼女の心ははるか遠く、三年前にブレント・タールトンと馬で遠乗りに出かけた小径のことを思いだしていたのだ。その目はいきいきと輝いていた。

「ああ」メラニーが悲しげな声を出した。「りっぱな若者をみんな亡くして、南部はどうなってしまうのかしら？　彼らが生きていたら、南部も違ったでしょうにね？その勇気と活力と知恵を借りることができたのに。スカーレット、息子をもつわたしたち女性はみんな、その子たちを亡くなった若者の跡を継げるように育てなくちゃいけないわ。彼らのように勇敢な男性に」

「あんな男性たちは二度とあらわれないわ」キャリーンがそっと言った。「だれもあの人たちの代わりにはなれない」

家に帰りつくまで、四人とも黙りこくったままだった。

それから時をおかないある日、キャスリーン・カルヴァートが夕暮れに、馬で〈タラ〉に乗りつけてきた。婦人用の鞍をつけたラバは見たことがないほど哀れで、耳は元気なく垂れ足を引きずっていたが、その馬にまたがるキャスリーンもそれに劣らずみじめなありさまだった。身につけたギンガムチェックのドレスは往時なら召使が着るような代物であり、日よけのボンネットは縒り縄でもって顎の下で結ばれていた。玄関ポーチの前まで乗りつけてきたものの馬からは降りず、ポーチで沈む夕陽を眺めていたスカーレットとメラニーが降りていって出迎えた。キャスリーンは、先日訪ねていった日のケイドに負けないほど青ざめた顔をしていた。血の気が失せてけわしく、固いけれど脆そうで、しゃべり出したら粉々になってしまいそうな顔だ。とはいえ、馬上の人は背筋をぴんと伸ばし頭を高くあげて会釈をした。

スカーレットは突然、ウィルクス家のバーベキューの日、レット・バトラーについて彼女とささやき交わしたのを思いだした。あの日のキャスリーンのなんとかわいらしく初々しかったことか。ブルーのオーガンジーのドレスを華やかに波打たせ、サッシュには香り立つバラを挿し、黒いベルベットの小さな平底靴をはき、足首で靴紐を結んでいた。それなのに、いまこわばった顔でラバに乗っている人物には、昔日の面影はみじんもなかった。

「ここでご挨拶だけして帰りますから」キャスリーンはそう言った。「結婚のお知らせをしにきただけですの」

「なんですって！」

「まあ、どなたと？」

「キャシー、すごいじゃない！」

「いつのご予定？」

「明日です」キャスリーンは静かに言った。その声を聞くと、ふたりの顔から意気込んだ笑みが消えた。「明日、ジョーンズボロで結婚式を挙げるとお伝えにきただけで──みなさんをお招きするわけではありません」

ふたりは返す言葉もなく、とまどい顔でキャスリーンを見あげてこの通達の意味を考えていた。メラニーがようやく訊いた。

「お相手はわたしたちが存じあげているかた？」

「ええ」キャスリーンはそっけなく答えた。「ヒルトンさんです」

「ヒルトンさんですって？」

「ええ、うちの農園監督のヒルトンさんです」

スカーレットは二の句が継げず、「えっ！」とも言えなかったが、キャスリーンはいきなりメラニーの顔をのぞきこんで、妙にどすの利いた声でこう言った。「ちょっと、メリー、泣いたりしたら承知しないわよ。死んでやるから！」

メラニーはなにも答えず、ただ、あぶみから下がった見栄えのわるい手製の靴をそっとなでた。うなだれながら。

「なでるのもやめてちょうだい！　どっちも我慢ならないわ」

メラニーは手をおろしたが、まだうつむいたままだった。

「それじゃ、もう帰らないと。お知らせにきたまでですから」また血の気のない固いマスクのような顔になり、手綱を手にとった。

「ケイドの具合はどう？」スカーレットはどう接したらいいのか途方に暮れ、気づまりな沈黙を破ろうと話題を探した。

「もう長くないでしょう」キャスリーンはまたそっけなく答えた。その声にはなんの感情もこもっていない。「わたしが結婚にこぎつければ、自分が死んだ後、だれに面倒をみてもらうか心配せず、それなりに安らかに死ねるはずだわ。義母は子どもたちを連れて明日、北部へ帰ってもどらないそうよ。じゃ、もう行かないと」

メラニーが顔をあげると、キャスリーンのけわしい目と目が合った。メラニーのまつ毛には涙がきらめき、その瞳には深い理解の色があったが、それを前にしてもキャスリーンは口をへの字にして片頬だけで笑い、泣くまいとする気丈な子どもみたいな顔をしていた。スカーレットはキャスリーン・カルヴァートが農園監督と結婚するってどういうこと？と懸命に考えてみるのだが、頭は混乱するばかりだった——裕福な大農園主の娘であり、郡内ではスカーレットには下るものの、だれより多くの求愛者に囲まれていたあのキャスリーンが。

キャスリーンが屈(かが)みこむと、メラニーは爪先立(つまさき)ち、ふたりはキスをした。そうして
キャスリーンが手綱をぴしゃりと打ちおろすと、老いぼれたラバは歩きだした。

メラニーはその姿を見送りながら、頰に涙をこぼしていた。スカーレットはまだ呆(ぼう)
然(ぜん)として見つめるしかなかった。

「メリー、彼女、気でも狂ったの？　キャスリーンがあんな男を愛せるわけがない
わ」

「愛するですって？　ああ、スカーレット、そんなことゆめにも口にしないでちょう
だい。ああ、キャスリーンも気の毒に！　ケイドも！」

「あぁ、ばかばかしい！」スカーレットは苛立(いらだ)ってきた。いつでもメラニーの方が自
分より状況をよく理解できているようで、それが癪(しゃく)にさわる。キャスリーンの窮地も
自分にはそんな悲劇には思えず、たんに仰天しただけだった。もちろん、ヤンキーの
貧乏白人と結婚するのはぞっとしないが、なんのかの言っても、独り身の女が農園で
生計を立てていくのは無理だろう。そう、経営を助ける夫が必要だ。

「メリー、こないだも言ったけどね、いま南部の娘は結婚相手がいないのよ。それで
もだれかと結婚しなくちゃならないのよ」

「まあ、結婚なんてすることないじゃないの！　一生独身でいたって、なにも恥じることはないわ。ピティ叔母さまをごらんなさいな。ああ、いっそキャスリーンが死んでくれた方が救われるわ！　きっとケイドだって同じ思いよ。だって、カルヴァート家もこれで終わりじゃないの。彼女がどうなるか――その子どもたちがどうなるか、ちょっと考えてもみて。ああ、スカーレット、ポークに言って、早く馬に鞍をつけさせて。キャスリーンを追いかけて、わたしたちと一緒に暮らすように言いましょう！」

「はあ、なに言ってるの！」スカーレットはメラニーが事もなげに他人を〈タラ〉に呼び寄せようとするので、愕然(がくぜん)として声をあげた。もうひとり養い口を増やすなんてとんでもない。スカーレットは反論しかけたが、メラニーの顔つきを見て言葉につまった。

「そんなこと言っても、彼女、来ないわよ、メリー」と、思いなおしてそう言った。「知ってるでしょ。あれだけ誇り高い人だもの。きっと施しを受けているように感じるわ」

「ええ、ええ、そうでしょうとも」メラニーは上の空で答え、道のむこうに消えていく赤い小さな土煙を見送った。

「あなたも何か月もうちに居候(いそうろう)しているけどね」スカーレットは義妹を見てむっとして思った。「それでも、自分が施しを受けているなんて思いも寄らないんでしょう。この先もずっとね。戦争が起きようと決して変わらないあの人たちの一員なのよ。あいかわらず何事もなかったみたいに考えたりふるまったりする——まるで、未(いま)だにわたしたちはクロイソス〔古代リュディアの王〕ほどお金持ちで、始末に困るぐらい食べ物があって、いつお客が来ようがびくともしないみたいにね。わたしはこれから一生、あなたを背負っていくことになるんでしょう。でも、キャスリーンまで抱えこむのはごめんだわ」

30

終戦を迎えたその暑い夏、ひっそりとしていた〈タラ〉の静寂が急に破られた。その後は何か月にもわたり、瘦せこけて、足を痛め、鬚をはやし、ぼろをまとい、決まって空腹の男たちが赭土の丘を越えて、続々と〈タラ〉へやってきて、玄関の上がり段の木蔭でひと休みしたり、食べ物や一夜の宿を求めてきたりした。徒歩で帰郷しようとする南部連合軍の兵士たちだった。ジョンストン軍の残党はノースカロライナからアトランタまでは鉄路で運ばれてきたが、そこで放りだされ、後はおのおの徒歩で聖なるわが家を目指す旅に出ることになった。ジョンストン軍の一団が通りすぎていくと、こんどはヴァージニア方面軍の疲れきった復員兵がやってきたし、その後は西部戦線部隊の兵士たちが、もう存在しないかもしれないわが家と、離散したか死んだかしたかもしれない家族を目指して、ひたすら南下していった。大半の兵士は徒歩で、恵まれた少数でさえ、乗っているのは降伏時の協約で保持を許された瘦せ馬やラバであり、素人目にも、はるかフロリダや南ジョージアまでたどりつけそうには見えなかった。

わが家へ帰るんだ！　わが家へ！　兵士たちの頭にはその思いしかなかった。見るからに悲しげで押し黙った者もいれば、苦難も鼻で笑うように陽気な者もいたが、彼らを支えているのは、すべては終わって家に帰れるというその一念だった。苦い顔の兵士はほとんどいなかった。悔しがるのは女性や年寄りたちにまかせておけ。男たちはよく戦いぬいた末、〝イチコロ〟にされたのだから、あとはなごやかに元の生活にもどり、自分たちが戦った旗のもとでまた畑仕事を始めればいい。

わが家へ帰るんだ！　わが家へ！　他のことは話題にもしなかった。戦いや怪我のことも、捕虜生活のことも、これからのことも一切。いずれは戦場のことを何度も思いだして、子どもや孫たちに、軍生活での悪ふざけや掠奪や突撃について、空腹や強行軍や戦傷について語るだろうが、いまはもういい。片腕か片脚か片目かを失った者もいたし、たいがいの者は傷を負っており、七十になる頃には雨の日に古傷がうずくだろうが、目下、そんなのはささいなことだった。問題になってくるのは、後々だ。

老いも若きも、おしゃべりな者も寡黙な者も、裕福な農園主も土気色の肌の貧乏白人も、二つの点でみんなに共通するものがあった。シラミと赤痢である。南部兵士は虫にたかられた状態に慣れっこになってしまい、何の気なしに、レディのいる前でも平気でぼりぼり体をかいてしまうのだった。赤痢については——レディたちは「赤いおりもの（ブラディ・フラックス）」と婉曲（えんきょく）に呼んでいたが——兵卒から将校まで罹患（りかん）を免れているものはいないようだ。四年間、飢え死にしそうな状態におかれ、軍の糧食は粗末なものか生熟れ（なまな）か腐りかけかで、それでみんな赤痢にやられてしまい、〈タラ〉に立ち寄った兵士はみんな回復しかけの時期か、症状に苦しんでいる最中かだった。

「南部連合軍には、腹具合のいい兵士はいないんだね」マミーはブラックベリーの根を煎（せん）じた苦い薬を作ろうとかまどの火で汗をかきながら、暗澹（あんたん）とした顔で言った。この煎じ薬はエレンのおはこで、こうした疾病（しっぺい）にてきめんに効く治療薬だ。「あたしに言わせれば、南部の紳士たちを負かしたのはヤンキーじゃないね。自分たちの腹具合にやられたんだ。腹がくだってちゃ、どこの紳士も戦えないだろうさ」

マミーは腸の調子についてつまらない質問などせず、だれかれかまわずこの薬をあたえ、だれもが顔をしかめておずおずとながら飲みくだした。きっと遠いわが家にいる黒人乳母のおっかない顔や、薬の匙（さじ）を差しだす容赦ない黒い手を思いだしていたのだろう。

兵士の〝お連れさん〟たちにも、マミーは同じく断固たる姿勢でのぞんだ。シラミにたかられた兵隊さんなんか〈タラ〉の屋敷ではお断りだ。そう言って、鬱蒼とした茂みのむこうに兵士たちを追いたてていくと、軍服を脱がせ、水を張った盥と強力なライ石鹼を渡して体を洗うように言って、裸をかくすのにキルトと毛布を配り、その間に巨大な洗たく鍋で彼らの衣類を煮沸消毒するのだった。そんなやり方はいくらなんでも屈辱的で気の毒だと、女性陣が切々と訴えても、シラミがうちにもうつってごらんなさい、シラミのいる女性なんてなおさら恥ずかしいですよ、と言い返してきた。

　兵士たちが毎日のように到着するようになると、マミーは寝室の使用を許可するのに反対しはじめた。シラミを一匹でも見逃していたら困ると言うのだ。スカーレットはこれにいちいち反論するよりも、天鵞絨のふっくらしたラグを敷いた客間をさっさと宿舎に変えてしまった。兵士がエレンさまのラグの上で寝るのを許されているという神をも恐れぬ行為に対し、マミーはやはり大声でわめいたが、スカーレットは頑としてゆずらなかった。兵隊さんたちはどこかで休眠をとる必要がある。降伏から何か月もすると、柔らかで深い毛羽はくたびれた感じになり、長靴の踵で踏まれて毛羽が擦り切れたり、拍車で無神経にえぐられたりして、しまいにはあちこちに織物の太い経糸と横糸が透けて見えるようになった。

〈タラ〉の女たちは来る兵士来る兵士をつかまえて、アシュリの消息を必死で聞きだそうとした。スエレンはすまし顔で、必ずケネディ氏の消息を尋ねた。ところが、どの兵士もふたりの安否は耳にしたことがないか、行方不明者の話はしたがらないかだった。自分が命拾いをしただけでおんの字だから、名も知れぬ墓に眠る帰郷のかなわない何千人という兵士のことは考える気になれないのだ。

こうして報せを得られずがっかりするたびに、〈タラ〉の人々はメラニーを励まそうとした。捕虜収容所のアシュリが死んでいるわけがない。もしそんなことがあれば、ヤンキー軍付きの牧師が書面で知らせてきているはずよ。もちろん、じきに帰ってくるでしょうけど、なにしろあの収容所は遠いから。ほんとよ、列車で帰ってこようとしても何日もかかる距離だもの、アシュリもその兵隊さんたちみたいに徒歩だとしたらなおのこと……だったら、なぜ手紙を寄越さないのかしら？　あら、だって、いまは郵便がこんな状態でしょう――配達ルートが復活した地域でも不安定であてにならないんだし。でも、でもよ、もし帰郷する途中で亡くなっていたら。あのね、メラニー、そんなことがあったら、きっとどこかのヤンキー女が手紙で知らせてきてるわよ！……ヤンキー女が！　まさか！……メリー、ヤンキーにだって心根の良い女性はいるはずよ。ええ、いるに決まってるわ！　だって、心根の良い女の一人もいない国を神さまがお造りになるわけがないもの！　ほら、スカーレット、わたしたちいつかサラトガで、やさしいヤンキー女に会ったわよね——ね、スカーレット、メリーに彼女のこと話してあげてよ！

「心根が良いだって、笑わせるわ！」スカーレットは言い返した。「黒人を逐うのに猟犬を何匹ぐらい飼ってるのかって訊いたのよ、その女！　わたしもメリーの意見に同感だわ。心根の良いヤンキーなんて男も女も見たことない。でも、泣かないでよ、メリー！　アシュリはそのうち帰ってくるから。なにしろ長い道のりだし、もしかしたら――長靴もない状態かもしれないし」

はだしのアシュリの図を思い浮かべただけで、スカーレットの方が泣きそうになった。他の兵士なら、ぼろい身なりで、麻袋だの敷物の切れ端だのを足に巻きつけて、とぼとぼ歩けばいい。でも、アシュリだけは別。彼だけはつらつとした馬に乗って、上等の軍服とぴかぴかの長靴を身に着けて、帽子には鳥の羽根をつけて帰還しなくては。この兵士たちみたいな姿に身をやつしたアシュリを想像するのは、このうえない屈辱だった。

ある六月の午後、〈タラ〉の面々が裏のポーチに集まり、今期初物の半熟のスイカをポークが切り分けるのを今か今かと見守っていると、正面の馬車道から、砂利を踏む馬の蹄の音が聞こえてきた。プリシーがのろのろと玄関へむかっていく一方、残された人々は、もしこのお客が兵士だったら、スイカをどこかに隠そうか、それとも夕食にとっておいてお出ししようか、と熱い議論を交わしていた。

メリーとキャリーンは兵隊さんにもスイカをお分けすべきだと小声で主張し、しかしスカーレットはスエレンとマミーの支持を得て、早くどこかに隠すようポークに言いつけた。

「ばかなこと言わないでよ、あんたたち！　ただでさえ充分行き渡らないぐらいなのに、ここへ二人も三人も腹ぺこの兵隊さんが来てみなさい。わたしたち、ひと口も食べられないことになるわよ」スカーレットの言い分はこうだった。

ポークが小さなスイカをしっかり抱えて、結局どうしたらいいのか分からずおろおろしているうちに、プリシーの叫ぶ声が聞こえてきた。

「おったまげたなあ！　スカーレットさん！　メリーさん！　早く来てくだせぇ！」

「だれなの？」スカーレットは上がり段から跳んで立つと、メリーと並んで玄関ホールを駆け抜けていった。他の人々もその後にぞろぞろとつづいた。

もしかしてアシュリでは！　そうよ、きっと――スカーレットの胸は高鳴った。

「ピーター爺やだ！　ピティパット叔母さんちのピーター爺やが来ただよ！」

みんなで玄関ポーチに駆けつけると、ピティ宅を牛耳る長身で白髪交じりの老独裁者が、ネズミのようにしっぽの貧弱な老馬から降り立つところだった。馬にはキルティングの布が鞍代わりにくくりつけてあった。その大きな黒い顔にはあいかわらず威厳が漂っていたが、それとせめぎ合うようにして、旧友に会えた歓びがにじみでていた。いかめしく眉根をよせながらも、歯のない老猟犬が喜ぶみたいに口をぽかんと開けているのだ。

〈タラ〉の面々は上がり段を駆けおりて、爺やを出迎えた。黒いのも白いのも彼と握手を交わし、口々になにか尋ねたが、メリーの声がひときわ大きく響いた。

「まさか、叔母さまが倒れたんじゃないわよね？」

「ああ、お陰さんでピティさまはぴんぴんなさってますよ」ピーターはそう答えて、まずはメリーに、それからスカーレットに厳しい顔をむけた。ふたりは急に後ろめたい気持ちになったが、なぜだか分からなかった。「お元気だが、おふたりのことですっかり悄気てなさる。はっきり申して、わしも同じじゃ！」

「ちょっと、ピーター爺や！　あなた、やぶから棒に――」

「言い訳はご無用。ピティさまはおふたりに帰ってきてほしいと何度も何度も手紙を書きましたな？　わしもピティさまが手紙を書き、泣いておられるのをこの目で見とります。それも、おふたりがこっちの古農家の仕事が大変だから帰れませんと返事を寄越したからじゃ」

「でもね、ピーター爺や――」

「ピティさまがあんなに怖がっておられるのに、こんなにほったらかしにするとは、どういうことじゃろう？　おふたりもよくご存じのはずだ。ピティさまは独りではお暮らしになれんし、メイコンからもどって以来、あの小さなお靴をはいた足でぶるぶる震えておられる。それでピティさまは、こちらが困っているときに見捨てるなんてさっぱり理解できない、あのふたりに、そうはっきり伝えてきなさいとわしにお頼みになりましてな」

「ちょいと、いい加減におし！」〈タラ〉のことを〝古農家〟と言われてカチンときたマミーが、つっけんどんに返した。この物知らずの街育ちの黒ん坊は農家とプランテーションの違いも分からないに決まってる。「なら、こっちは〝困って〟ないとでもお思いかい？　うちだってスカーレットさまもメリーさまも必要だよ。いてもらわなくちゃ、やって行けないよ。ピティさんも手助けがほしいなら、お兄さんに頼んだらいいじゃないか？」

ピーター爺やは見るも恐ろしい顔で凄んだ。

「ヘンリーさまとはもう長年、没交渉でな。いまからどうこうするには、うちらも些か歳じゃ」爺やは笑いをこらえている女性たちの方をふり返った。「ピティさまもお気の毒に、ご友人の半分は亡くなり、半分はメイコンに離れて暮らしているというのに、若いおふたりがそれを独りで放っておくとは情けない。しかもアトランタにはヤンキーの兵士どもと、自由になったしょうもない黒人がうろうろしておるというに」

〝若いおふたり〟はできるだけ神妙な顔つきで爺やの譴責に耐えていたが、あのピティ叔母さまが自分たちを叱ろうとピーター爺やを遣いに出し、力ずくでアトランタに連れ帰らせる気かと思うと、こらえきれなくなってしまった。ふたりはいきなり爆笑すると、たがいの肩にもたれて笑いつづけた。すると自然にポーク、ディルシー、マミーも、愛する〈タラ〉を悪く言うこの男が軽くいなされるのを見て、ガッハハと腹を抱えて笑いだした。スエレンとキャリーンもくすくす笑いだし、ジェラルドまでが顔にぼんやりした笑いを浮かべていた。笑っていないのはピーター爺やだけで、この人は大きな扁平足の足をいらいらと踏み替えながら、ますます怒りを募らせていた。

「そう言うあんたはどうなんだい？」マミーがにやにやして訊いた。「寄る年波で、ご主人さまの世話もおぼつかなくなったかい？」

ピーターは怒り心頭に発していた。

「寄る年波だと！　このわしが！　とんでもないわい！　ピティさまのお世話はこれ

まで通りちゃんとできる。メイコンに疎開するときだって、わしがお連れしたんじゃ。ヤンキーがメイコンに来たときも、ピティさまはおっかながって気絶してばかりいたが、わしがりっぱにお世話したわい。それからこのおいぼれ馬を調達して、アトランタまでピティさまを連れ帰ったのも、はるばるむこうから父上の銀器を運んできたのも、ぜんぶわしじゃろうが？」ピーターは威丈高に弁じたてた。「お世話の話はしとらん。わしは世間体のことを言っとるんじゃ」

「だれのどんな世間体かしら？」

「ピティさまの独り暮らしが世間の目にどう映るかということを、わしは申しておる。嫁入り前の嬢さんが独りで住んでいたら、人は根も葉もないことを言うじゃろうが」ピーターはそうつづけた。話しぶりからして、この爺やの心に住むピティパットはいまもぽっちゃりとして愛らしい十六歳のお嬢さんで、口さがない者どもから護ってあげるべき存在にちがいない。「だれにもピティさまの悪口は言わせんつもりじゃ。ピティさまに、そうとも……話し相手の下宿人なんぞも、とるつもりはないわい。ピティさまにもそうお話し申した。『身内のかたがいるうちはおよしなされ』とな。ところがその身内がピティさまにそっぽを向いとる。ピティさまはまだほんのお子だというのに――」

これを聞いたスカーレットとメリーはさらに大声で爆笑し、階段にしゃがみこんでしまった。ようやくメリーが笑いの涙を拭きながら言った。

「ピーター爺やったらお疲れさまね！　笑ったりしてごめんなさい。ほんとに、ほんとに。さあさあ、赦してちょうだいな。スカーレットさんとわたしはとにかく当面、帰れそうにないの。綿摘みが済む九月には帰れるかもしれないわね。ところで、叔母さまはそんな瘦せ馬でわたしたちを連れ戻すために、おまえをはるばる寄越したの？」

そう訊かれると、ピーターは急に口をあんぐりさせ、皺くちゃの黒い顔に後ろめたさと焦りがないまぜになって表れた。不満げに突きだされた下唇は、カメが頭を甲羅に引っこめるみたいにサッと元にもどった。

「メリーさん、どうやらわしも歳のようじゃ。ピティさまのお遣いの目的をすっかり忘れとりました。それも大事なご用だというのに。お手紙をお持ち申した。ピティさまは郵便も文遣いもあてにならない、おまえがとどけなさいとおっしゃってな――」

「手紙？　わたくしに？　どなたから？」

「それは、その――ピティさまはこうおっしゃいまして。『いいね、ピーター、メリーさんにはそっとお知らせするんですよ』ですから、わしは――」

メリーは片手を胸にあてて、上がり段からすっくとたちあがった。

「アシュリね！　きっとアシュリのことね！　亡くなったんでしょう！」

「いやいや、違いますよ！」ピーターは否定したが、声を高くするあまり金切り声になっている。そうしながら、くたびれた上着の胸ポケットを探った。「生きておられる！　さて、これがあちらからのお手紙じゃ。じきにお帰りになられる。アシュリさんは――おっと、なんてこった！　支えてやりなされ、マミー！　どれどれ、わしに――」

「こら、メリーさまに触るんじゃないよ、このあほジジイ！」マミーが一喝して、くずおれかけたメリーの体を必死で支えようとした。「殊勝ぶった黒猿め！　そっとお知らせしろと言われたんだろう！　ちょいと、ポーク、メリーさまの足を持っておくれ。キャリーンさまは頭を支えて。さあ、客間のソファにお寝かせするよ」

気絶しかけたメラニーのまわりをみんながガヤガヤと取り囲み、それぞれ驚いて声をあげたり、水や枕(まくら)をとりに邸内へ足早に入っていったりするなか、スカーレットとピーターだけが一瞬、歩道に取り残された。スカーレットは爺やの報せを聞いたとたん、彼のそばに飛んでいったのだが、そこから根が生えたように動けなくなり、手紙をひらひらさせながら小さくなっている老人を凝視するばかりだった。その黒い顔は母親に叱られた子どものように哀れで、いつもの威厳は崩れ去っていた。

　スカーレットはしばし話すことも動くこともできずにいたが、心はこう叫んでいた。

「アシュリは死んでないんだわ。もうじき帰ってくるのよ！」その報せを受けても、歓びやときめきはなく、ただ呆然として棒立ちになるばかりだった。ピーター爺やはなんとか興奮をしずめようと哀れっぽい声を出していたが、はるか遠くから聞こえてくるようだ。

「メイコンの親戚バア家のウィリーさまがこれをピティさまにとどけてくれましてな。ウィリーさまはアシュリさまと同じ捕虜の監獄にいらしたそうじゃ。ウィリーさまは馬を持っていらしたから早く帰って来られたが、アシュリさまは歩きなもので――」

　スカーレットは爺やの手から手紙を引ったくった。それはピティ叔母の筆跡でメリーに宛てられたものだったが、一瞬のためらいもなく封を切ると、ピティ叔母が封入した申し送りがはらりと地面に落ちた。封筒の中には、紙片を折りたたんだものが入っていたが、汚いポケットに長らく突っこまれていたらしく、汚れで黒ずんでおり、四隅が折れたりちぎれたりしていた。しかし宛名は間違いなくアシュリの筆跡だった。

「ジョージ・アシュリ・ウィルクス夫人　セァラ・ジェイン・ハミルトン様気付　アトランタ市またはジョーンズボロ〈トウェルヴ・オークス〉ジョージア州」

スカーレットは震える指で紙を開き、読み始めた。

「親愛なる人へ　もうじきあなたの元へ帰ります――」

頰に涙がつたいだして文字が読めなくなった。胸がいっぱいになるあまり、喜びではち切れてしまいそうだった。手紙を押し抱いてポーチの上がり段を駆けあがり、玄関ホールを突っ切り、客間の前を素通りして――ここでは〈タラ〉の住人たちが気絶したメラニーの世話を代わるがわる焼いていた――母の執務室に駆けこんだ。ドアを閉めしっかり鍵を掛けると、スプリングのゆるんだ古いソファに身を投げだして、泣いたり、声をあげて笑ったり、手紙にキスをしたりした。

「親愛なる人へ」スカーレットは声をひそめて読みあげた。「もうじきあなたの元へ帰ります」

常識で考えれば、アシュリに羽根でも生えないかぎり、イリノイ州からジョージア州まで徒歩で帰ってくるには、何週間、下手をしたら何か月もかかることは〈タラ〉の人々も分かっていたが、兵士が地所の並木道に入ってくると、むやみに胸が高鳴るのだった。鬚ぼうぼうで痩せぎすの男はだれでもアシュリに見えなくもなかった。その兵士がアシュリでなくとも、彼の近況を知っているか、彼の消息を知らせるピティ叔母の手紙をたずさえているかもしれない。表で足音がするたび、肌が白いのも黒いのもみんな玄関口に殺到したものだ。軍服でも目に入ろうものならそれだけで、薪割りをする者、牧草地にいる者、ささやかな綿花畑で働く者、こぞってすっ飛んできた。手紙がとどいてからひと月、〈タラ〉の人々は仕事も手に付かないありさまだった。アシュリが帰宅したときに外出していたくないのはみな同じだったが、スカーレットはだれにもましてその気持ちが強かった。自分が受け持ちの仕事をさぼっているときに、周りにだけきちんと仕事をしろとは言いにくかったのだ。

しかしアシュリはなかなか帰らず、その消息もあいかわらず知れないまま何週間もの時間がじりじりと過ぎていくと、〈タラ〉の人々は仕事に復帰しだした。焦がれる心というのは、焦がれているうちは耐えていられるが、帰ってくると分かると話は別だ。スカーレットの胸に、帰途のアシュリになにかあったのではないかという不安が忍びこんできてしまった。ロック・アイランドはるか遠いし、収容所から解放されたはいいが、その後、衰弱するか病気になるかしているのでは。お金もなく、南部人が忌み嫌われる地方をとぼとぼと旅しているのでは。居場所さえ分かれば、わたしがお金を送ってあげるのに。一ペニー残らず送金して、こちらの家族など飢えさせてもかまわない。そうしてアシュリが列車で早く帰ってこられるなら。

「親愛なる人へ　もうじきあなたの元へ帰ります――」

最初にこの文字を見たときはうれしさのあまり、自分の元へ帰ってくるという風にしか読めなかった。時間をおいて冷静に考えてみれば、アシュリが帰るのはメラニーの元なのだ。近ごろでは家で立ち働くにも、うれしさで鼻歌まじりのメラニー。ときおりスカーレットは、この人、どうしてアトランタでお産をした時に死んでしまわなかったのかしら、と思ったりした。死んでいれば状況は完璧だったのに。そうなれば、わたしは適度な間隔をおいてアシュリと結婚し、かわいいボーの良き継母にもなれたのに。そんな邪なことを思っても、あわてて神さまに、いまのは本気じゃありませんと言い訳をすることもなかった。いまでは、神を畏れる気持ちはなくなっていた。

兵士は単独で、二人組で、あるいは十数人まとまってやってきたが、つねに腹をすかせていた。これならイナゴの大群の方がまだましだと、スカーレットは暗澹とした気持ちになった。豊かだった時代に花開いたもてなしの旧習に、悪態をついた。旅人がいれば、それが大人小人にかかわらず、一夜の宿りを提供し、人馬に食べ物をふるまい、できるかぎりの歓待をせずにはおかない旧習。そんな時代は過ぎ去ったとスカーレットは悟っていたが、家の残りの人々も兵士たちもそうは思っていなかった。そんなわけで、兵士が来れば、待望のお客が来訪したかのような歓待を受けるのだった。

訪れる兵士の列はえんえんと途切れず、スカーレットの心は硬化していった。兵士たちは〈タラ〉の何か月ぶんもの備蓄食糧を、スカーレットが腰を痛めて育てた畑の野菜を、はてしなく遠くまで馬車で買い出しにいった食べ物を食べているのだ。昨今は食料を手に入れるのはひどく困難であり、ヤンキー兵の財布のお金にも限(きり)がある。いまでは合衆国紙幣(グリーンバック)が数枚と、二枚の金貨が残るのみだった。そんな時に、どうして腹をすかせた兵士の大群まで食べさせなくてはならないのか？　もう戦争は終わったのに。もう二度と、わたしを危険から護ってくれることはないのに。そう思ったスカーレットは、兵隊さんが家にいる間は献立を質素にするようポークに指示した。この指示は家じゅうで徹底されていたが、やがて産後の肥立ちがよくないメラニーが、自分はほんのちょっぴりでいいからそのぶんを兵隊さんに回してと、ポークを言いくるめていることに気づいた。

「いいかげんにしてよ、メラニー」スカーレットは叱りつけた。「自分がまだ半病人のくせに、もっと食べないと倒れてしまうし、そうしたらわたしたちはまたあなたの看病をしなくちゃならないでしょ。兵隊さんたちはお腹(なか)をすかせたままお引き取り願いましょう。あの人たちなら耐えられるわよ。四年間も耐えてきたんだもの。もうちょっと我慢したところで害にはならないわ」

こちらにむきなおったメラニーの顔には、見たこともない剝きだしの感情が、いつも穏やかな瞳に浮かんでいた。

「ねえ、スカーレット、叱らないでちょうだい！　わたしのしたいようにさせて。分からないでしょうけど、これしきのことでもわたしはずいぶん救われるのよ。気の毒な兵隊さんに食べ物を分けてあげるたびに、きっと北部のどこかで、どこかの女性が自分の夕食をわたしのアシュリに分けてくれているんじゃないかって思えるの。その食べ物のおかげで、アシュリがわたしの元に帰ってこられるんだって」

わたしのアシュリ——

親愛なる人へ　もうじきあなたの元へ帰ります——

スカーレットは言葉もなく、そっぽをむいた。それ以来、お客がある時にはふだんより多めに食べ物が供されるようになったことにメラニーは気づく。スカーレットの本心としては、ひと口でも惜しみたいところだろうが。

病気が重くて先に進めない兵士がいると——実のところけっこう大勢いたが——スカーレットはベッドに寝かせてやるものの、とても寛大な気持ちにはなれなかった。病人が一人いるということは、食い扶持が一つ増えるということだ。しかも一人がその兵士の看病にあたるということは、フェンスの復旧作業や畑打ち、草むしり、耕作などの手が一つ減るということ。あるときなどは、ブロンズ色のふわふわした髯が生えてきたばかりの少年の体が、フェイエットヴィルへむかう馬の上から、玄関ポーチに投げだされていった。道ばたに気を失って倒れているところを、その騎乗の兵士が見つけ、直近の民家である〈タラ〉まで鞍に乗せてきたとのこと。きっとシャーマン軍がミレッジヴィルに接近するころ士官学校から召集された年若い候補生のひとりだろうと、〈タラ〉の女たちは考えたが、結局は知る由もなかった。意識をとりもどすことなく少年は亡くなり、ポケットを探ってもなんの手がかりも得られなかったからだ。

見るからに育ちの良い美少年で、おそらく南の方のどこかで、どこかの婦人が道路のむこうを見つめながら、いまごろあの子はどこにいるのかしら、いつ帰宅するのかしらと気をもんでいるのだろう。髭面の男性が〈タラ〉の小径を歩いてくるのを、自分やメラニーが胸高鳴らせて見つめるように。その若者の亡骸はオハラ家の埋葬地に、三人の息子たちと並んで納められ、ポークが墓穴を土で埋めると、メラニーは金切り声をあげた。どこかの見知らぬ人々がこれと同じことを背の高いアシュリの亡骸にしているのではないかという思いが、胸をよぎったのだ。

ウィル・ベンティーンもそうした兵士のひとりだった。他の名も知れぬ兵士たちと同様、意識不明のまま鞍に乗って運ばれてきたのだ。重い肺炎に罹(かか)っており、ベッドに寝かしつけたときには、すぐにも埋葬地の若者たちの仲間入りをしそうなありさまだった。

南ジョージアの貧乏白人(クラッカー)独特のマラリア患者のような土気色の顔をしており、髪の毛はうっすら赤みがかった色合いで、褪(さ)めた青色の目をしており、その目は譫妄(せんもう)状態にあっても忍耐強く、おだやかだった。片脚は膝から下がなく、切断面に雑に削られた木製の義足をとりつけてあった。つい先日遺体を埋めた若者が見るからに大農園主の子息だと分かるのに対して、ウィルは見るからにクラッカーだった。どうしてそう分かるのか、説明はつかない。実際、ウィルが汚らしく毛むくじゃらで、シラミだらけだと言っても、それは〈タラ〉にやってきた多くのご子息も同じだったろう。それに、熱に浮かされてめちゃくちゃな英語をしゃべると言っても、タールトンの双子も似たようなものだった。とはいえ、サラブレッドと駄馬の違いが直感的に見抜けるように、ここの女たちには自分と違う階級の人間だとピンと来るのだ。しかしだからと言って、彼の命を救う努力を惜しむものではない。

捕虜収容所で一年間過ごして痩せ衰え、おまけに脚に合わない義足をつけて長旅をしてきたせいで、肺炎と闘う体力はほとんど残っていなかった。何日間も、ただうなりながら床に伏しており、ときどき上身を起こして、また戦闘態勢をとろうとしたりした。しかし一度として、母親、妻、姉妹、恋人らしき人の名を呼ぶことはなく、その点をキャリーンは心配した。

「人にはだれかしら身内がいるはずよ。なのに、この人ったら、天涯孤独みたいだわ」

この兵士はひょろひょろ痩せているわりに強靭で、手厚い看病のおかげで山を越えた。やがて、彼の淡い目がはっきりと周囲のものを見てとり、ベッドサイドで輝く朝陽を金髪に受けながらロザリオの祈りを唱えていたキャリーンに視線がむけられる日が来た。

「なら、やっぱり夢じゃなかったのか」彼は抑揚のない声で言った。「お嬢さんにあまりご迷惑をかけてないといいけど」

回復期は長引いたが、彼は窓の外のマグノリアを眺めながら静かに横になっており、だれにも面倒をかけることはなかった。なにも会話がなくても気まずげなようすもなくおちついているので、キャリーンは彼を気に入っていた。暑くて長い午後じゅう、自分も黙りこくって病人を扇いでやりながら、彼の病床につきそっていたものだ。

近ごろのキャリーンは体力なりの作業をこなしてはいたが、つねに寡黙で、亡霊みたいにはかなげに立ち働くばかりだった。その代わり、始終祈っているようだ。というのも、スカーレットがノックせずに彼女の部屋へ入っていくと、決まってベッドの脇に跪いている。そんな姿を見ると、スカーレットは決まって苛ついた。すでに祈りの時期は過ぎたと思っていたから。神さまがわたしたちを罰するべきだとお考えになったなら、もう祈りなど捧げなくてかまわないだろう。スカーレットにとって宗教というのは、つねに取引の問題なのだ。自分は願いをかなえてもらうために、善きふるまいをすると誓った。でも、その考えからするに、神さまは一度ならず取り決めを反故にしたのだから、いまとなっては恩を感じるいわれなどこれっぽっちもない——それに、本来なら午睡をとるか繕い物をしているはずの時間にキャリーンが跪いている姿を見ると、この子だけ自分の負うべき重荷から逃げている気がしたせいもある。

ある午後、ウィル・ベンティーンの体調が良く、椅子に座っていられるようになったので、スカーレットはそんなことを彼にぐちってみたのだが、例の平板な口調でそっけなくこう返されてびっくりした。「好きにさせてあげて、スカーレットさん。それで気が安らぐんだから」

「気が安らぐですって？」

「そう、彼女は死んだお母さんとあの人のために祈ってるんです」

「あの人ってだれなの?」

ウィルは驚いたようすもなく、薄茶色のまつ毛ごしに、褪めた青い目で見返してきた。どうも、この人はなにがあっても驚いたり熱くなったりすることがないようだ。戦地で想像を絶するものを見すぎたせいで、なにを見ても動じなくなってしまったのだろう。スカーレットが妹の胸の内を知らないからと言って、とくに妙にも思わないらしい。妙と言えば、キャリーンにとって赤の他人のウィルとおしゃべりをするのが気慰みになるというのも妙なものだけど、彼はごく自然にとらえており、きっとそれと同じなのだ。

「妹さんの恋人。ブレントなんとかという、ゲティスバーグの戦いで戦死した人ですよ」

「あの子の恋人ですって?」スカーレットはぴしゃりと言い返した。「まあ、言うに事欠いて! ブレントと双子の兄はわたしを想っていたのよ」

「うん、妹さんもそう言ってました。郡の男たちの大半はあなたを想ってたみたいだ。とはいっても、その男はあなたにふられてから、妹さんの恋人になった。なにしろ、最後の賜暇で帰宅したとき、ふたりは婚約したそうだから。後にも先にも好きになった人は彼だけだって、妹さんは言ってます。だから、その人のために祈るといくらか気が安らぐんでしょう」

「おやまあ、それはそれは！」そう茶化すスカーレットの心にごく小さな嫉妬の投げ矢が刺しこまれた。

骨ばった肩を丸めたこの痩せっぽちの若者、薄く赤みがかった髪とゆるがぬ静かな目をもつ彼に、スカーレットは改めて興味のまなざしをむけた。なるほど、わたしが自分の家族のことながら知ろうともしなかったあれこれを、この人は知っているのだろう。ともあれ、キャリーンが近ごろぼんやりとして祈ってばかりいる理由が分かった。まあ、あの子もそのうち乗り越えるでしょう。多くの娘たちが恋人の死を、ええ、夫の死だって乗り越えていくんだもの。このわたしだってチャールズのことはもう間違いなく乗り越えたし。それに、アトランタのある娘なんかは三回結婚して三回とも夫に戦死されたのに、いまなお男性に気があるというではないの。スカーレットはそう言ってみたが、ウィルは首を振り、

「キャリーンはそういう娘じゃない」と、きっぱりと否定した。

ウィルは無口ながら、こちらの言うことはよく理解してくれる聞き手なので、話していて心地が良かった。スカーレットが草むしりや畑打ちや種まきの問題点について話し、豚を肥えさせるには、牛を繁殖させるには、といった話をすると、ウィルは的

を射たアドバイスをしてくれた。彼自身、かつては南ジョージアで小さな農家を営み、黒人奴隷二人を抱える身だったとのこと。きっといま頃は奴隷たちも解放され、畑は雑草と実生のマツにおおわれているにちがいないと言う。たった一人の肉親である妹も、何年も前に夫についてテキサスへ移住したので、自分はこの世に身寄りがないのだ、と。とはいえ、ヴァージニアに残してきた片脚に未練がないのと同じで、そんなこんなにも、さしてこだわりはないようだった。

そう、ウィルはスカーレットの慰めにもなっていたのだ。黒人たちにぶつぶつ言われ、スエレンに嚙みつかれ泣かれ、父に「母さんはどこだ」とのべつ訊かれて、ハードな一日を過ごした後、ウィルと話すと心安らいだ。彼が相手だとなんでも話せた。ヤンキー兵を殺したことまで打ち明け、ひと言、「おみごと！」と言ってもらったときには、誇りで顔を赤くした。

しまいには家じゅうのみんなが各々ウィルの部屋に立ち寄って、ぐちをこぼしていくようになった——最初は、奴隷も二人しかいないし階級が違うと言って、彼を疎遠にしていたマミーまでがである。

邸内をぼちぼち歩きまわれるようになると、ウィルはまめに手を動かし、樫を裂いてバスケットを編んだり、ヤンキー兵がだめにしてしまった家具を修理したりした。

木を削ってなにか作るのもお手の物で、ウェイドはいつも彼の傍らにはりついていた。よくおもちゃを作ってくれるからで、この手作り品がこの子にはせめてもの玩具（がんぐ）なのだった。ウィルが家にいてくれると、作業で外に出るときも、安心してウェイドと赤ん坊二人を置いていけた。子どもの世話だったらマミーに負けないほど上手だったし、黒人白人の泣き叫ぶ赤ん坊をなだめることにかけても、彼をしのぐのはメリーぐらいだった。

「スカーレットさんには本当によくしてもらいました」ウィルはそう言った。「縁もゆかりもない他人なのに。とんでもなく世話も迷惑もかけてしまった。もう一人いてかまわなければ、ここに残って、恩返しができるまで手伝いをしようと思います。もちろん命は買えるものではないから、返しきれない恩ですが」

こうして彼はここに留まることになり、目立たぬていどに少しずつ、〈タラ〉の重荷の大部分はスカーレットの肩から、ウィル・ベンティーンの骨ばった肩に移っていったのである。

九月になり、綿摘みの季節がやってきた。ウィル・ベンティーンは玄関の上がり段に、スカーレットの足元に座る形で腰かけて、初秋の午後の心地よい陽につつまれながら、いつもの平板な口調でもの憂くしゃべりつづけていた。フェイエットヴィル近郊にできた新しい綿繰り所に綿繰りを頼むと、法外な経費がかかってしまうと言う。しかし今日、フェイエットヴィルで聞いてきたところ、この綿繰り所のオーナーに馬と荷馬車を二週間貸すことを条件に、費用を四分の一に値引きしてくれるとのこと。ウィルは家の女主人と話しあってくると言って、契約を保留にしてきたそうだ。

スカーレットの目の前には、ポーチの支柱にもたれて藁を嚙む痩せっぽちの男がいる。マミーがよく言うとおり、ウィルはまぎれもなく神の賜りものだった。彼なくしては、この数か月、〈タラ〉はどうやってしのいできたことだろう。相変わらず寡黙で、やる気をひけらかすでもなく、周りのなにごとにも関心が薄いように見えたが、〈タラ〉のだれのことであれなんでも知っているのだった。それに、不言実行の人だった。もの言わず、辛抱強く、しかし有能に仕事をこなした。片脚を失っているにもかかわらず、ポークより仕事が速い。そうしてポークをやる気にして働かせるのだから、スカーレットにとっては二重にありがたかった。乳牛が疝痛になっても、馬が原因不明の病に倒れて命が危ぶまれても、ウィルが夜を徹して看病し、みごとに回復させた。さらに商取引にも抜け目なく、この点でもスカーレットの敬意を買った。朝、一、二枡のリンゴとヤムイモともろもろの野菜を積んで出かけていくと、帰りには、作物の種と幾反もの布地と精白粉ともろもろの日用品を携えているのだった。スカーレットも取引上手ではあったが、自分ではとてもこれだけの品々は手に入れられなかったろう。

ウィルはじょじょに家族のなかに入りこんでその一員としての立場を確立していき、ジェラルドの自室の隣にあるせまい更衣室の寝台で寝るようになった。本人も〈タラ〉を出ていくことは口にしなかったし、スカーレットも出て行かれては困るので、あえて訊かないようにしていた。ときどき、少しは才気のあるひとかどの人だったら、たとえ家がなくなっていても帰郷しようとするだろうに、と思うこともあった。しかしそう思っても、やはりいつまでもここに居てほしいと強く願わずにはいられなかった。家に男手があるというのは、なにかと便利なのだ。

それから、こうも思った。キャリーンにネズミほどの頭があるなら、ウィルに好かれているのが分かるだろうに。キャリーンに結婚を申し込みたいと言ってくれたら、どれだけありがたいことか。これが戦前であれば、ウィルなど求婚者としてとても釣り合わなかったろう。貧乏白人(プア・ホワイト)というほどではないが、大農園主の階級にはほど遠い。どこにでもいるクラッカー、小さな農家の主(あるじ)にすぎない。まともな教養もなく、文法間違いはしょっちゅうあるし、オハラ家が紳士にあってしかるべきとみなす洗練されたマナーも知らないようだ。それ以前に、はたして〝紳士〟と呼びうる人物か考えてみたが、ちょっと無理があるだろう。メリーは、ウィルのようなやさしい心と他人への思いやりを持つ人はだれであれ上流の生まれのはずだと言って、熱烈に彼を弁護したけれど。母のエレンなら、娘のひとりがこんな相手と結婚すると知ったら卒倒するにちがいないが、いまのスカーレットは厳しい現実を前にとても母の教えを守れる状況になかったので、そんなことで悩む由もなかった。男性がまばらにしかいない昨今、それでも娘たちはだれかと結婚しなくてはならないし、〈タラ〉にも男手が必要なのだ。それなのに、キャリーンはますます祈禱書(きとうしょ)に没頭し、日に日に浮世離れしていくように見え、ウィルには兄に接するようにやさしく接し、ポークと同じく、そばにいて当然と思っているようだ。

「わたしに養ってもらったんだから、あの子にも少しは恩に着る気持ちがあるなら、ウィルと結婚してここを離れないようにさせるでしょうに」スカーレットはそう思って腹を立てた。「ところが、あの子ときたら、いまもタールトンの息子を想ってぼうっとしてるんだわ。むこうは本気でもなかったのに」

スカーレットには理由はよく分からないものの、こうしてウィルは〈タラ〉に居つくことになった。スカーレットにしてみれば、ウィルの事務的で率直な接し方は気持ちよくもあり、ありがたくもあった。頭の惚けたジェラルドにも彼は恭しく礼をつくしたが、実質的な家長として話を持ちかけてくるのはスカーレットだった。

馬を貸しだすと、一家の移動手段が一時的にまったくなくなってしまうとはいえ、スカーレットはウィルが持ってきた取引計画を承認した。とくにスエレンはこの決定を嘆くだろう。目下、彼女のいちばんの楽しみは、仕事で外出するウィルの馬車に乗って、ジョーンズボロやフェイエットヴィルに出かけることなのである。家族じゅうからなるべくましな衣服を借り集めて身にまとい、旧友たちの家を訪問しては郡のゴシップを拾集して、いま一度、〈タラ〉屋敷に住むオハラ家のお嬢さま気分を味わう。機会さえあれば農園を離れ、彼女が菜園の草むしりをし自分でベッドメイキングをしているなど思いもしない人たちに囲まれて気取ってみせるのだった。

この気取り屋さんが二週間もご交遊を控えることになるんだから、多少嚙みつかれてもわめかれても我慢しないとね……スカーレットはそう思った。

そのとき、メラニーも赤子を腕に抱いてベランダにやってきて、使い古しの毛布を床に広げ、ボーがそこでハイハイできるようにした。アシュリの手紙がとどいて以来、彼女の時間は二分されており、鼻歌まじりで顔を輝かせて楽しそうにしているか、不安そうに待ち焦がれているかだった。とはいえ、楽しそうであれ心配そうであれ、ひどくやせ細って蒼白なことに変わりはなかった。持ち分の仕事は文句も言わずにこなしたが、いつでもどこか具合がわるそうだった。フォンテインの大先生はこの体調不良を婦人病と診断し、子どもは産むべきではなかったという点で、ミード医師と見解を同じくしており、二人目を産んだら命を落とすよ、とはっきり告知していた。

「今日、フェイエットヴィルまで行ってきたんですが。女性がたの興味をひきそうなけっこうかわいいものを見つけたもんで、持ち帰ってきました」とウィルは言って、ズボンの尻ポケットを探り、更紗地の財布――樹皮を張ったもので、キャリーンのお手製――をとりだし、そこから南部紙幣を抜きだした。

「あなたは南部のお金をかわいいと思うのかもしれないけどね、ウィル、わたしはさっぱりだわ」スカーレットはそっけなく言った。南部紙幣など見るだけでむかっ腹が立った。「いまでも父さんのトランクに三千ドルほどあるわよ。屋根裏のすきま風が寒いから、そのお札で目張りさせてくれって、マミーがうるさいの。そうさせるつもりよ。そうすれば、あのお札もまがりなりにも役に立つわけだから」

「驕れるシーザーも死んで土に還る、ね〔シェイクスピア『ハムレット』第五幕第一場より。戯曲では以下に、「風ふせがんと穴をひさぐ」が続く〕」メラニーが悲しげな笑みを浮かべて言った。「そんなことしないで、スカーレット。ウェイドのためにとっておきましょう。あの子がいつの日か誇りに思う日が来るわ」

「ええと、驕れるシーザーのことは知りませんが」ウィルは辛抱強く説明をつづけた。「いまこの手にある物には、いまメリーさんが坊っちゃんについて言ったようなことが、まさに書いてあるんですよ。お札の裏に詩が貼(は)りつけてあるんです。スカーレットさんは詩なんかお好みじゃないでしょうけど、これは興味をひくかもしれないと思って」

ウィルはお札を裏返して見せた。裏に茶色の粗末な包装紙が貼られており、そこに自家製の薄いインクでなにか書きつけられていた。ウィルは咳払(せきばら)いをすると、つっかえながらゆっくりとそれを読みあげた。

「題名は『南部紙幣の裏に寄す』です」

神の造りしこの土地で　もはやなんの価値もなく
川のもくずと消えゆけど――
ついえし国の誓いとし
この札を手に　知らしめよ
知らしめよ　耳を貸す者に

この諍いが物語る
愛国の夢の生みし自由
嵐にたおれた国のこと

「まあ、なんて美しい詩かしら！　心打たれるわ！」メラニーが声をあげた。「スカーレット、そのお札はマミーの目張りに使わせてはだめよ。この詩が言っているように、これはただの紙きれじゃないわ。〝ついえし国の誓い〟なのよ！」

「ちょっと、メリー、そんなに感傷的にならないで！　紙きれは紙きれにすぎないし、そんなものじゃ足しにならないし、マミーに屋根裏のすきま風の文句を言われるのはもううんざりなのよ。ウェイドが大きくなる頃には、紙くず同然の南部紙幣なんかより、合衆国紙幣をたっぷり持っていたいわ」

こうして言い合いをするかたわらで、ウィルはそのお札でボーの気を引きながら毛布の上をハイハイさせていたが、ふと顔をあげると、目の上に手をかざし、馬車道のむこうを見やった。

「またお客さんか」陽射しに目を細めながら言う。「また兵隊さんのお越しだ」

スカーレットがその視線の先を見ると、たしかに見慣れた姿があった。スギの並木道をゆっくりと歩いてくる鬚面の兵士。ぼろい青と灰色の軍服を寄せ集めて身につけ、ぐったりとこうべを垂れ、足を引きずりながらとぼとぼと。

「そろそろ兵隊さんもおしまいかと思ったら」スカーレットは言った。「あの人はあんまりお腹をすかせていないといいけど」

「腹ぺこに決まってる」と、ウィルがひと言。

メラニーが立ちあがった。

「ディルシーにもう一人ぶん料理を用意するよう言いましょう。かわいそうな兵隊さんの服をいきなり剝がないようマミーにも注意しておかないと。それに――」

メラニーが不意に言葉を切ったので、スカーレットはふりむいて見た。メラニーは痩せた手を喉元にやり、痛みでかきむしるように強くつかんでいた。白い肌の下で血管が脈打っているのが見える。その顔はいっそう血の気を失い、鳶色の目が大きく瞠られていた。

気絶する、とスカーレットは思い、跳んで立つとメラニーの腕をつかんだ。

ところが、メラニーはあっというまにそれをふり払い、階段を駆け降りていってしまった。色褪せたスカートを後ろにたなびかせ、両手を前に差しのべて、鳥のように軽やかに砂利道を飛んでいく。スカーレットはようやく事態に気づき、いきなり殴られたような衝撃を受けた。兵士が汚れたブロンドの鬚におおわれた顔をあげ、もう疲れはてて一歩も進めないというように屋敷を見やりながらぴたりと立ち止まると、スカーレットは後ろによろめいてポーチの柱にもたれた。心臓がドキンと大きく打って一瞬止まりそうになり、それから早鐘のように打ちはじめる一方、メリーは訳の分からないことを叫びながら、汚れきった兵士の腕に身を投げだし、すると兵士はメリーの顔に頬を寄せた。スカーレットも有頂天になって二段ほど階段を駆け降りたが、そこでウィルにスカートをつかまれ、引き留められた。

「邪魔しちゃいけない」彼は静かに言った。

「放してよ、なにするの！　放してったら！　アシュリが帰ってきたのよ！」

ウィルは手をゆるめなかった。

「とは言っても、あの人の旦那（だんな）さんじゃありませんか？」ウィルはおだやかにそう問いかけた。スカーレットが喜びとどうにもならない怒りが相半ばする思いで見返すと、彼の眸（ひとみ）の静かな深みには理解と憐（あわ）れみの色が浮かんでいた。

第四部

31

一八六六年、ある冷えこんだ一月の午後、スカーレットは執務室でピティ叔母への手紙を書いていた。目下はなぜ自分もメラニーもアシュリもアトランタにもどって叔母さまと同居できないか、その理由を縷々説明するのはもはや十回目ぐらいである。きっとピティ叔母はまた冒頭のくだりだけしか読まず、「だけど、独り暮らしは不安なのよ！」と泣きついてくるのが予想できたので、書きながらもいらいらしていた。

手は凍えるように冷たく、スカーレットはときどき休んでは手をこすりあわせ、かろうじて部屋履きの態をなしている古いキルティングにいっそう深く足をもぐりこませた。部屋履きの底はすりきれてほとんど無く、絨毯のきれはしを当ててあった。そのおかげで足が床に直接ふれることはないが、保温にはろくに役立っていなかった。その日の午前中、ウィルは馬に蹄鉄をつけるためジョーンズボロへ連れていった。馬が靴をはいて人間が番犬みたいにはだしでいるなんて、とんだ世の中ね。スカーレットはそう思って暗い気分になった。

鵞ペンを手にとって執筆を再開したが、ウィルが裏口から入ってきたのが聞こえると、また筆をおいた。ウィルは執務室の外のホールをコツンコツンという木製の義足の音をさせながら歩いてきて、立ち止まった。執務室に入ってくるのをしばし待っていたが、動く気配がないので、こちらから呼び招いた。入ってきたウィルは寒さで耳を真っ赤にし、うっすら赤みがかった髪は乱れ、かすかにユーモラスな笑みを口元に浮かべて、スカーレットを見おろしてきた。

「スカーレットさん、いま現金はどれぐらいお持ちですか?」

「財産目当てにわたしと結婚しようというの、ウィル?」スカーレットはいくぶんむっとして答えた。

「めっそうもありません。ただ知っておきたいと思って」

スカーレットはもの問いたげな目で彼を見つめた。深刻そうな顔つきでもなかったが、そもそもこの男が深刻な顔をしているのは見たことがない。とはいえ、なにか問題が起きたらしい。

「金貨で十ドルほどあるわ」スカーレットは答えた。「ヤンキー兵のお金の残りよ」

「そうですか、それでは足りそうにないな」

「なにに足りないというの？」

「税金ですよ」ウィルはそう答え、コツコツと義足の音をたてて炉辺に寄っていくと、屈みこんで赤くなった両手を火にかざした。

「税金？」スカーレットはおうむ返しに訊いた。「冗談じゃないわ、ウィル！　税金はもう払ったじゃないの」

「そうですね。でも、あれでは払い足りないと言うんですよ。今日、ジョーンズボロで耳に挟んだんですが」

「だけど、理解できないわ、ウィル。どういうこと？」

「スカーレットさんはただでさえ厄介事をたくさん抱えているから、これ以上悩ませたくないんですが、話しておく必要があるでしょう。これまでに支払った額では足らず、もっと払うべきだと言うんですよ。〈タラ〉農園に法外な課税をしようとしています。郡のどこより高額になること間違いありません」

「けど、前にもう支払ってあるんだから、税金は追徴できないはずだわ」

「スカーレットさんはジョーンズボロへはあまり出かけないので、幸いですよ。今日びのあの街はレディの行くところじゃない。でも始終行っていれば、最近はスキャラワグや共和党員やカーペットバッガーみたいなえらく荒っぽい連中があそこを仕切っているのがわかるでしょう。頭にきてぶちキレますよ。しかも黒ん坊たちが白人を歩道から押しだしたりして――」

「でも、それがうちの税金となんの関係があるの？」

「いまその話をしますから、スカーレットさん。なぜだかあの悪党どもは一千梱もの収穫がある農園なみに、〈タラ〉にたんまり税金をかけるつもりらしいんです。そいつを聞きつけたもんで、おれは酒場をちょっとうろついて噂を拾集したんですが、どうもあなたに税金を払えないようにして、〈タラ〉を公売で安く競り落とそうとしている奴がいるようだ。しかもあなたが税金を払いきれないのは、みんなよくよく分かってますからね。この農園を狙っているのがだれなのか、それはまだ分かりません。そこまでは割りだせなかった。けど、あのヒルトン、キャスリーンさんと結婚した不甲斐ないやつですが、あれはこの件を知っていると思いますね。事情を聞きだそうとしたら、嫌な笑い方をしてましたから」

　ウィルはソファに腰をおろすと、脚の切り口をこすった。寒い時期には痛むらしく、しかも木の義足はパッドも粗末で快適とは言えないのだった。スカーレットは焦ってウィルのことを見た。〈タラ〉に弔鐘を鳴らすも同然の報告をしながら、いたって何気ない態度である。ここが公売にかけられるですって？　わたしたちはどこへ行けというの？　それに〈タラ〉が他人の手にわたるなんて！　冗談じゃない、そんなの論外だわ！

　このところ、〈タラ〉の生産高をあげることに没頭するあまり、世の中の動きはほとんど気に留めていなかった。いまではウィルもアシュリもいるので、ジョーンズボロやフェイエットヴィルでの用事は肩代わりしてもらっており、スカーレットはめったに農園を離れることがなかった。そもそも戦前だって父親の戦争談義に聞く耳をもたなかったが、いまもウィルとアシュリが夕食後のテーブルで「再建の始まり」〔共和党軍政下で奴隷制廃止など諸々の政策が実施された〕とやらを論じだしても、まったくと言っていいほど聞いていなかった。

　そう、もちろん、スキャラワグのことは知ってる――利益目当てで共和党員に転向した南部人のことだし、カーペットバッガーは、終戦後、財産を一切合財カーペットバッグに詰めこんでハゲタカみたいに南部に乗りこんできたヤンキーたちのことだ。それに、解放奴隷局（フリードメンズ・ビューロー）のことではいささか不愉快な経験もしていた。また、聞くところによれば、解放された黒人のなかには無礼な人たちがいるらしい。しかしスカーレットとしては、それぱかりは信じられなかった。「無礼な黒人」になんて、生まれてこのかた出会ったことがないのだから。

しかしながら、スカーレットの耳に入らないよう、ウィルとアシュリが口裏をあわせている事柄もじつはたくさんあったのである。戦争の苦難が去ったと思ったら、再建時代のさらに酷い苦境がやってきたのだが、男ふたりは家で現況を話しあうときには、あまり禍々しい詳細は口にしないということで合意していた。まあ、そもそもスカーレットががんばって彼らの話を聞こうにも、右の耳から左の耳へ抜けていってしまうのだが。

先日も、アシュリが話しているのを耳にしたが、南部は〝敗戦国〟のような扱いを受けており、〝戦勝国〟のポリシーには復讐の色合いが強いとか。しかしそんな発言もスカーレットにはなんの意味もなさなかった。政治というのは男性のものだ。ウィルはウィルで、「北部は南部が再起できないようにするだけでは飽き足らないんです」などと言っていた。まったく、男性というのは。スカーレットは内心呆れていた。いつだってつまらないことを気に病まないといけないのね。自分に関するかぎり、ヤンキーに負かされたことなんて一度もないし、今回だって負けるつもりはない。いまやるべきは、鬼のように働いて、連邦政府のことでうじうじ悩んだりしないこと。なにしろ戦争はもう済んだのだから。

いまやゲームのルールが丸ごと変わってしまい、まじめに働いても正当な見返りが得られない時代だということに、スカーレットは気づいていなかった。ジョージア州には事実上、軍の戒厳令が敷かれているのだ。ヤンキー兵たちが郡各地に駐屯し、解放奴隷局がなにもかもをすっかり牛耳って、自分たちの良いようにルールを設定していた。

この解放奴隷局は、暇をもてあまして暴れがちな元奴隷たちをまとめるために合衆国連邦政府が組織したものだったが、彼らを何千という単位でプランテーションから引っぱりだし、村や町に放っていた。解放奴隷たちは局に食べさせてもらいながらぶらぶら遊んですごし、元所有者に対する悪意に染まっていくのだった。この地元支局をとりしきっているのは、かつてジェラルドがくびにした農園監督ジョナス・ウィルカーソンであり、補佐役はキャスリーン・カルヴァートの夫に収まったヒルトンだった。そしてこのふたりがせっせと悪い噂を流していたのである。彼ら曰く、南部人と民主党員は黒人をまた奴隷に押しもどす機会を狙っており、この運命から逃れるには、解放奴隷局と共和党に保護してもらうしかないのだ。

さらにウィルカーソンとヒルトンは黒人たちにこう吹きこんでいた。おまえたち黒人というのはどの点をとっても白人に負けないし、じきに白人と黒人の結婚も許可され、じきに元所有者の地所は分割され、黒人一人あたり四十エーカーの土地とラバを一頭、自分のものとして与えられるだろう、と。そのうえ、彼らは白人がしてきた酷い仕打ちを物語って感情を煽り、こうして、奴隷と所有者が代々友好関係にあるとされた土地でも、憎しみや猜疑心が育ちはじめた。

解放奴隷局はバックに連邦軍の兵士たちがついており、軍は占領地を統治する指令をつぎつぎと出したが一貫性がなく混乱を招いた。局の役人を邪険にしたというだけで、すぐに逮捕される。軍の指令は学校教育、衛生管理から、スーツに付けるボタンの種類や、日用品の販売にまで及び、なにもかもを網羅していると言ってよかった。ウィルカーソンとヒルトンはスカーレットが関わりそうないかなる商取引にも干渉し、スカーレットが売ったり交換したりするあらゆる物品に値付けをする権限をもっているわけだ。

幸い、スカーレットがこのふたりと直接関わる機会はほとんどなかった。ウィルが売買は自分が引き受けるから、あなたは農園の仕事に専念してください、と説得したためである。ウィルはいつもの柔和なやり方で、いくつもの問題を解決し、女主人の耳には一切いれずにおいた。この男は必要とあらば、カーペットバッガーともヤンキーともうまくやって行けたのだ。ところが、ここにきて彼ひとりの手には負えない問題が浮上してきたわけである。税金の追徴があって、〈タラ〉が人手に渡るかもしれないとなれば、スカーレットにも知らせないわけにはいかない。それも、一刻の猶予(ゆうよ)もなく。

スカーレットは目をぎらぎらさせてウィルを見た。

「なによ、くたばれ、ヤンキーだわ！」スカーレットは罵倒(ばとう)した。「南部を負かして餓(う)えさせるだけじゃ物足りなくて、こんどは野放しの悪党たちをけしかけてくる気なの？」

戦争は終結し、和平が宣言されたはずなのに、いまだにヤンキーたちはこのわたしから盗み、ひもじい思いをさせ、家から追いだそうというのか。なんてわたしは甘かったんだろう。何か月もの間、へとへとになりながら、春までもちこたえられれば万事好転するだろうと思ってきたとは。望みを先送りにしつつ過酷な労働に一年間耐えてきたところへ、ウィルによって衝撃の報(しら)せがもたらされ、スカーレットもさすがに打ちのめされた。

「ああ、ウィル、終戦と同時に、うちのごたごたも済んだものとばかり思っていたわ！」

「それどころか」ウィルは提灯顎(ちょうちんあご)の田舎臭い顔をあげ、女主人の顔をじっと見据えた。「うちのごたごたは始まったばかりです」

「あと幾ら追徴する気なの？」

「三百ドル」

スカーレットは一瞬、絶句してしまった。三百ドルですって！　それは三百万ドルと言われているのと同じだった。

「だったら」スカーレットはうろたえながら応えた。「だったら――なんとかして三百ドルつくらないとね」

「そういうことです――ついでに虹と月も一つ二つ、つくりますか」

「でも、ウィル！〈タラ〉を公売に掛けられるはずがないじゃないの！　だって――」

ウィルの淡い色の目には、信じがたいほどの憎しみと恨みが滲みでていた。

「おや、そうですか？　やつらなら出来るでしょうし、実際にやるでしょうね、喜んで！　スカーレットさん、この南部は、こう言ってはなんだが、地獄に墜ちたんです。あのカーペットバッガーとスキャラワグたちには投票権がありますが、わたしたち民主党員の大半にはありません。民主党員で、一八六五年の税帳簿に二千ドル以上の収入が記録されている人は、この州では投票できないんです。あなたのお父さんやタールトンのご主人、マクレー家やフォンテイン家の息子さんたちも、除外されるでしょう。戦争で大佐以上の地位にいた人もだめですし、スカーレットさん、大佐なんて言ったら、この州には南部連合のどの州より大勢いるにちがいない。南部連合政府の役職についていた人も投票権がありません。公証人から判事までですが、この州の森はそんな人たちばかりですよ。現実として、ヤンキーがあの〝特赦の宣誓〟なんてものをつくりだして、戦前なにがしかの地位にあった人はだれも投票できないようにしたんです。頭のいい人、りっぱな人、裕福な人、だれも投票できないことになります。

ふう！　自分もそのくそったれな宣誓をすれば、投票できるんですがね。六五年には一文無しでしたし、もちろん大佐でもなければ、どんな重職にもついていませんでしたから。だけど、そんな誓いはしませんよ。断じてなにがあろうと！　ヤンキーたちの行いが正しければ、忠誠の誓いをしたかもしれませんが、いまではそんな気はありません。おれは連邦（ユニオン）に復帰しても、再建にあわせて改造されるのはごめんだ。これから二度と投票できなくなっても、宣誓なんかするもんか――ところが、あのヒルトン野郎みたいなクズは投票できるし、ジョナス・ウィルカーソンのようなゴロツキやスラッタリーのような貧乏白人やマッキントッシュのような役立たずたちも投票できるんです。そうして、いまではやつらが世の中を取り仕切っているんだ。追徴税をとりたてたいと思えば、十回だって二十回だってできる。黒人が白人を殺しても、縛り首にならないのと同じだし、こないだも——」ウィルは気まずくなって言葉を切った。ふたりの頭には、ラヴジョイ近郊の辺鄙な場所にある農園で、独り暮らしの白人女性の身に起きた事件が浮かんでいた……。「あの黒人たちは白人に対してなにをしても許されるんだ。いざとなれば解放奴隷局と兵士が武装支援するでしょうから、われわれは投票権もなければ、なにも打つ手がないんです」

「投票、投票って！」スカーレットはたまりかねて叫んだ。「投票権とこの問題になんの関係があると言うの、ウィル？　わたしたちは税金の話をしてるんでしょう……。ウィル、〈タラ〉農園は世に知られた名園よ。もし必要なら、ここを抵当に入れて税金にあてるお金を借りましょう」

「スカーレットさん、あなたはばかじゃないのに、ときどきばかみたいなことを言いますね。ここをカタにしても、貸せるお金を持っている人がどこにいます？　お金があるのは、あなたから〈タラ〉をとりあげようとしているカーペットバッガーぐらいですよ？　ええ、だれだって土地は持っています。だれもが地主貧乏なんです。土地は譲ろうにも譲れません」

「そうだわ、ヤンキー兵からとったダイヤのイヤリングがあるわ。あれを売ったらどうかしら」

「スカーレットさん、このあたりのどこに耳飾りを買うお金のある人がいます？　みんな安手のアクセサリーはおろか、ベーコンを買うお金もないんですよ。金貨で十ドルあるなら、きっとたいがいの家よりお金持ちでしょうね」

ふたりはふたたび沈黙し、スカーレットは行き止まりの石壁に頭をぶつけた気分だった。この一年で、ずいぶんあちこちの石壁にぶちあたった気がするが。

「どうしましょうか、スカーレットさん？」

「さあねえ」スカーレットはぼんやりと答えた。なんだか、どうでもいいような気もした。散々石壁を乗り越えてきたが、今度ばかりはうんざりで、急に疲労感に襲われ、節々が痛みだした。なぜわたしはこんなに働いて、もがいて、消耗しなければならないんだろう？　がんばってもがいても、決まって最後には敗北が待っていて嘲っている気がした。

「どうしたものかしら」スカーレットは言った。「でも、父さんの耳には入れないで。心配するといけないから」

「分かりました」

「もうだれかに話した？」

「いや、こちらへ真っ先に知らせにきました」

そう、みんな困った報せがあると真っ先にわたしのところへ来るのよね。スカーレットはそう思った。それにもうんざりだわ。

「ウィルクスさんはどこです？　あの人なら、なにか提案してくれるかもしれない」

ウィルにこうしておだやかな眼差（まなざ）しをむけられると、アシュリが帰ってきた日のように、この人はなにもかも分かっているのだと感じた。

「いま果樹園で、柵（さく）にする丸太割りをしてるはずです。さっき馬をつなぎにいったら、斧（おの）の音がしてたから。とはいえ、お金がないのはあの人もおれたちと同じですが」

「彼に話したければ話すわよ、いいでしょ？」スカーレットはぴしゃりと言って立ちあがると、足首に巻きつけたキルティングの端切（はぎ）れを蹴（け）り飛ばした。

ウィルは気を悪くすることもなく、あいかわらず火にかざした両手をこすっていた。

「ショールをしていった方がいいですよ、スカーレットさん。外は冷えこんでるから」

そう言われても、ショールは二階にあったから、そのまま出かけてしまった。とにかく早くアシュリに会って、自分の抱えた問題を共有したくて待ちきれなかったのだ。

独りでいてくれたらラッキーだわ！　戦地から帰って以来、まだふたりきりで話す機会をもてていない。いつも家族に取り巻かれ、いつもメラニーがかたわらにいて、本当にアシュリがそこにいるのを確かめるかのように、ときどき袖（そで）に触れたりしていた。この人は自分のものだと言わんばかりのうれしげな態度を見せられ、アシュリの死を覚悟して過ごした数か月には眠っていた嫉妬まじりの敵意が、スカーレットの胸に再びむくむくと湧きあがってきた。今日こそ、彼とふたりきりで話をしてやる。今度ばかりは、だれにも邪魔させないわ。

すっかり葉を落とした大枝をくぐって果樹園を突っ切っていくと、湿った雑草が足を濡らした。そこまで来ると、斧の音が聞こえてきた。沼地から引きあげた丸太を割ってフェンスの柵木をつくっているのだ。ヤンキーが面白半分に焼いたフェンスの復旧は長きにわたる重労働となっていた。まあ、なに一つとっても長きにわたる重労働だけど。スカーレットはそう思ってげんなりした。もう、うんざりだ。こんなことはぜんぶ、うんざりだし、頭に来るし、むかむかする。アシュリがメラニーではなく自分の夫だったら、彼のところへ飛んでいって肩に頭をもたせかけ、泣きながら自分の重荷を彼に押しつけて、最善の策を見つけてもらう。なんて素敵だろう。

寒風に裸の枝をゆらしているザクロの木立をまわりこむと、斧にもたれて手の甲でひたいの汗を拭いているアシュリの姿が目に入った。身に着けているのは、バターナッツ色の軍服のズボン——の形骸というべきもの——とジェラルドから譲り受けたシヤツだ。このラッフル・シャツも古き佳き時代には、公判日とバーベキューにしか着なかった晴れ着だが、現在の持ち主にはだいぶつんつるてんだった。上着は木の枝に掛けてあった。丸太割りの作業で暑くなったのだろう。そうして立ったまま休憩しているところへ、スカーレットは近づいていった。

ぼろをまとって斧を手にしたアシュリの姿を見ると、愛しさが胸に湧きあがると同時に、南部の運命に怒りを覚えた。みすぼらしいなりで働いているアシュリなんて見るに耐えなかった。上品でやさしくてどこまでも汚れないわたしのアシュリ。彼の手は労働のために造られたものではないし、その身体は上等なブロードとリネン以外はまとうべきでない。神さまは彼を、大邸宅の一室で感じの良い友人たちと会話を交わし、ピアノを奏で、とっても美しい響きにしてちんぷんかんぷんの詩などを書く人間にお造りになったはずだ。

自分の子どもが麻袋で作った前掛けをしている姿や、家の女性たちがくすんだ着古しのギンガムを着ている姿を見ても耐えられる。野良働きのだれよりウィルが必死で働いていても耐えられるが、アシュリとなるとそうは行かない。繊細なアシュリにこんな仕事をさせてはいけない。自分にとってはかぎりなく愛しい人で、こんなことはさせられない。彼が丸太割りをする姿を見て苦しむぐらいなら、自分で割りたいぐらいだ。

「エイブ・リンカーンも丸太割りから始めたわけだし」そばに行くと、アシュリはそう言った。「このぼくがどれぐらい偉くなるか、まあ、考えてもごらんよ！」

スカーレットは顔をしかめた。アシュリはわが家の苦難を決まってこんなふうに冗談めかして語る。こちらにとっては死ぬほど深刻な問題なのに、こういうことを言われると、イラッとすることがある。

スカーレットはなんの前置きもなしに、ウィルから聞いたことをつっけんどんに素っ気なく話しだしたが、話すだけでもう安心感を覚えるのだった。きっと彼なら有益な助言をしてくれるだろう。アシュリはなにも言わず、スカーレットが震えているのを見て上着を手にとり、肩にかけてくれた。

「そんなわけで」相手がなにも言わないので、スカーレットの方から言葉を継いだ。

「わたしたち、どこかからお金を調達しなくちゃいけないと思わない？」

「そうだね。とは言っても、どこから？」

「だから、それをあなたに訊いてるんでしょ」スカーレットはむっとして返した。これで重荷をおろせるという安堵（あんど）感はもはやかき消えていた。助けになれないにしても、慰めの言葉ぐらいかけてくれてもいいではないか。「ああ、ぼくも残念だよ」ぐらい言えないのかしら。

アシュリは微笑(ほほえ)んだ。

「こっちに帰って以来、実際にお金があるという噂を聞くのは一人だけだな。レット・バトラーだよ」

その前の週、ピティパット叔母がメラニーに寄越した手紙によれば、レットはりっぱな二頭立ての馬車に乗り、懐中には合衆国紙幣(グリーンバック)をどっさり詰めて、アトランタに舞い戻ってきたとのこと。しかしながら、街の人々には真っ当な手段で手に入れたとは思われていないと、それとなく書かれてもいた。何百万ドルあるとかいう噂の南部連合資金をちょろまかしたのだろうというのがピティ叔母のご高説で、同様の見方をしているアトランタ市民は多いらしい。

「あの人の話はよしましょう」スカーレットは言下に返した。「下衆(げす)というのがいるとしたら、あの男のことよ。ねえ、わたしたち、これからどうなってしまうの？」

アシュリは斧を地面に置き、遠くを見やった。その目はどこかはるか遠い国を旅しているようで、またスカーレットは置いてきぼりにされてしまった。

「そうだね、ぼくは」と、アシュリは言った。「〈タラ〉にいるわたしたちだけでなく、南部の一人一人がどうなってしまうのか心配だよ」

スカーレットはいきなり「南部の一人一人なんかどうでも良いわよ！　わたしたちはどうするの？」と嚙みついてやりたくなったが、黙っていた。いつにない疲労感にどっと襲われたからだ。アシュリったら、まったく役に立っていない。

「最後になにが起きようと、それはこれまで文明崩壊のたびに起きてきたことなんだよ。これを切り抜けられる知恵と勇気をもった人々もいれば、そうでない者は篩にかけられて捨てられる。ゲッテルデンメルング〔北欧神話に由来し、神々と世界の滅亡を意味するドイツ語 Götterdämmerung〕を目の当たりにするのは、あまり気持ちのいいものではないが、興味深くはあるね」

「ゲッテ……なんですって？」

「神々の黄昏だよ。残念ながら、われわれ南部人も自分を神だと思っていたわけでね」

「いいかげんにしてよ、アシュリ・ウィルクス！　篩にかけられるのは他でもないわたしたちなのよ、こんなところに突っ立って訳の分からないことをしゃべってる場合じゃないわ！」

うんざりしきったスカーレットの怒りが爆発すると、アシュリの心にもなにか響いたのか、彷徨の旅から呼びもどされてきたらしい。彼女の手をやさしくとって掌を表に返し、そこに出来た胼胝を見つめた。

「こんなに美しい手をぼくは他に知らない」そう言って両の掌に軽くキスをした。「とても強いし、胼胝の一つ一つが勲章だからだよ、スカーレット。一つ一つの水ぶくれが勇気と自己犠牲に贈られる褒賞だからだ。ぼくたちのためにこんなに荒れてしまったんだね。あなたのお父さん、妹さんたち、うちのメラニーとボー、仕えてくれる黒人たち、それからぼくのために。あなたはいまこう考えているんだろう。『ここに、死んだ神々のことをごちゃごちゃ言ってる役立たずのばかがいるわ。生きている人たちが崖っぷちにいるというのに』そうだろう？」

スカーレットはうなずき、このままいつまでも手を握っていてくれればいいのにと思ったが、すぐにアシュリは手を放してしまった。

「だいたい、あなたはぼくの助けをあてにしてここにきたというのに。申し訳ないが、助けにはなれないよ」

斧と丸太の山のほうを見やったアシュリの目は苦しげだった。

「ぼくの家も財産もすべて焼けてしまった。それまで有って当然と思って意識もしなかったものだ。そのうえ、この世界でぼくは無能も同然だ。自分の属していた世界は消え去ってしまったからね。とてもあなたの助けにはなれないよ、スカーレット。極力進んで仕事を覚え、不器用な農夫になるのが関の山だ。でも、そうしたところで、

〈タラ〉を守ってあげることはできない。ぼくらはあなたの情けにすがってここの厄介になっているんだ、ぼくが肩身の狭い思いをしていないと思うかい？――いやいや、そうだとも、あなたの情けにすがっているんだ。あなたは親切心からぼくとぼくの妻に良くしてくれた。その恩は返しても返しきれない。日ごとにその重みをますます痛感しているよ。そして新しく到来した世界に適応できない自分の不甲斐なさをますます感じている――元々現実社会から引きこもりがちなこの仕様もない性分のせいで、新しい現実にむかいあうのが日に日に難しくなっているんだ。言っている意味は分かるだろう？」

スカーレットはうなずいた。話の趣旨はよく分からなくても、息を殺して彼の言葉にしがみついていた。あいかわらず遠い存在には思えたものの、彼が自分の考えを話してくれるなんて初めてのことだったのだ。なにか大発見を目前にするかのように、スカーレットは胸をどきどきさせていた。

「呪(のろ)わしいものだよ――生の現実を見ようとしないこの性分は。戦争が始まるまで、ぼくにとって暮らしというのはカーテンに映る影絵芝居みたいに現実味のないものだった。ぼくもそのほうが好いと思っていたんだ。物事の輪郭はあまりくっきりしていないほうがいい。ふんわりとぼやけて、少し霞(かすみ)がかっているぐらいがちょうど良い」

アシュリはそこで話しやめてちょっと微笑み、寒風が薄手のシャツに吹きつけると小さく身震いした。

「言い換えれば、スカーレット、ぼくは意気地なしなんだよ」

〝影絵芝居〟だの〝ぼやけた輪郭〟だのと言われてもさっぱり分からなかったが、最後のひと言だけは理解できる言語だった。それればかりは違うと思う。意気地なしがアシュリの中に住んでいるはずがない。細身の身体のどこをとっても、代々勇敢で俠気ある男性たちの家系を物語るし、アシュリの戦績ならそらで覚えているぐらいだ。

「ねえ、それはおかしいわ！　意気地なしがゲティスバーグで大砲に登って隊をまとめたりできる？　将軍御みずからメラニーに送ってきた手紙に、意気地なしのことが書かれていたとでも？　それに――」

「それは勇気とは違う」アシュリは疲れた声で答えた。「戦争というのはシャンパンみたいなものなんだ。勇者だけではなく意気地なしの頭にもあっという間に酔いがまわる。戦地では、勇猛果敢になるか殺されるかだからね、どんな阿呆でも勇敢になれるさ。ぼくが言いたいのはもっと別のことなんだ。ぼくの臆病さというのは、初めて砲撃の音を聞いたとたんに逃げだすよりも、はるかに質のわるいことだ」

アシュリはしゃべるとどこか痛むかのように、ゆっくりと辛そうに話した。まるで、自分の言葉から距離をおき、それを悲しい気持ちで眺めているようだった。もし他の男がこんなことを言えば、どうせ謙虚なふりをして褒められたがっているんだろうと思い、そんな言いぐさには洟(はな)も引っ掛けなかったろう。ところが、アシュリが言うと本心に聞こえ、その眸(ひとみ)にはスカーレットには解(げ)せない表情が浮かんでいた——恐れでも謝罪でもなく、逃げようのない圧倒的な重荷を前にした覚悟のような。冬の冷たい風が濡れた足首に吹きつけ、スカーレットはまた身震いしたが、それは寒さのせいというよりは、アシュリの言葉を聞いてこみあげてきた恐怖のせいだった。

「だったら、アシュリ、あなたがなにを恐れるというの？」

「まあ、名づけようもないことさ。言葉にすると愚かしく聞こえるような。急に生活があまりに生々しくなったこととか、人生のシンプルな事実に、自分自身が生身で関わらなくてはいけないこととか。ぬかるみで丸太割りをするのが嫌だというのではない。厭(いと)わしいのは、それが意味するものなんだ。つまり、ぼくが愛した昔ながらの暮らし、あのうるわしさが失われたことには胸が痛む。スカーレット、戦前には美しい暮らしがあったろう。そこには人を虜(とりこ)にする魅力があり、ギリシャ美術のように欠くところがない完成度と乱れのない調和があった。とんでもないと言う人もいるだろう。それは、いまではぼくも分かっている。しかし〈トウェルヴ・オークス〉に暮らす当時のぼくにとっては、生活に真の美しさがあった。ぼくはあの世界に属していたし、その一部だったから。そんな世界はいまや消え去り、この新生活のなかでぼくは余り者でしかなく、不安で仕方ない。そう、あの頃、自分が見ていたのは影絵芝居だと分かったんだ。当時のぼくは影絵的でないもの、つまりあまりにリアルで精気あふれる人や状況とむきあうのをことごとく避けていた。そういうものが這入りこんでくるのを嫌がった。だからあなたのことも避けたんだよ、スカーレット。あなたがあまりにも生き生きとして現実的だったから、ぼくは怖気づいて影絵と夢の世界を選んだんだ」

「でも、だったら、メリーは？」

「メラニーほどやさしい夢はないよ。ぼくの夢想の一部のようなものだ。この戦争がなかったら、一生、〈トウェルヴ・オークス〉に埋もれていて幸せだったろうし、そうして世の中が流れていくのを満足して眺めるだけだったろう。世の中に参加などせずにね。ところが、戦争が起きて、現実の世界が押し入ってきたんだ。初めて戦闘に参加したとき――ブルランの戦いだ、覚えているだろう――幼なじみの友人たちが粉々に吹き飛ばされるのを目の当たりにし、馬が断末魔の叫びをあげるのを聞き、自分の撃った兵士が体を丸めて血を吐く姿を見て、虫酸が走るほどおぞましい気持ちも経験した。でも、そんなことは戦争の最悪の部分ではないんだ、スカーレット。最悪だったのは、生活をともにする人間たちだ。ぼくはずっと人付き合いを避けて生きていたろう。よくよく選んだ友人とだけ付き合っていた。しかし戦争に教えられたが、あれは夢の人々が住む自分だけの世界を築いていたということだ。人間が実際にどんなものかも戦争に教えられたが、彼らとどうやって暮らしていくかは戦争も教えてくれなかった。これからも分からないままじゃないかと思うんだ。とはいえ、今後、妻子を養っていくには、自分と似ても似つかない人たちばかりの世界でやって行かざるを得ないようだ。スカーレット、あなたは世の中の角をつかんで、自分の思うようにねじ伏せてしまえる人だ。でも、ぼくはこの先、世界のどこに居場所があると言うのだろう? だから、怖いと言っているんだよ」

アシュリがよく響く低い声で、わびしげに、よく理解できない情感をともなって語りつづける間、スカーレットは所々の単語の意味しかつかめないながら、必死で話の筋道を通そうとしていた。ところが、言葉はつかまえても野鳥のようにさっと手の内から飛び立ってしまう。いまのアシュリは家畜を逐う突き棒のようなもので容赦なく追いたてられているらしいのだが、なにに逐われているのかが分からない。

「スカーレット、ぼくだけの影絵芝居は幕を閉じたと、その暗澹（あんたん）たる現実に気づいたのがいつなのか自分でもよく分からないんだ。ブルランの戦いが始まってわずか五分で、初めて自分の殺した兵士が地面に崩れ落ちるのを見たときかもしれないな。しかし終わったものは終わったのだし、いつまでも芝居の見物人ではいられない。そう、ふと気づいてみたら、自分の姿もカーテンに映しだされていたんだ、役者としてポーズをとったりむなしいジェスチャーをしたりしてね。ぼくの小さな内面世界は、考えもまったく違えば、行動もホッテントット族ぐらいかけ離れた人々に押し入られ、消し飛んでしまった。彼らはぼくの世界を泥だらけの足でずかずか歩きまわり、いよいよ事態が耐えがたくなっても、ぼくが逃げこめる場所すら残してくれなかった。捕虜収容所で、こう思ったよ。『戦争が終わったら、昔の暮らしと昔の夢の世界にもどって、また影絵芝居を見よう』とね。ところが、スカーレット、もどれるわけがないんだ。現在われわれみんなが直面しているものは戦争より、収容所の生活よりひどい——それに、ぼくにとっては、死ぬよりひどいことだ……つまり、分かるだろう、スカーレット、ぼくは怖がりゆえに罰せられているんだよ」

「けど、アシュリ」スカーレットは理解不能の泥沼でもがきながら、そう切りだした。

「あなたが怖がっていたら、わたしたち飢え死にしてしまうわ、ねえ——ああ、アシユリ、なんとか切り抜けましょう！　わたしたちならきっと出来る！」

一瞬、アシュリはスカーレットに視線をもどした。大きく瞠られた水晶のようなグレイの瞳には感嘆の色が浮かんでいた。と思えば、また急に遠い目をした彼に、この人は飢えのことなど考えてはいなかったんだと思うと、スカーレットの心は重く沈んだ。アシュリと自分は異なる言語で話をしているようなもの。それでも彼のことは心底愛していたから、今みたいに彼が自分の世界に入りこんでしまうと、なんだか太陽が沈んで、ひとり残された自分は凍える夕露に濡れているような気にさせられる。できることなら、その両肩をつかんで抱き寄せ、わたしは血肉をそなえた生身の人間だし、あなたが本で読んだり夢想したりしている存在じゃないって気づかせてやりたい。ああ、この人と心をひとつにしていると思えたらどんなにいいか。昔々のあの日、彼がヨーロッパから帰ってきて、この屋敷の上がり段からこちらを見あげて微笑みかけてきたあの日から、それを望みに望んでいるというのに。

「確かにひもじいのはやりきれないな」アシュリはそう言った。「経験があるからよく分かる。しかしぼくが恐れているのは飢えではないんだ。怖いのは、われらが古き時代が消え去り、あの長閑な美しさのない世の中に直面することだ」

メラニーなら彼の言うことの意味が分かるのだろうと思うと、スカーレットは絶望的な気分になった。メリーとアシュリはいつだって、詩だの本だの夢だの月光だの星くずだの、そんなくだらないことをぺちゃくちゃしゃべっているもの。アシュリはわたしが恐れるものは怖くないと言う。空腹の激烈なつらさも、厳しい冬の寒さも、〈タラ〉から追いだされることすら怖くないと。その代わり、わたしの知らない、想像もつかないものを恐れてすくみあがっている。一体全体、こんな荒れ果てた世の中で、飢えと寒さと家を失うことのほか、どんな恐ろしいことがあると言うんだろう？　懸命に耳を傾ければ、アシュリという謎に対する答えがわかるだろうと思っていたのに。

「あら……」スカーレットはそう返すしかなかった。その失望感の滲む声は、きれいに包装されたプレゼントを開けてみたら空でがっかりした子ども、という感じだった。相手の口調に、アシュリは悲しげな顔ですまなそうに微笑んだ。

「こんなことを言うぼくを赦してくれ、スカーレット。でも、恐れの意味を知らないあなたには、理解させられないんだよ。あなたはライオンの心臓を持ち、想像力というものをみじんも持たない。ぼくはこのふたつの特質が羨ましいよ。現実に直面することを厭わず、ぼくのようにそこから逃げようとしない」

「逃げるですって！」

アシュリの話のなかに初めて理解できる語が出てきた気がした。アシュリも自分と同じで、日々の戦いに疲れ、逃げだしたいと思っているんだ。スカーレットの息遣いが速まった。

「ねえ、アシュリ。それは思い違いよ。わたしだって逃げだしたいわ。なにもかも本当にうんざりなのよ！」スカーレットは声を高くした。

するとアシュリがまさかと言うように眉を吊りあげたので、スカーレットは熱く訴えかけるように彼の腕に手をかけた。

「ね、聴いて」と、急きこんで話しだした。言葉が矢つぎ早にころがりでる。「なにもかもうんざりだと言っているのよ。骨の髄までくたくたで、もうこれ以上耐えられない。食べ物とお金のやりくりに四苦八苦して、草むしりだの畑打ちだの綿摘みだのに精を出して、畑まで耕してきたんだもの、もうたくさんだわ。アシュリ、聴いてる、南部はもう死んだのよ！　死んでしまったの！　ヤンキーと解放奴隷とカーペットバッガーたちに奪われて、わたしたちにはなにも残されていない。アシュリ、一緒に逃げましょう！」

アシュリは屈みこむようにして、赤く火照ったスカーレットの顔を鋭くのぞき見た。

「そうよ、逃げだしましょう——なにもかも捨てて！　わたし、家のみんなのために働くのに疲れたわ。あの人たちは、きっとだれかが面倒みてくれるでしょ。自分で自分の面倒をみられない人たちには、決まって面倒みてくれる人が現われるものよ。ねえ、アシュリ、逃げましょう、わたしと一緒に。メキシコに行けばいいわ——メキシコの軍隊は将校を欲しがっているし、わたしたち幸せに暮らせるはずよ。あなたのためなら、わたしも働くわ、アシュリ。あなたのためならなんだってする。あなただってメラニーを愛していないのは自分でも分かっているで——」

　アシュリは打ちひしがれた顔でなにか言いかけたが、スカーレットがさらにまくしたてて黙らせてしまった。

「あの日、メラニーよりわたしを愛していると言ったわよね——ねえ、あの日のこと、憶（おぼ）えているでしょう！　あなたの気持ちが変わってないって知ってるわ。変わってないって、わたしにはちゃんとわかるのよ！　それにさっき、彼女は夢にすぎないと自分で言ったじゃないの——ねえ、アシュリ、逃げましょう！　わたしならあなたを幸せにできる。どっちみちメラニーはもう——」スカーレットは意地悪く弱味をついた。「その、フォンテイン先生が言うには、もう子どもは産めない体だって。でも、わたしならあなたの子を——」

　アシュリに両肩を痛いほどどきつくつかまれ、スカーレットは息を呑（の）んで言葉を切った。

「〈トウェルヴ・オークス〉でのあの日のことは、おたがい忘れる約束だろう」

「わたしに忘れられると思う？　あなたも忘れたと言うの？　わたしを愛していないと、心から言える？」

アシュリはひとつ深く息を吸うと、口早にこう答えた。

「ああ、愛していない」

「嘘よ」

「嘘にしてもだ」アシュリは恐ろしく静かな声で言った。「話しあってどうにかなる問題じゃない」

「なにが言いたいの――」

「たとえメラニーと息子を憎んでいたとしても、ぼくがふたりを置いて逃げられると思うか？　メラニーの気もちを踏みつけにして？　友人たちの情けにすがって生きるしかないふたりを？　スカーレット、気でも狂ったのか？　あなたには忠誠心というものが少しもないのか？　あなただってお父さんや妹さんたちを捨てられないだろう。面倒をみる責任がある。それと同様にぼくもメラニーと息子に対する責任があるんだ。疲れていようといまいと、彼らは目の前にいるのだし、背負っていかなくてはいけない」

「家族なんて捨てられるわ——もう、飽き飽きしてるの——うんざりなのよ——」

アシュリが屈みこんできたので、一瞬、抱きしめられるのかとドキッとしたが、彼は腕をやさしく撫でただけで、子どもをなだめるような口調で話しだした。

「うん、飽き飽きしてうんざりなのは分かるよ。だから、そんなしゃべり方をしているんだろうね。あなたは男三人ぶんの重荷を背負ってきた。でも、これからはぼくだって手助けする——いつまでもこんなに不器用じゃないだろうからね」

「わたしを助ける方法はひとつしかないわ」スカーレットはぼそっと言った。「ここから連れ出して、幸せをつかむチャンスのあるどこかで新しくやり直すこと。ここには、わたしたちを引き留めるものなんてなにもないでしょう」

「そうだな」アシュリは静かに答えた。「なにもなくとも、名誉の問題がある」

スカーレットは焦がれる目にとまどいを浮かべて彼のことを見つめ、あらためて気づいた。目を三日月形に縁どるまつ毛が刈り入れ時の麦の穂のように深く濃い黄金色に輝いている。首はむきだしだが、その上には美しい顔がかくも凜々しくあり、背筋ののびた細身の体に脈々と流れる気高い血と威厳が、みすぼらしいぼろ着を通しても感じられる。ふたりの目が合った。スカーレットの目には懇願の色がありありと浮かび、一方、アシュリの目は曇り空のもとに望む山間の湖のように遠く謎めいていた。

スカーレットはその目を見て、自分の無謀な夢、狂える欲望が潰えたことを知った。

夢破れ、疲労感に襲われて、両手のなかに顔をうずめて泣きだした。アシュリはスカーレットが泣く姿を初めて目にした。彼女のように剛毅な女性に、まさか流す涙があるとは思わなかった。彼の胸に、愛おしさと自責の念がこみあげた。アシュリはすっと歩み寄ると、あっという間にスカーレットを腕に抱き、黒髪の頭を胸に押しつけて、あやすようにその体をやさしくゆすりながら、こうささやいた。「勇敢でかわいい人――泣かないで。あなたが泣いちゃいけないよ！」

アシュリがそうして触れていると、腕のなかのスカーレットに変化が起き、抱きしめているほっそりした体になにか狂おしい魔力が生じ、見あげてくる翠色の瞳には、熱くやわらかな光が灯りはじめた。突如として、荒涼たる冬は終わりを告げた。アシュリのもとに春がもどってきた。忘れかけていた、緑葉がふれあいざわめく風薫る春。安逸と懶惰の春。彼の肉体に若者の欲望が熱く燃えていた屈託のない日々。その後の苦い歳月は剝がれおち、彼はこちらにむけられた紅い唇がふるえているのを見た。そしてその唇に口づけた。

低く轟くような妙な音がスカーレットの耳朶に響いた。耳に貝殻をあてた時のような音で、それを通して、早鐘のように打つ自分の胸の鼓動が微かに聞こえた。体がアシュリの体のなかに融けてしまいそうだった。時が止まったようなそのひとときに、アシュリは飽くことを知らないかのようにスカーレットの唇を貪欲に求め、ふたりはひとつに溶けあった。

不意に彼が体を離すと、スカーレットは自力で立っていられない気がして、フェンスにつかまった。愛と勝利に燃える目をあげて、アシュリを見つめた。

「やっぱり、わたしのこと愛しているじゃないの！　愛してるんでしょう！　言葉にして！」

アシュリの両手はまだ彼女の肩に置かれていた。スカーレットは彼の手が震えているのを感じ、その震えを愛おしく思った。彼にまた熱っぽく身を寄せていったが、アシュリはそれを突き放し、スカーレットを見るその眼にはいつものよそよそしさが消え、葛藤と失意に苛まれていた。

「いけない！」アシュリは言った。「近寄らないでくれ。さもないと、いまこの場で、あなたを抱いてしまう」

スカーレットはまばゆく熱っぽい微笑みを浮かべた。それは、時間も場所もなにもかも忘れ、いま唇に受けた口づけの記憶しか持たないような笑みだった。

アシュリはだしぬけにスカーレットの体をゆさぶりだし、そのうち黒髪がほどけて肩にばさりと落ちた。スカーレットに、それとも自分自身に、怒り狂っているようなゆさぶり方だった。

「そんなことは決してしない！　しないと言ったらしないんだ！」

もういっぺんゆすられたら首が折れそうな勢いだった。スカーレットは乱れた髪で目も見えず、アシュリの行動に呆然(ぼうぜん)となっていた。身を引き離し、彼の顔をじっと見つめた。そのひたいには珠(たま)のような汗が点々とし、痛みに耐えるかのように両手の指を鉤爪(かぎづめ)のように折り曲げていた。射るようなグレイの眸で、真正面からスカーレットを見据えている。

「ぜんぶぼくがいけないんだ——あなたはなにひとつ悪くないし、こんなことは二度と起きない。ぼくはメラニーと息子を連れてここを出ていくからね」

「出ていくですって？」スカーレットは悲痛な声をあげた。「冗談でしょう！」

「いいや、本気だ！　こんなことがあったのに、ここにいられると思うか？　もし、こんどこんなことがあったらと思うと——」

「アシュリ、行かせないわ。なぜ出ていく必要があるの？　わたしを愛しているんでしょう——」

「どうしても言わせたいのか？　わかった、言おう。ぼくはあなたを愛している」

そう言うと、アシュリはいきなり荒々しく詰め寄るようにしたので、スカーレットはたじろいでフェンスまで後じさった。

「愛しているとも、その勇気も強情さも火のような情熱も一切容赦のないところも。どれぐらい愛しているかって？　いまさっきぼくは自分と妻子を守ってくれるこの家の厚意を踏みにじり、どんな男も羨む最良の伴侶を忘れそうになった。つまり、それほどだ。いまこの泥土にまみれてきみを抱いてしまえるほどだ、まるで――」

スカーレットは入り乱れる考えを必死で整理しようとするうち、氷柱を刺しこまれたかのような冷たい痛みを胸に感じた。そして、しどろもどろにこう言った。「そう感じていながら――わたしを抱かないのなら――やはり、わたしを愛していないんだわ」

「どう言っても、あなたには分かってもらえないだろう」

ふたりは黙りこんで、見つめあった。急にスカーレットは身震いし、長い夢の旅から帰ったように、いまが冬であることに気づき、刈り株だけの残る殺伐とした畑の光景を目の当たりにすると、ひどく寒くなってきた。アシュリの超然とした顔つき、スカーレットもよく知るあの顔も戻ってきており、それもまた冬のように冷たく、傷つき自責の念でけわしくなっていた。

スカーレットは本当ならここで踵を返し、彼を独り残して、屋敷の中に逃げこんで身を隠すところだろうが、疲労のあまり動くこともできなかった。しゃべることすらひと苦労でしんどいのだった。

「もうなにも残されていない」スカーレットはしばらくしてようやく言った。「わたしにはなにも残されていないわ。愛すべきものも。戦って勝ちとるものも。あなたを失ったうえ、じきに〈タラ〉の屋敷もなくなってしまう」

アシュリは長いことスカーレットの顔を見つめていたが、ふと屈みこんで、地面から赭土をひと塊すくいあげた。

「いや、残っているものはあるさ」アシュリはそう言い、かつての彼らしい微笑みの面影がよみがえった。スカーレットだけでなく自分もからかうような笑み。「気づいていないかもしれないが、あなたがぼくより愛しているものだよ。あなたにはまだ〈タラ〉の土地があるじゃないか」

アシュリはスカーレットの力ない手をとると、湿った粘土質の土にぐっとそれを押し当て、土をつかませた。彼の手からも、スカーレットの手からも、熱っぽさは引いていた。スカーレットは赭土をしばし見つめていたが、なんの感慨も湧いてこなかった。またアシュリの顔を見てぼんやり気づいたのは、この自分の情熱的な手でも、だれの手でも、決して裂くことのできない高潔な精神がアシュリにはあるということだ。その高潔さゆえに死ぬ思いをしようと、彼はメラニーを捨てないだろう。臨終の日までわたしに恋い焦がれることになろうと、決して抱こうとせず、懸命に遠ざけようとするだろう。もう二度と、あの鎧(よろい)の奥には手がとどかない。人の厚意、忠節、名誉、そんな言葉が彼にとっては、わたしより大きな意味をもつのだから。

手につかんだ赭土は冷たく、スカーレットはいま一度それを眺めた。

「ええ、そうね。わたしにはまだこれがある」

そう言ってみたものの、初めはなんの意味も喚起せず、手の中の土はただの赭土にすぎなかった。しかしそのうち、〈タラ〉屋敷をかこむ海原のごとき赭土の大地への想(おも)いが自然とこみあげ、それがどんなに愛しく、それを守るためにどれほど必死で戦ってきたかを実感した――そして今後も守っていくにはどんなに苦しい戦いを強いられることになるかを。アシュリをふたたび見やり、先ほどまでの熱く迸(ほとばし)る感情はどこへ行ってしまったのかとふしぎに思った。アシュリに関しても、〈タラ〉に関しても、考えることはできても、なにも感じられないのだった。感情という感情がすっかり干上がってしまったようだ。

「でも、出て行く必要はないでしょ」スカーレットはきっぱりと言った。「わたしが一度は必死で追いかけた人だもの、家族共々ひもじい思いをさせるわけには行かないわ。もうこんなことは二度と起こらないし」

スカーレットは踵を返すと、荒れた畑の土を踏んで、髪の毛をくるくると結いあげながら、屋敷への道をもどりはじめた。ほっそりとした小さな肩をいからせながら遠ざかっていくその姿をアシュリは見送った。スカーレットのそんな姿は、それまでに聞いた彼女のどんな言葉より胸にこたえた。

32

玄関の上がり段を昇っていくときも、スカーレットはまだ赭土の塊を握りしめていた。あえて裏口から入るのは避けたのだった。マミーが鋭い目で一瞥するなり、なにか大変なことがあったと見抜くにちがいないから。いまはマミーにも他のだれにも会いたくなかった。羞恥心も落胆も恨みも感じず、ただ膝に力が入らず、心に大きな穴が開いた気がするばかりだった。拳から土がこぼれるほどきつく握りしめながら、スカーレットはオウムのように、「わたしにはまだこれがある。そうよ、まだこれがあるわ」と繰り返していた。

他になにもなくとも、この赭土の土地だけはある。ほんの数分前までは、破けたハンカチみたいに捨ててしまいたいと思っていたこの土地。それをまた愛しく思いはじめ、この土地をあんなに軽々しくあつかうなんて、どういう気の迷いだったのだろうと、ぼんやりした頭で訝しんだ。あのときアシュリが折れていたら、後ろをふりむきもせず家族と友人を捨てて、彼とかけおちしていたことだろう。心は空っぽだったが、それでもこの愛しい赭土の丘陵や、大地を長々とえぐる小峡谷（ガリー）や、うら寂しいクロマツの木立を後にするとなれば、胸裂ける思いがしたろうことは想像に難くなかった。きっと死を迎える日まで、そんなものに焦（こ）がれて思い馳（は）せることになったろう。〈タラ〉が引っこ抜かれた後の心の空白は、たとえアシュリでも埋められなかったはずだ。止めてくれたアシュリはなんと賢く、わたしの性格を知り抜いていることか！　湿った土を握らせるだけで、こうして正気づかせてくれたのだ。

玄関ホールでドアを閉めようとしていると、馬の蹄（ひづめ）の音が聞こえてきてふりむき、馬車道に目をやった。よりによってこんな時にお客とは迷惑な。さっさと部屋に閉じこもって、頭痛がするとでも言おう。

ところが馬車が近づいてくると、逃げだそうとしていたスカーレットは目を瞠（みは）って足を止めた。それはニスがつやつやとした新品の馬車で、馬具（ハーネス）も真新しく、磨きこまれた真鍮（しんちゅう）の器具があちこちに見えていた。知らないお客さんにちがいない。こんな豪華な馬車を持てるお金持ちは知り合いにいないから。

ドア口からようすをうかがっていると、冷たい風が吹きつけて濡（ぬ）れた足首にスカートがまとわりついた。じきに馬車は屋敷の前で停まり、そこからジョナス・ウィルカーソンが降り立った。くびにした農園監督がこんなにりっぱな仕立ての馬車に乗り、しかも見るからに上等な大外套(がいとう)を着こんで現れたから、スカーレットは仰天してしばし自分の目を疑った。そう言えば、解放奴隷局に新しい職を得てからずいぶん羽振りが良いようだと、前にウィルが話していたではないか。解放奴隷だか政府だかからお金をちょろまかしたり、農園の綿花を巻きあげて南部連合政府の綿花だと言って売りさばいたりして、たんまり儲(もう)けていると。どう見ても、この大変な時期に、そんな大金をぜんぶまっとうなやり方で稼いだとは思えなかった。

　そのウィルカーソンがいまこうして優美な馬車から降り立ち、卒倒しそうなぐらいぜいたくな装(よそお)いの女性が降りるのに手を貸している。ドレスは色が派手すぎて下品になりかねないと、一瞥して思ったが、それでも女性の出で立ちを食い入るように眺めてしまった。最先端で新調の服など、もう何年もお目にかかったことがない。なるほど！　今年はフープの幅をあまり広げないのね。スカーレットは赤い格子(こうし)柄(がら)のロングドレスに目を走らせながらそう思った。つぎは黒のベルベットのパレトー〔丈が短くぴったりした婦人用のジャケット〕に目を留め、あら、ジャケットは丈がやけに短いのね！と思ったり、まあ、なんて小粋(こいき)な帽子かしら！と驚いたり。ボンネットはもう流行おくれらしい。その帽子は赤のベルベットのばかにぺちゃんこの代物(しろもの)で、女性の頭頂部にちょこんと固くなったパンケーキみたいに乗っかっていた。さらにリボンはボンネットのように顎の下で結ぶのではなく、帽子の後ろで豊かに波打つ巻き毛の下で結んでいる。けど、その巻き毛は色も質感も元々の髪にちっとも合っていない。それはいやでも目にとまった。女性も地面に降り立ち、屋敷のほうに顔をむけてきたとき、白粉で固めたそのウサギのような顔に微かな見覚えがあることに気づいた。

「ちょっと、エミー・スラッタリーじゃないの！」スカーレットは驚きのあまり、とっさに声をあげてしまった。

「ええ、奥さま、わたしです」エミーはそう言うと、愛想笑いを浮かべてつんと顔をあげながら上がり段に近づいてきた。

エミー・スラッタリー！　あの汚らしい亜麻色の髪の自堕落女。あの女が生んだ私生児にお母さまは洗礼を授けてやったのに、腸チフスを移してお母さまを殺した張本人。このごてごてと飾りたてた、どこの馬の骨ともわからない、下衆な貧乏白人の娘が、まるでこの家の人間みたいな顔をして、えらそうにふんぞり返ってにやにや笑いながら〈タラ〉の階段をあがろうとしている。スカーレットは母を想うと、心の虚にふたたび感情が潮のごとく押し寄せてきた。怒りで殺気立つあまり、瘧のように体が震える。

「階段から離れなさい、この汚らわしいふしだら女！」スカーレットは怒鳴った。「この土地から出ていきなさい！　出ていくのよ！」

エミーは急にぽかんと口を開け、しかめ面で上がってくるジョナスのほうをちらりと見た。ジョナスは業腹ながらも、なんとか威厳を崩すまいとしていた。

「わたしの妻にそんな口の利き方は慎んでもらおう」彼はそう言った。

「妻ですって？」スカーレットは言うなり、吹きだした。蔑みで切りつけるような笑い方だった。「そうね、いい加減きちんと結婚してあげないとね。うちの母を死なせた後、他の子どもたちはだれに洗礼してもらったの？」

エミーは「うっ」と言葉につまり、あわてて上がり段を降りはじめたが、ジョナスがその腕を強くつかんで、馬車への遁走を止めた。

「言うなれば表敬訪問だ——友人としてな」ジョナスは噛みついてきた。「旧友のみなさんとちょいと商談をしようと思ってね」

「友人ですって？」スカーレットは鞭をぴしりと打ちおろすように言った。「あなたみたいな輩と、うちがいつ友だちになったのかしら？　スラッタリー一家はうちの厄介になっていたのに、母を死なせて恩を仇で返したじゃないの——それに、おまえは——おまえはエミーに子どもを産ませて父さんに解雇された。ええ、身に覚えがあるはずよ。友人ですって？　いますぐこの敷地から出ていかないと、ベンティーンさんかウィルクスさんを呼ぶわよ」

そんな言葉に耐えかね、エミーは夫の制止を振り切ると馬車へと駆けだし、黒エナメルのブーツ——トップがどぎつい赤で赤の房飾りまでついている——をちらりと見せながら、あたふたと車内に転がりこんだ。

一方、ジョナスはスカーレットに負けない怒りでわなわなと震えており、土気色の顔を怒った雄の七面鳥みたいに真っ赤にしていた。

「あいかわらず威勢が良いじゃないか？　ふん、あんたらの家の状況はすっかり分かっているんだ。はく靴もないんだろう。父ちゃんは呆けちまったしな——」

「ここから出ていきなさい！」

「まあ、そんな風にいばっていられるのも今のうちだ。おたくが一文無しなのは分かってるんだ。税金も払えないんだろ。この地所を買いとってやろうと思って商談に来たのによ。あんたにはまたとない話だぜ。エミーがここに住むのが夢だって言うんでね。だが、こうなったら、一セントも払う気はない。あんたらぽっと出の調子こいたアイルランド人も、税金を払うのに土地売却ってことになれば、このあたりはだれが取り仕切っているか思い知るだろうよ。それでもって、おれはこの地所を買って——

家具からなにから一切合財な――ここに住むってわけだ」

やはり、〈タラ〉を狙っていたのはジョナス・ウィルカーソンだったのだ。ジョナスとエミーはかつて自分たちが侮辱された家に住んで、過去の侮辱の敵を討とうなどと、ねじけたことを考えたのだ。スカーレットは全神経が憎悪でふつふつと沸き立つ思いだった。ヤンキー兵の髭面にピストルを突きつけて発砲したあの日と同じだ。あのピストルがいまこの手にあれば。

「おまえたちにこの敷居をまたがせるぐらいなら、石材を一つ一つもぎとって屋敷をばらばらにして燃やしてやるわ。畑にも一面に塩を撒いてやる」スカーレットは怒鳴りつけた。「出ていけと言っているのよ！　出ていけ！」

ジョナスはスカーレットをにらみつけると、まだなにか言いかけたが、黙って馬車にもどっていった。めそめそ泣いている妻の隣に乗りこむと、馬車の向きを変えさせた。帰っていく彼らに、スカーレットは唾をも吐きかけてやりたい衝動に駆られ、実際に吐いてやった。こんなのは安っぽくて子どもじみた憂さ晴らしだと分かっていたが、少しはすっきりした。あいつらの目に入るところでやってやれば良かった。

あの黒人にすり寄るクズたち、よくもこの土地に足を踏み入れ、うちの貧乏を嘲ってくれたわね！　あの卑しい猟犬、〈タラ〉に値をつける気などないくせに。そんなことを口実に乗りこんできて、自分やエミーの出世ぶりを見せつけようというだけなんだろう。汚らわしいスキャラワグたちめ、見下げ果てたいやらしい貧乏白人たちめ、〈タラ〉で暮らすなんて嘯いて！

そう思ったとたん、急に背筋が寒くなって怒りが溶けた。どうするのよ！　あの人たち、ここに来て暮らす気なのよ！　彼らが〈タラ〉を買いとるのを阻止する手立てはないし、屋敷のあらゆる鏡やテーブルやベッドを、エレンのつやつやしたマホガニーや紫檀の調度品をわがもの顔で使うのを止め立てする手段はないのだ。ヤンキー兵の襲来で傷つけられたとはいえ、〈タラ〉のどんな小さな物もスカーレットにとってはかけがえのないものだった。それに、ロビヤール家の銀器も。あいつらの好きにさせてたまるものか。スカーレットは鼻息を荒くした。そうよ、この屋敷を焼き払うことになろうと、決してそんなことはさせない！　エミー・スラッタリーなんかに、お母さまが歩いた床を一ミリたりとも踏ませるものか。

玄関のドアを閉めてそこにもたれると、ひどく恐ろしくなってきた。シャーマンの部隊が家に入りこんできた日よりも怖かった。あの日、最も恐れたのは〈タラ〉屋敷に居ながらにして火を放たれることだった。でも、いまの状況はそれより酷い――あの下劣な生き物がこの屋敷に住みつき、誇り高いオハラ一家を追いだした経緯を仲間に得々と語るかと思うと。きっとあの夫婦はここに黒人たちも連れてきて寝泊まりさせ、食事をふるまうだろう。前にウィルが言っていた。ジョナスは白人と黒人の平等を大いに謳っているそうで、黒人と一緒に食事もすれば、家を訪ねもするし、自分の馬車に乗せてあちこち連れ歩いたり、彼らの肩に手を回したりもするらしい。

〈タラ〉に対してそんな究極の侮辱があったらと思うだけで、スカーレットは胸が激しく打って息もできないほどだった。目下の問題に神経を集中し、なにか打開策を考えだそうとするが、考えをまとめかけるたびに、新たな怒りと恐れが巻き起こって全身が震えてくる。きっとなにか打開策があるはず。わたしに貸せるほどお金を持っている人がどこかにいるはずよ。だって、お金というのは自然と干上がって吹き飛んだりしないのだから。お金を持っている人がどこかにいなくちゃおかしいわ。そのときアシュリが笑い交じりに言った言葉が思いだされてきた。

「実際にお金があるという噂を聞くのは一人だけだな。レット・バトラーだよ」

レット・バトラー。スカーレットは足早に客間へ入っていくと、ドアを閉めた。冬の黄昏どき、ブラインドをおろした部屋の薄闇につつまれる。ここならだれも探しにこないだろう。人に邪魔されず考える時間がほしかった。いま思いついたアイデアはあまりに明快で、どうしてもっと早く思いつかなかったのかふしぎなぐらいだ。

「レットに頼んでお金を調達しよう。そう、あのダイヤのイヤリングを売りつけるか、それとも、あのイヤリングをかたにお金を借りる手もあるわね」

一瞬、安堵(あんど)感のあまり、へなへなとくずおれそうになった。税金なんかあっさり払って、ジョナス・ウィルカーソンの鼻先で嗤(わら)ってやるわ。ところが、めでたく解決策を思いついたそばから、非情な現実に気づかざるをえなかった。

「税金を支払うのは今年だけじゃない。来年も課税されるし、それが死ぬまでつづくのよ。今年なんとか払いきれても、来年はもっと税額を釣りあげて、しまいにはうちをここから追いだす気でしょう。来年、綿花が豊作でお金が入ったら入ったで、一文も残らないほど重税をかけてくるか、綿花を公然と召し上げて、南部連合の所有物だなんて言うに決まってる。あいつらはヤンキーやゴロツキと組んでいるんだもの、好きなところでわたしをいたぶれるんだわ。これから一生よ、命あるかぎり、彼らの脅威におびえつづけることになる。これから一生、びくびくしながら金策に走りまわって、死ぬほど働いて、なのに労働の成果は水の泡になり、綿花はくすね盗(と)られていく……。いま三百ドルばかり借りて税金を払ったって、一時しのぎにすぎない。わたしはこの泥沼から抜けだしたいのよ、すっぱりと。明日の、来月の、来年のわが身を心配せずに眠りにつく暮らしがしたいのよ」

スカーレットの頭脳はチクタクとたゆまず動いていた。冷静に、理論的に考えた末、ひとつの計画が頭の中でふくらみつつあった。レット。浅黒い肌に真っ白な歯を光らせて笑い、酷薄そうな黒い眸(ひとみ)でわたしを愛(め)でていたあの男。アトランタでのあの暑い夜を思いだす。包囲戦の末期、ピティ叔母の家のポーチで、夏の夜の闇になかば融(と)けこみながらレットがこの腕に置いた手の熱をいまも感じるようだった。あの人はこう言ったじゃないの。「きみほど欲しいと思った女性はいない――それに、きみほど長く待ちつづけた女性もいないよ」

「あの人と結婚しよう」スカーレットは沈着冷静に結論した。「そうすれば、二度とお金のことで悩まずに済む」

二度とお金の心配をしなくてよくて、〈タラ〉を失わずに済んで、一家に衣食が保証されて、もう石壁にぶつかって傷つくこともないなんて、ああ、こんなにすばらしい考えがあるかしら。夢に見る天国よりありがたいぐらいだわ！

スカーレットは急にどっと老(ふ)けこんだような気がした。この午後はつぎつぎと事件が起きて、感情がすっかり干上がってしまった。まずは税金に関するとんでもない報(しら)せ、それからアシュリとの一件、とどめは殺してやりたいほどジョナス・ウィルカーソンに激怒した件。もう、感情なんてものはこれっぽっちも残っていないらしい。ものを感じる力が枯渇(こかつ)してでもいないかぎり、いま頭の中に生まれつつある考えに、心のどこかで抵抗するはずだ。なにしろレットほど憎い相手はこの世にいないのだから。ところが、心はなにも感じられない。思考あるのみで、その考えはじつに現実的なものだった。

「道端に置き去りにされたあの晩、彼にはずいぶん酷いことを言ってしまったけれど、そんなもの忘れさせてみせるわ」スカーレットはいまもって女の魅力には自信があり、都合のいいことを考えた。「あの人の前では徹底して猫をかぶってやろう。本当は昔から彼のことが好きなのに、あの晩は怖くて取り乱していたと思わせればいいわ。ええ、男なんてうぬぼれが強いから、プライドをくすぐるようなことを言えば、なんだって信じるでしょう……ただし、うちが生活に困っているのは決して悟られないようにしなくちゃ。彼をがっちり捕まえるまではね。ええ、そんなこと知られたらお終(しま)いよ！　うちの貧しさに勘付いたら、わたしがお金目当てで、愛情なんてないのがばれてしまう。けど、気づかれっこないわね。ピティ叔母さんだって最悪の事態は知らずにいるんですもの。とにかく結婚してしまえば、うちの一家を援助せざるを得ない。奥さんの親族を飢え死にさせるわけにはいかないもの」

奥さん。レット・バトラー夫人。冷徹な思考の奥深くに埋もれていた嫌悪感がいくらか目覚めて微かに蠢いたが、じきに鎮まった。チャールズとの短い蜜月で経験した気まずく不快な出来事を思いだす。彼のぎごちないふるまい、まさぐってくる手、さっぱり理解できない感情の昂ぶり――そんなこんなでウェイド・ハンプトンが誕生したのだ。

「あのことはひとまず考えないようにして、と。レットと結婚してから悩めばいいことよ……」

レットと結婚してから……。記憶の鈴がチリンと鳴った。背筋がすっと寒くなる。あの晩、ピティ叔母の玄関ポーチでのやりとりをまた思いだしたのだ。プロポーズする気なのと訊くと、あの人は憎たらしく笑いとばしてこう答えた。「スカーレット、わたしは結婚に向かない男でね」

いまでも〝結婚に向かない男〟だとしたら。わたしがこの魅力で迫り、手練手管で落とそうとしても、頑として結婚を拒んできたら。もし、もしも――ああ、考えるのも恐ろしい――わたしのことなどけろっと忘れ、他の女を追いかけているとしたら。

「きみほど欲しいと思った女性はいない……」

スカーレットは爪が食いこむほど強く拳を握りしめて誓った。「わたしのことを忘れていたって、思いださせてみせるわ。もう一度、恋焦がれさせてみせる」

それにレットに結婚する気がなくても、わたしのことが欲しいなら、お金を引きだす方法はある。なにしろ、かつては愛人になってくれと持ちかけてきた男だ。

客間の薄明りのなか、スカーレットは自らの魂を縛る三つのものと取り急ぎ最終決戦をおこなっていた――ひとつは母エレンの記憶、そして母の敬虔な教え、アシュリへの愛。いま自分が考えていることは、いくらはるか温かな天国にいるにしろ、母には耐えがたいものに違いない。そんな密通は地獄に墜ちる大罪であることも分かっていた。アシュリを愛していながらそんなことを企むのだから、二重の意味でふしだらなのだ、とも。

しかしこんな心の懊悩も冷徹な思考と目の前の苦境に追いたてられて消えていった。母エレンはすでに亡くなっているのだし、きっと死んだらなにもかも理解してくれるだろう。キリスト教では、地獄の業火に焼かれる罪として姦通を禁じているけれど、わたしが〈タラ〉と家族を餓死から救うために捨て身で戦っているのだと教会が判断するなら――ええと、まあ、その件は教会が考えればいいわ。わたしが考えるのはよそう。少なくとも、いまは。それからアシュリのことだけど――あの人はわたしなんて要らないわけだし。いえ、違う、やっぱりわたしを求めている。先刻の熱い口づけの記憶がよみがえると、そう思えてきた。それでも、あの人は絶対にわたしとかけおちなんかしないだろう。おかしなことにアシュリとかけおちをするのは罪には感じられないのに、相手がレットとなると——

　冬の黄昏が鈍色に広がるこのとき、とうとうスカーレットはアトランタ陥落の夜に始まった長い旅路の果てにたどりついたのだった。その道に足を踏み入れた時のスカーレットは、若さにあふれ、血の通った感情をもち、世の出来事にすぐ目を丸くしたりする、甘やかされて、わがままな、試練ひとつ知らない娘だった。いまその道程の果てにいる女には、そんな娘の面影はこれっぽっちも残っていない。空腹と重労働と不安とたえまない緊張、戦争の恐怖、再建時代の恐怖が、スカーレットから温みや若さや優しさを根こそぎ奪いとっていったのだ。存在の芯のまわりを、硬い殻が少しずつ、一層ずつ、覆いつくし、何か月もつづく果てしない労苦のなかで、ますます分厚くなっていった。

　とはいえ、この日まではせめて二つの希望が残り、スカーレットの心を支えていた。そう、戦争さえ終われば、暮らしは昔の貌を徐々にとりもどすだろうという希望が一つ。そしてアシュリが帰還すれば、それなりに生きがいがもどってくるだろうとも思っていた。それがいまや、どちらの希望も消えてしまった。ジョナス・ウィルカーソンの姿を〈タラ〉の玄関道に見た瞬間、自分にとっても、南部全体にとっても、戦争は決して終わらないことをスカーレットは悟ったのだった。このうえなく過酷な戦い、何にもまして残酷な復讐は、いま始まったばかりだ。しかもアシュリは監獄より堅牢な言葉というむなしいものに閉じこめられて出てきそうにない。

一日のうちに、泰平への期待にも、アシュリへの期待にも裏切られ、まるで最後のすきまが閉じるようにして、心の殻は最後の最後まで固まってしまった。スカーレットはとうとう、フォンテインの祖母さまがなってはいけないと戒めていた女になってしまった。すなわち、この世のどん底を見てしまい、何ものも恐れなくなった女。実生活も、母の存在も、愛を喪うことも、世間にとやかく言われることも、もはや怖くない。怖いのは、空腹と、空腹の悪夢を見ることだけだ。

心がすっかり硬化して、昔日の暮らしやかつてのスカーレットと今の自分をつないでいたあらゆるものに気持ちを閉ざしてしまうと、なんだか妙に身が軽くなり、解放感につつまれた。自分はもう決断をくだしたし、ありがたいことに怖くもなんともなかった。もはや喪うものはない。肚は据わった。

あとはレットを丸めこんで結婚できれば、完璧だ。でも、結婚にもちこめなかったら?――まあ、それでもお金を調達することはできるだろう。スカーレットはほんの一瞬、愛人ってどんなことを求められるんだろうと、他人事のように考えた。レットはあのワトリングという女を囲っているそうだけど、わたしのこともアトランタに囲おうとするだろうか？　アトランタに住まわせるつもりなら、たんまり払ってもらわなくちゃ――わたしが〈タラ〉からいなくなるわけだから、そのぶんの埋め合わせをね。この時のスカーレットは男の生活の隠れた面にまったく無知であり、こうした契約がどんな内容を含むか知る由もないのだった。子どもを産むこともあるだろうかと、ちらと考えたが、そればかりは御免こうむりたい。

「こういうことは、いま考えるのはよそう。後で考えればいいのよ」そう結論すると、決意がゆらがないよう、めんどうな考えは頭の隅に追いやった。アトランタへ行って、必要とあらば農園をかたにお金を借りてくると、今夜、家族に告げよう。さしあたり、それだけ知らせておけばいいだろう。真相はそれがいやでもばれる日まで知らなくていい。

いよいよ実行に移すことを思い、スカーレットは顔を毅然とあげ、胸をぐっと張った。そう簡単には行かないのは承知のうえだ。以前は、レットのほうが取り入ってきて、わたしは強い立場にあったのに。いまやわたしは物乞い同然。注文をつける立場にはない物乞いと変わらないのだ。

「でも、物乞いみたいにすがるもんですか。こっちから施しをする女王さまみたいな顔で行ってやるわ。そうすれば、ばれっこない」

窓と窓の間にかかった細長い姿見の前に行き、頭をつんと高くあげながら自分の姿を眺めた。罅の入った金メッキの枠に縁どられているのは、見知らぬ女である。自分の姿をちゃんと見るのは一年ぶりぐらいの気がした。以前は毎朝この鏡を一瞥して、顔に汚れでもついていないか、髪型はまとまっているか確認したものなのに、最近は生活の雑事に追われて身だしなみを整える余裕もなかった。それにしても、この見たこともないような女は！　頬もこけて痩せぎすのこの女がスカーレット・オハラとはとうてい思えない！　スカーレット・オハラは美しく、コケティッシュで、はつらつとした顔をしているはずだ。いま見入っている顔はまったくきれいでもないうえ、いまもよく覚えているあの魅力がひとつも残っていない。血の気がなく張りつめた顔に、つりあがり気味の翠の瞳があり、その上の白い肌に、黒い眉毛がおびえた鳥の翼さながらに、はっとするような弧を描いていた。追いつめられてこわばった顔だった。

「こんな冴えない顔じゃレットを捕まえられない！」そう思うと、また絶望感が襲ってきた。「こんなに痩せっぽちで――ああ、骨と皮だわ！」

スカーレットは両頬をぱんぱんとたたいて、鎖骨のあたりを必死で探ると、バスクの上からでも骨が浮き出ているのがわかった。バストはがくっと小さくなり、メラニーと変わらないぐらいだ。もっと胸を豊かに見せるため、胸元に襞（ひだ）を寄せないとならないだろう。かつてはそんなインチキに頼っている娘たちを決まって見下したものなのに。襞を寄せると言えば！　それで別のことを思いだした。着る物はどうするの。いま着ているドレスを見おろし、継ぎのあたったスカートの襞を両手で広げてみた。レットは身なりの良い、洒落（しゃれ）た装いの女が好みなのに。喪服を脱いで初めて着た、あの襞飾りをたっぷり寄せた翠色のドレスを思いだして、たまらなくなった。レットが買ってきてくれた羽根飾りつきの翠のボンネットとあわせて着たのだった。彼の称賛の言葉を思いだす。すると今度は赤い格子柄のドレスと、トップの部分が赤くさらに赤い房飾りのついたブーツと、パンケーキみたいなぺちゃんこの帽子を身に着けたエミー・スラッタリーのことを思いだし、妬（ねた）みで憎さがいっそうとぎすまされた。エミーの衣裳（いしょう）はどれもこれもけばけばしいが、どれもこれも新品で最先端のファッションで、人目を引くのは間違いない。いまのわたしがどれだけ人目を引きたいと思っているか！　とくにレット・バトラーの目をね！　仮にもこんな着古しの姿を見られたら、〈タラ〉の状況が左前なのを一発で見抜かれてしまうだろう。それは決して知られてはならない。

このままアトランタに乗りこんでレットを手玉にとれると思うなんて、どういうまぬけかしら。ぎすぎすした首筋に飢えた野良猫みたいな目をして、ぼろを着ているというのに！　美しい盛りに選り抜きのドレスを着てすら、プロポーズの言葉を引きださなかった相手よ。美貌もガタ落ちでみすぼらしい恰好をしている自分が、どうして求婚なんかさせられるだろう？　ピティ叔母さんの話が本当なら、レットはいまアトランタきってのお金持ちにちがいないから、あらゆる美女を——善いのも悪いのも——選び放題のはず。でもね、わたしにはどんな美人にもないものがある。スカーレットは心の中ですごんだ。頭よ。これがあれば引けはとらないわ。あとはこぎれいなドレスの一着もあれば——

ところが、いまの〈タラ〉にこぎれいなドレスなど一着もなかった。どれも二回は裏返して仕立て直し、継ぎが当っている。

「万事休すってやつね」スカーレットはがっくりとうなだれて床を見おろした。母が嫁ぐときに持ってきたモスグリーンの天鵞絨の絨毯が目に入る。この上で無数の兵士が休眠したせいで、絨毯はあちこちがこすれてすり切れ、破れ、染みだらけになっており、〈タラ〉も自分に劣らずみすぼらしいのだと思うと、なおさら気が滅入った。夕闇が濃くなる部屋全体が気持ちをいっそう暗くさせるので、スカーレットは窓辺に歩みより、窓をあげてよろい戸の閂をはずすと、冬の落日の残照が部屋に射しこんだ。

窓は閉め、天鵞絨のカーテンに頭をもたせながら、うら寂しい牧草地のむこうへ目をやり、埋葬地に黒々とそびえるスギの木立を眺めた。

モスグリーンの天鵞絨のカーテンは頰にちくちくとして柔らかく、スカーレットはその生地に猫のように嬉々として顔をすりつけた。そうするうちに、はっとしてカーテンを見おろした。

その一分後には、大理石の天板を戴く重いテーブルを引きずり、錆びついて抵抗するキャスターに悲鳴をあげさせていた。窓際まで移動させると、スカートをたくしあげてその上に昇り、爪先立って、重厚なカーテンポールに手を伸ばした。やっとのことで手がとどき、がむしゃらにゆさぶると、木板に打ちこんだ釘がはずれ、カーテンはポールもろとも床に落ちてゴトンという派手な音を立てた。

そのとたん、手品のように客間のドアが開き、マミーの黒い大きな顔があらわれた。顔の皺一本一本に、強い好奇心と深い猜疑心がうかがえる。テーブルに乗ってスカートを膝までたくしあげ、床に跳びおりようとしているスカーレットを見て、乳母は渋い顔をした。当の本人は舞いあがって勝ち誇ったような顔をしているので、マミーは急に嫌な予感におそわれた。

「エレンさまのカーテンをどうするおつもりで？」マミーは詰め寄った。

「おまえこそ、ドアの外で立ち聞きなんかしてどういうつもり？」スカーレットはそう切り返すと、捷こく床に跳びおり、ほこりまみれになった重厚な天鵞絨の生地をかきあつめた。

「どうもこうもありません」マミーも戦闘態勢に入って応戦する。「エレンさまのカーテンをポールごとはずしちまって、床でほこりまみれにして、どういうおつもりです。エレンさまの大のお気に入りを、そんな風に台無しにしてもらっちゃ困りますよ」

スカーレットは翠の目をマミーにむけた。なにやらうれしくてたまらないらしく、古き佳き時代にマミーに嘆息させた悪戯娘の目をしていた。

「ひとっ走り屋根裏へ行って、ドレスの型紙が入った箱をとってきてよ、マミー」スカーレットは声高に言って、乳母を軽くつついた。「新しいドレスを作りたいの」

マミーはどこであれ、この二百ポンドの巨体を〝ひとっ走り〟させようという料簡に腹が立ったし、それが屋根裏となるともってのほかだが、同時に恐しい現実を察知し、怒りと猜疑心に引き裂かれた。乳母はスカーレットからカーテンをすばやく引ったくり、聖なる形見を守るように、それをでっぷりと大きく垂れた胸に押し抱いた。

「エレンさまのカーテンで新しいドレスを作ろうだなんて、そんなこと企んでなさるなら、とんでもない。あたしの息があるうちは絶対にさせませんよ」

マミーが常々〝ごうじょっぱり(ブルヘッディド)〟と密(ひそ)かに形容していた表情が若い女主人の顔をよぎったが、それはすぐさま微笑(ほほえ)みに変わり、その魅力に抗しがたくなった。とはいえ、そんなものにだまされる老乳母ではない。スカーレット嬢がこの笑顔を見せるのは人をたらしこもうとしている時なのだ。今回ばかりはたらしこまれてなるもんか。マミーは固く決意した。

「マミー、いじわる言わないでよ。お金を借りにアトランタへ行くの。だから、ドレスを新調しないとならないの」

「新調のドレスなんて要りませんよ。今日び、新しいドレスなんてどこのご婦人も持ってません。みんな古いドレスを着て堂々となさってます。エレン・オハラさまの娘さんですよ、着たいならぼろを着ていけないわけがありますか。シルクをお召しのように敬われるに決まってます」

スカーレットの顔に、ごうじょっぱりの表情がそろりそろりと戻ってきた。おやまあ、スカーレットさまときたら、年をとるごとにどんどんお父さま似になって、エレンさまとは似つかなくなっていくじゃないか！

「ねえ、マミー、ピティ叔母さんの手紙によると、ファニー・エルシングがこの土曜日に結婚するらしいわね。わたし、もちろん結婚式には出るわよ。だったら、そのとき着る新しいドレスだって要るでしょ」

「お手持ちのドレスだって、エルシング嬢のウエディングドレスに負けやしないですよ。エルシングさんちは火の車だって、ピティさまも書いてたでしょうに」

「だけど、新調のドレスが必要なのよ！　マミー、おまえはうちがどれだけお金に困っているか知らないでしょう。税金の支払いが――」

「奥さま、あたしは税金のことならようく分かっとりますが――」

「あら、おまえに分かるの？」

「そうですとも、神さまがあたしらに耳をくれたのはものを聞くためじゃないですか？　とくにウィルさんは話すときドアを閉めもしませんからね」

マミーが耳に挟んでいないことってないのかしら？　盗み聞きとなると、ふだんは床をゆるがすこの巨体も獣なみの密やかさで動けるんだから、驚いてしまう。

「そう、なんでも聞いているんなら、たぶんジョナス・ウィルカーソンとあのエミーのことも耳に入れているんでしょ――」

「ええ、奥さま」マミーの目は静かな怒りに燃えていた。

「だったら、堅いこと言わないでよ、マミー。いまはアトランタに行って、税金を払うお金を借りてこなきゃならないのよ、わからない？　お金を調達しないと。どうしても！」スカーレットは小さな拳と拳をぶつけて言い募った。「お願い、マミー、ウィルカーソンたちはわたしたちを〈タラ〉から追いだすつもりよ。そうなったら、どこへ行けばいい？　ねえ、お母さまの命を奪ったあのクズ女のエミー・スラッタリーがこの屋敷に移り住んで、お母さまが眠っていたベッドで寝ようとしているというのに、おまえはお母さまのカーテンがどうのこうのって些細なことでわたしと言い合おうというの？」

　マミーはおちつかない象のように、右左と足を踏みかえていた。またもや丸めこまれかけている気がしないでもない。

「いやいや、奥さま、あたしはエレンさまのお屋敷にクズ女が入りこむのも見たくありませんし、道端におっぽりだされるのもごめんですが――」ここで急に咎めたてるような目をスカーレットにむける。「新調のドレスが入用というと、どなたからお金を借りるおつもりで？」

「そ、それは」スカーレットはたじろいだ。「どうでもいいでしょ、こっちの話よ」

　マミーは射るような目で女主人を見た。まるで、幼い頃のスカーレットがおいたをして見え透いた言い訳で切り抜けようとするのをとがめるように。スカーレットは老乳母に心を読まれている気がし、自分の企みに初めて罪の意識がじわじわとこみあげてきて、思わず目を伏せてしまった。

「つまり、お金を借りるのに真っ新なドレスが要るってことですかね。あたしには、あんまりまっとうには聞こえないですねえ。しかもどこから借りてくるのかおっしゃろうとしないんじゃ」

「なにも話す気はないわよ」スカーレットは憤然として言い返した。「個人の問題だもの。さあ、そのカーテンをこっちに渡して、ドレス作りを手伝ってくれるわね？」

「おまかせを」マミーが急に折れてやさしく答えたので、これはかえって怪しいとスカーレットは警戒した。「お手伝いしますよ。このサテンの裏地でペチコートも、レースのカーテンでパンタレットも、お作りできそうだね」

天鵞絨のカーテンをスカーレットに返すと、マミーの顔に狡猾そうな笑みが広がった。

「スカーレットさま、アトランタ行きにはメリーさまも同行なさるんで？」

「しないわよ」スカーレットはつぎの言葉を予期してきつい口調になった。「わたし独りで行くの」

「奥さまはそう思っていても」マミーはきっぱりと言った。「このあたしが新調のドレスと一緒に付いてまいりますよ。ええ、行きますとも、片時もはなれずね」

一瞬、スカーレットの頭に、アトランタへ行ってレットと話すあいだじゅう、つきそいのマミーが黒くて大きな冥界の番犬ケルベロスみたいに後ろで睨みをきかせている図が浮かんだ。スカーレットはまた微笑んで、マミーの腕に手をかけた。

「マミー、ありがとう、わたしに同行して力になろうと言うのね。でも、おまえがいなくなったら、ここのみんなはお手上げじゃないの。〈タラ〉はおまえがほとんど独りで切り盛りしているんですものね」

「はっ！　おだてたって駄目ですよ、スカーレットさま。あたしは奥さまのこと、初めてオムツをお替えしたころから知ってますからね。ええ、あたしがアトランタにお伴すると言ったらお伴するんです。あんなとこにお独りで行くと知ったら、エレンさまが草葉の陰で泣きますよ。ヤンキーだの解放奴隷だのがうろうろしてるんだから」

「けど、ピティ叔母さまの家に泊まるんだし」スカーレットは必死でかき口説いた。

「ピティさまはりっぱなご婦人で、なんでも分かっているおつもりだが、なんにも分かっちゃいない」マミーはそう言うなり、接見を打ち切るかのような威厳で踵を返すと、玄関ホールに出ていってしまった。まわりの壁板をゆるがす大声が響いた。

「ちょっと、プリシー！　階段を駆けあがって屋根裏からスカーレットさまの型紙箱をとってくるんだ。それから鋏も見つけといで。ひと晩もかかるんじゃないよ！」
「ああ、せっかくの計画が台無し……」スカーレットはそう思ってうなだれた。「これじゃ、猟犬がくっついてくるようなものだわ」

夕食が下げられると、スカーレットとマミーはダイニングの食卓に型紙を広げ、その横でスエレンとキャリーンはカーテンからサテンの裏地をせっせとほどき、メラニーは清潔なヘアブラシで天鵞絨のほこりをとっていた。ジェラルドとウィルとアシュリは部屋の思い思いの場所でタバコを喫いながら、大騒ぎしている女たちの姿に微笑んでいた。どうやら快い高揚感の出処はスカーレットのようで、その興奮がなんだか分からないまま周りにも伝染しているのだった。スカーレットの顔には赤みがさし、目には明るくしっかりとした光が宿り、盛んに笑い声をたてていた。彼女の笑い声にだれもが心なごんでいた。なにしろスカーレットが心から笑う声を聞くのは何か月ぶりだったのだ。なかでも喜んでいたのはジェラルドである。部屋を飛びまわる娘の姿を追う父の目は、いつもより少しばかり冴えて、娘が近くに来るたびに、よしよしと撫でてやったりした。女たちはまるで舞踏会の支度をするような騒ぎようで、自分用の舞踏会ドレスを仕立てるみたいに嬉々として布を裂いたり、裁断したり、仕付けをしたりしている。

スカーレットはアトランタに行ってお金を借りるか、必要とあらば〈タラ〉をかたに借金をすると言う。とはいえ、「借金のかた」とはなんぞや？　スカーレットは借金は来年の綿花の収穫で難なく返せるし、お金も残ると言っている。断固有無を言わせぬ口調なので、だれも訊き返そうとは思わなかった。そして、だれからお金を貸してもらうのかと訊くと、「余計なお世話は犬も食わない、よ」とお茶目に返されるので、みんな笑いだし、百万長者のお友だちがいるのね、などとからかった。

「レット・バトラー船長でしょ」メラニーがいたずらっぽく言うと、そんなばかなと、またどっと沸いた。スカーレットがバトラーをよほど嫌っていて、彼のことを決まって「あのいけすかないレット・バトラー」と呼ぶのを、みんな知っていたからだ。

ところが、この冗談にスカーレットは笑わず、それまで笑っていたアシュリも、マミーがスカーレットをそっと一瞥するのを見てとると、不意に笑いやめた。

スエレンは今回のパーティ気分で太っ腹になっているらしく、いくぶんくたびれてはいるが愛らしいアイリッシュ・レースの襟を提供したし、キャリーンは、〈タラ〉にある靴のなかではいちばん状態が良いからぜひ自分の平底靴を履いていってと言い張った。その一方、メラニーはよれよれになったボンネットの縁も修繕しておきたいから、天鵞絨のはぎれを少し残しておいてとマミーに頼み、うちの雄鶏さんもすぐさま沼地に逃げないと、ブロンズと黒と緑のあのゴージャスな羽根を失うことになるわね、と冗談を言って、また笑いを誘った。

スカーレットは飛ぶように動く女たちの指を見つめ笑い声を聞きながら、苦々しい思いも軽蔑心も押し隠して、その姿を眺めた。

「これからわたしに、この家に、南部全体に、どんなことが降りかかるか、この人たちはまるで分かっていないんだ。いくら困ったことになろうと、そこまで酷い目に遭うわけがないと未だに思ってる。なぜって、自分は自分であって、オハラ家や、ウィルクス家や、ハミルトン家の人間だから。召使たちでさえそう思っている。ああ、みんなどういう物知らずなの！　いつまでたっても気づかないんだわ！　これまでとまったく同じように考えて生きていくだろうし、なにがあろうと変わることはない。メリーはぼろを着て綿花摘みもするし、わたしの人殺しを手伝うこともできる人だけど、内面はなにも変わっていないのよ。あいかわらずはにかみ屋で育ちの良いウィルクス夫人、非の打ちどころのないレディのまま！　アシュリだって人の死と戦争を知り、負傷して収容所に横たわる経験をして、帰宅してみたら一文無しになっていたけれど、それでも〈トウェルヴ・オークス〉が後ろ盾にあった頃となにも変わらない紳士のままでいるじゃない。もちろん、ウィルは話が別ね。現実というものを知っている。けど、もともとあの人は失うものなど大して持っていなかった。スエレンとキャリーンは——こういう色々な苦労も一時的なものにすぎないと考えているし。もうすぐなにもかも片が付くと思っているから、自分を変えて変化した状況に対応しようなんてさらさら思わない。自分たちには、特別に神さまが奇跡でも起こしてくれるとでも思っているんでしょう。そう簡単に行くもんですか。この辺りで奇跡が起きるとしたら、これからわたしがレット・バトラー相手に起こす奇跡ぐらいのものね……この人たちは決して変わらない。変わることができないんだわ。変わったのはわたしだけ——わたしだって、できれば変わりたくなかった」

マミーがとうとう男性陣をダイニングルームから追いだしてドアを閉めると、仮縫いの寸法合せが始まった。ポークはジェラルドを階上の寝室へ連れていき、玄関ホールに、ランプの灯りのもと、アシュリとウィルだけが残った。どちらもしばし無言で、ウィルはおとなしい反芻(はんすう)動物のようにタバコを噛んでいた。とはいえ、ふだん柔和な顔は穏やかとは言いがたかった。

「今度のアトランタ行きですが」やがてウィルはゆっくりと切りだした。「おれは気に入らないですね。まったくもって」

アシュリはちらりとウィルの方を見て、なにも言わずに顔をそむけ、さっきから自分の頭を離れないおぞましい展開をこの男も恐れているのではないかと考えた。いや、しかしそんなことはないだろう。ウィルは今日の午後、果樹園であった出来事も、それでスカーレットが自棄を起こしているのも知らないのだから。それに、レット・バトラーの名前が出たときマミーの顔つきが変わったことにも気づくわけがないし、そもそもウィルはレットが持つ財産のことも、その悪評のことも知らないはずだ。少なくともこういった事情は知るはずがないのだが、ウィルという男はマミーと似て、聞かされていないこともどうやら知っているし、ことが起きる前に察知するようなところがある。そうしたことは、〈タラ〉に来た頃からアシュリも気づいていた。確かになにやら不吉な空気が漂っているのだが、彼にはそれがなんだか分からず、そこからスカーレットを救うに救えない。この夜、スカーレットは一度も目をあわせてこず、やけに明るくはしゃいで自分と接してくるのもなんだか空恐ろしかった。もしやという疑いが心をかき乱していたが、怖くてとても言葉にできない。そんな酷いことを問い質して彼女を侮辱して良いわけがない。アシュリは両の拳を握りしめた。それどころか、彼女に関するかぎりどんな権利も自分は持っていないのだ。今日の午後、そうした権利は未来永劫にすべて失った。自分ではあの人の力にはなれないだろう。そもそもスカーレットを助けられる人間などいないんだ。いや、しかし、とアシュリはマミーの顔を――天鵞絨のカーテンを裁断するマミーの顔に浮かんでいた厳かな決意を思い返し、少しばかり力づけられた。スカーレットが望むと望まないとにかかわらず、きっとマミーが彼女を守ってくれるだろう。

「なにもかも自分のせいではないか」アシュリはそう思って打ちひしがれた。「ぼくがスカーレットをこんなふうに追いつめたんだ」

その午後、肩をいからせて自分から去っていったスカーレット、あの頑(かたく)なに頭を上げた姿が思いだされた。スカーレットを思うと、自らの無力さに心を引き裂かれ、彼女への憧憬(しょうけい)に悶(もだ)えた。きっと彼女の語彙(ごい)には「俠気(おとこぎ)」などという言葉はないだろう。あなたはぼくの知る最も剛毅な人だと言っても、ぽかんとして見返してくるにちがいない。〝あなたには俠気(ギャラント)がある〟と言うときには、さまざまな賛辞を含んでいるのだけれど、あの人はそんなことは理解しないだろう。ありのままの現実を受け入れ、どんな障害があろうと強靭(きょうじん)な精神で対抗し、敗北を認めぬ断固たる決意で戦い、負け戦だと分かってもなお戦いつづける。そういう人だ。

しかしこの四年の間に、自分も敗(ま)けを認めようとしない人々を見てきた。剛毅ゆえ、まぎれもない渦中(かちゅう)へ馬で華々しく突撃していく男たち。しかしそれでも負けは負けだ。

薄暗いホールでウィルの顔を見つめながら、アシュリはこんな俠気があるとは知らなかったな、と思う。母の天鵞絨のカーテンと雄鶏の尻尾(しっぽ)の羽根をまとって世界征服に乗りだそうというスカーレット・オハラのような俠気があるとは。

33

翌日の午後、冷たい風が強く吹きつけ、石板のような濃鼠の雲が飛ぶように流れる冬空のもと、スカーレットとマミーはアトランタ駅で列車から降り立った。この街が大火に焼かれて以来、停車場の復旧はなされておらず、ふたりは、灰燼と泥土のなかへ足を踏み出した。数ヤード行ったあたりに黒焦げの廃墟があり、これらがかろうじて駅のありかを標していた。長年の習慣はなかなか抜けないもので、スカーレットはまずピーター爺やとピティ叔母の馬車を探した。戦争中、〈タラ〉からアトランタにもどってくると、決まって爺やが馬車で迎えにきていたからだ。なにを呆けたことを考えているんだかと、われながらおかしくなった。ピーター爺やの出迎えがあるはずがない。アトランタに来ることはピティ叔母に前もって知らせていないのだし、そもそもあの老婦人の手紙の一通で、老馬の死が涙ながらに綴られていたではないか。南部連合降伏の後、ピーターが叔母をアトランタへ連れ帰るためにメイコンで〝調達〟

した馬らしいが。

スカーレットは轍(わだち)の跡だらけで荒れた停車場の周囲を見まわし、叔母の家まで乗せていってくれそうな旧友や知り合いの従者が馬車で控えていないかと目を走らせたが、白人にせよ黒人にせよ知った顔はひとつもなかった。ピティ叔母の手紙に書かれたことが本当なら、馬車を所有している旧友などいまや一人もいないのだろう。なにしろ南部の白人には厳しいご時勢だから、人間だけでも住まいをなんとか用意して食べていくのがやっとで、畜類にまで手が回らない。ピティ叔母の友人も最近はスカーレットと同様、徒歩で移動しているだろう。

貨車から荷積みをしている荷馬車が何台か、あとは、泥のはねた軽装馬車(バギー)が数台いたが、荒っぽい顔つきの見知らぬ男たちが手綱をとっており、まともな四輪馬車(キャリッジ)は二台しか見当たらなかった。そのうち一台は箱馬車だったが、もう一台は無蓋(むがい)で、座席には身なりのよい女性とヤンキーの将校が乗っていた。敵軍の軍服を見て、スカーレットはハッと息を呑(の)んだ。アトランタにはヤンキー軍が駐屯し、街は兵士でいっぱいだと、ピティ叔母の手紙には確かに書いてあったが、実際にあの青い上着を目の当(ま)たりにしたとたん、ぎょっとしてすくみあがってしまった。すでに戦争は終わり、あの将校に追われて物を盗(と)られたり辱(はずかし)めを受けたりすることはないのだが、なかなかそうは思えないのだった。

あまり活気のない停車場の周囲を見て、スカーレットの脳裏に一八六二年のあの朝の光景がよみがえってきた。年若い未亡人としてアトランタにやってきた自分は、黒ちりめんの喪章を巻きながらも、退屈で気が狂いそうになっていた。あのときは駅のまわりも、荷車や馬車や傷病兵搬送車でごった返し、怒鳴ったり悪態をついたりする御者やら、友人と大声で挨拶を交わす人々やらで騒々しかったっけ。スカーレットは戦時中の浮き浮きしたときめきを思いだして嘆息し、ピティ叔母の家まで歩いていくのかと思うと、またため息が出た。それでも、ピーチツリー通りに入れば、だれかに行きあって馬車に乗せてもらえるだろうと楽観的に考えた。

きょろきょろとしていると、赤茶色の顔をした中年の黒人が御する箱馬車が近づき、男は御者席から乗りだして声をかけてきた。「馬車はどうです、奥さん？　二半〔二十五セント〕でアトランタのどこでも行くよ」

マミーは瞬殺しそうな視線を男に投げた。

「貸し馬車かい！」マミーは低い声ですごんだ。「こいつめ、あたしらがだれだか知ってるのかい？」

マミーはいまでこそ田舎暮らしの乳母だが、都会の暮らしを知らないわけではなく、貞淑な婦人は貸し馬車などの交通機関——とくに有蓋の箱馬車——には、エスコート役か男性の家族のつきそいなくして乗るものではないとわきまえていた。たとえ黒人女中がつきそっていても、しきたりに反するだろう。スカーレットが物欲しげに貸し馬車を見ているのを見咎(みとが)めて、にらみつけた。

「もう行きますよ、スカーレットさま！　解放奴隷(どれい)の御す貸し馬車だと！　ふん、けっこうな組み合せだよ」

「解放奴隷ではねぇぞ」御者はカッとなって言い返してきた。「タルボット奥さんちのもんだ。今年は金稼ぎのために奥さんの馬車であたりを回ってんだ」

「そのタルボット奥さんってのはだれなんだい？」

「ミレッジヴィルのスザンナ・タルボットさんだ。旦那(だんな)が戦死なすって、こっちに引っ越してきた」

「その奥さんをご存じで、スカーレットさま？」

「いいえ」スカーレットは残念そうだった。「ミレッジヴィルの人たちはほとんど存じあげないの」

「じゃ、歩きますよ」マミーはぴしゃりと言った。「馬車屋は他をあたっとくれ」

そう言うと、マミーは新調したスカーレットの天鵞絨(びろうど)のドレスとボンネットとねまきの入ったカーペットバッグを手にとり、自分の身の回り品をきっちりまとめたバンダナの包みを小わきに抱えて、ぬかるんだ焼け野原が広がるなか、スカーレットをぐいぐい追いたてていった。スカーレットは馬車に乗りたいのは山々だが、マミーの不興を買いたくないので文句を言うのはやめた。昨日の午後、天鵞絨のカーテンをはずしたところを見つかってから、マミーの顔には疑り深そうな警戒心があらわれており、安心できなかったのだ。この監視の目から逃げだすのは容易ではなさそうだし、どうしてもという時以外は、言い争いでマミーの闘魂を呼び覚ましたくない。

狭い歩道を歩いてピーチツリー通りにむかうあいだも、凄まじく破壊され見る影もないアトランタの姿にスカーレットは気落ちし心を痛めていた。かつてレットやヘンリー伯父が定宿にしていたアトランタ・ホテルがあった場所には、あの優美な建物の形骸、黒焦げになった壁の一部しか残っていなかった。また、線路沿いに四分の一マイルも建ち並び、何トンもの軍需品が納められていた倉庫もまだ再建されておらず、暗い空のもと、矩形の土台が不気味な姿をさらしていた。鉄路の両側に建ち並んでいた建物の壁がないうえ、鉄道車庫も跡形もなく、線路がむき出しになって寒々しい光景だった。これらの廃墟のどこかの地所に、他のものにまぎれて、チャールズが遺してくれたスカーレットの倉庫の残骸があるのだろう。その倉庫の資産税は、去年はへンリー伯父が払ってくれた。あのお金もいつかは返さなくてはならなくなる。これもまた悩みの種だった。

角を曲がってピーチツリー通りに入り、ファイヴ・ポインツの方を見やったとたん、スカーレットはショックで声をあげた。市街地が全焼したことはフランクから聞いていたが、全壊した街の実態は想像できていなかった。スカーレットの頭の中では、こよなく愛した街にはいまもビルやりっぱな屋敷がぎっしり建ち並んでいた。ところが、いま目の当たりにしているピーチツリー通りはランドマークの建物がことごとく消え、まるで馴染みのない、見たこともない場所のようだった。戦時中、数えきれないほど馬車で往復したこのぬかるみの通り、包囲戦の間は空を砲弾が飛んでいく下で頭をかがめ、恐怖に駆られて走ったこの通り、そして街を逃げだしたあの日には、人々が逃げまどい叫喚する火焔のなかで見たこの通り。それがいま、まったく見知らぬ場所に見え、スカーレットは泣きだしたくなった。

シャーマン軍が街に火を放って出ていき、南部連合軍がもどってきてからは、新しい建物が雨後の竹の子のごとく出来ていたが、まだファイヴ・ポインツの周囲には広い空地があちこちに残り、煤けて割れたレンガが山をなし、まわりを瓦礫や枯草や背の高い叢草がごっちゃになっておおっていた。いくつか見覚えのある建物の残骸もあった。屋根が吹き飛んでレンガの壁だけになり、鈍い昼間の光が中に射(さ)しこみ、ガラスのない窓枠が虚(うつ)ろに口を開け、煙突がうら寂しくそびえていた。しかしスカーレットは砲撃と大火による全壊をまぬかれ、修復されたなじみの店舗をあちこちで見つけて喜んだ。新しいレンガのまっさらな赤が、汚れた古い壁のなかでまぶしく輝いている。新しい店舗の正面や新しい会社の窓に、知り合いの男性の名を見つけてうれしく思うこともあったが、聞いたこともない名前が挙げられていることのほうが多かった。とくに医者、弁護士、綿商人の何十という看板には、知らない名前ばかりだ。かつてはアトランタの住人であれば、ほとんど全員見知っていたのに、こうも知らない名前ばかり目の前に並んでいると気持ちが沈んでくる。とはいえ、通りじゅうに新しい建物がそびえる光景を見ていると、少し元気が出てきた。

　新築の建物は何十軒とあり、そのうちの数軒はなんと、三階建て！　しかも、いたるところで建設作業が進んでいるらしい。頭を切り替えて新しいアトランタに慣れようと通りを見晴らしていると、金槌(かなづち)とノコギリの快活な音が聞こえてきたし、足場が組まれているのが目にとまったり、レンガをホッド〔レンガ、漆喰などを入れて運ぶ長い柄のついた大工用具〕に重ね肩にかついで梯子(はしご)を昇っていく職人の姿が見えたりした。こよなく愛した通りを見晴らしていると、涙で目がちょっと霞(かす)んできた。

「彼らはあなたに火をつけたし」と、スカーレットは街に語りかけた。「ぺしゃんこにした。それでも、あなたはやっつけられなかった。彼らにやられるようなあなたじゃなかった。きっとあなたはまた昔みたいに大きくて小粋な街になるんでしょうね！」

ゆさゆさ歩くマミーを後ろに従えて、ピーチツリー通りを歩いていくと、歩道は戦時中の最盛期と変わらぬ混みようで、復興する市街地には活況と喧騒があり、それらははるか昔、ピティ叔母を初めて訪ねてここに着いたとき、自分の血を騒がせたものと同じだった。ぬかるみの穴にはまって四苦八苦する馬車もあの頃と同じぐらいあるようだし、南部連合軍の傷病兵搬送車こそ見当たらないが、店の木造りの軒先に用意された馬の繋ぎ場には、往時とひけをとらない数の馬やラバがつながれているようだ。歩道は大変な人出だったが、目に入ってくる顔は頭上の看板と同様になじみがなく、よそから新しくやってきた人々だった。荒っぽい顔つきの男たち、けばけばしいドレスを着た女たちが大勢行き交っている。あちこちの通りには、壁によりかかり縁石に座りながら、サーカスのパレードを見る子どもみたいな興味津々の目で、行きすぎる馬車を眺めて暇をつぶしている黒人たちで、まさに黒山の人だかりができていた。

「田舎もんの解放奴隷め」マミーは鼻で嗤った。「むこうの暮らしじゃ、まともな四輪馬車も見たことがないんだろうよ。厚かましい顔して、まあ」

確かに厚かましい顔だと、スカーレットも思った。不躾にじろじろ眺めてくる。ところが、青い軍服を見るとまた新たなショックに見舞われ、彼らのことは忘れてしまった。市街地には、馬に乗り、歩き、軍用車に乗ったヤンキー兵がそこかしこにあふれ、通りをうろついたり、酒場から千鳥足で出てきたりした。

これればかりはいくら見ても見慣れそうにないわ。スカーレットはそう思いながら、拳を握りしめた。決してね！　肩越しに「マミー、急いで、早くこの人混みを抜けだすわよ」と言うと、

「ええ、ただいま、このクズ黒人をどかしますんでね」マミーは声高に言い、カーペットバッグをぶんっとひと振りして、彼女の前を焦らすようにちんたら歩いていた黒人の男に命中させ、すると男は横に飛びのいた。「この街は嫌ですねえ、スカーレットさま。ヤンキーと安っぽい解放奴隷がうようよしてる」

「これほど混んでいなければ、わりに良い所なのよ。ファイヴ・ポインツを越えれば、そうひどくはないはずだわ」

ふたりは滑りやすい飛び石を踏んで、交差するディケイター通りのぬかるみを向こう側へ渡り、いくぶんすいてきたピーチツリー通りをそのまましばらく行った。ウェ

ズリー礼拝堂まで来ると、その建物を見てスカーレットは短く不機嫌な笑い声をたてた。一八六四年のあの日、ミード先生を呼びにいく途中、ここで立ち止まって息をついたっけ。マミーは不審げな疑惑の目でスカーレットの目を探ったが、そこに答えは得られなかった。スカーレットはあの日、自分を駆り立てた恐怖を思い起こし、われながらばかばかしいと思った。あのときの自分は怖くて総毛立ち、恐ろしさで腑抜（ふぬ）けになり、ヤンキー兵におびえ、迫ってきたお産におびえていた。どうしてあんなに怖がれたのか、大きな音にびくつく子どもみたいになれたのか、ふしぎなぐらいだ。それに、ヤンキー軍の侵攻と大火と敗戦がこの世で自分に起こりうる最悪のことだと思っていたのだから、まったく、なんて子どもだったんだろう！　母の死や、父の呆けや、飢え、寒さ、背骨が折れそうな重労働、そして日々の生活の不安という悪夢にくらべたら、そんなもの、なんとちっぽけなんだろう。侵攻軍に雄々しく立ち向かうことなどじつは簡単であり、〈タラ〉を脅（おびや）かす危険に向かい合うことのほうが大変だと思い知ることになるのに！　ええ、わたしはもう貧しさのほか、なにも恐れはしないだろう。

　ピーチツリー通りのむこうから箱馬車が近づいてきたので、スカーレットは車道の近くまで行って、知り合いが乗っていないかと期待のまなざしをむけた。ピティ叔母の屋敷まではまだ数ブロックもある。マミーとふたりで身を乗りだすうちに、馬車はすぐ横までやってきて、すました笑顔を作っていたスカーレットが声をかけそうになったところで、その窓に一瞬、女性の頭があらわれた――品の良い毛皮の帽子の下には、真っ赤っ赤の髪の毛があった。瞬時におたがい相手を認識した顔つきになり、スカーレットは一歩後ずさった。馬車に乗っていたのはベル・ワトリングで、窓から顔を引っこめるまでの刹那（せつな）に、ワトリングの鼻の孔（あな）が不愉快そうに広がったのが見てとれた。ここで初めて見るなじみの顔がベルとは、おかしなこともあるものだ。

「ありゃ、だれです？」マミーが訝（いぶか）しげに尋ねた。「スカーレットさまを知っているような顔でしたけど、お辞儀ひとつしない。あんな髪の色の女は生まれてから見たことないですよ。あの赤毛のタールトン家にもいやしません。あれはなんというか――染めてるように見えますね、あたしには」

「染めてるんでしょ」スカーレットはそっけなく返すと、歩調を速めた。

「髪を染める女なんぞとお知り合いで？　だれなんです、いったい？」

「悪い〝街の女〟よ」スカーレットは手短に答えた。「それに、誓っていうけど、知り合いなんかじゃないの。だからお黙りなさい」

「えええっこりゃぶったまげた！」マミーはひと息に言うと、口をあんぐりあけながら、去っていく馬車を興味津々の目で見つめた。エレンに付いてサヴァナを出てから二十年あまり、街娼（がいしょう）というものは目にしたことがなく、ベルをもっと近くで観察しておけばよかったとつくづく悔やんだ。

「上等にめかしこんで、りっぱな馬車にりっぱな御者つれて、まあ」マミーはつぶやいた。「神さまもどういうおつもりだか。悪い女たちにはあんなに羽振りをよくさせて、あたしら善人には腹をすかせて、はだしでいさせるなんてねえ」

「わたしたちのことなんてとうに考えるのをやめたのよ、神さまは」スカーレットは乱暴に言いすてた。「〝そんなことを言うのを聞いたらお母さまが草葉の陰で泣く〟とかなんとか言うのもよしてよ」

できればベルに対しては優越感をもって乙にすましていたかったが、とても無理だった。今回の計画がうまく行けば、ベルと同等になれるかもしれないが、それは同一の男性の援助によるものだ。この決断をこれっぽっちも悔やんではいないものの、こうして真実が明るみに出るとさすがにたじろいだ。「この件はいまは考えないようにしよう」スカーレットは自分に言い聞かせ、歩を速めた。

ミード家の屋敷があった場所を通ったが、一対の石段と歩道だけがわびしく残り、その先にはなにもなかった。ホワイティング家の屋敷があった場所はただの空地になっていた。石造りの土台やレンガの煙突までが姿を消しており、一家がどこかへ運ばれていったとおぼしき荷馬車の通った跡が残っていた。エルシング家のレンガ造りの家は壊れずに残っており、屋根と二階部分が新しくなっていた。ボネル家の邸宅は壁にみっともなく継ぎ当てがされ、屋根はこけら葺きではなく粗悪な板材が張られていたが、みすぼらしい見かけのわりには、なんとか人が住める状態のようだ。しかしながらどの家の窓辺にも人影はなく、ポーチにもだれも見当たらない。スカーレットはほっとした。いまはだれとも話したくない気分だった。

屋根に新しいスレートを葺いた、あの赤レンガの壁の、ピティ叔母の屋敷が見えてくると、スカーレットの心臓は高鳴った。修繕ていどの壊し方で済ませてくれるとは、神さまはなんて善いかたなんだろう！　前庭から出てきたのは、買い物かごを腕にかけたピーター爺やだった。とぼとぼと歩いてくるスカーレットとマミーの姿を目にすると、その黒い顔がニカッと割れて、信じられないというような笑みが大きく広がった。

この爺やにキスしてもいいぐらいだわ。彼の顔を見るのがこんなにうれしいなんて。スカーレットは浮き立ちながら、爺やに声をかけた。「叔母さまの気絶ボトルをとってらっしゃいよ、ピーター！　わたしがもどって来たのよ、ほら！」

その晩、ピティ叔母の夕食には、当然のごとくホミニーと干し豆が供され、スカーレットはそれを食べながら、またお金持ちになったらこの二品だけはうちの食卓に上らせまいと心に誓った。それに、なにを犠牲にしようと、もう一度お金持ちになってやろう。〈タラ〉の税金を払えるていどではないお金持ちに。そのために人殺しをすることになっても、どうにかして、いつか、絶対に大金持ちになってみせる。

ランプの黄色い灯りに包まれたダイニングルームで、スカーレットはピティに家の経済状況を尋ねた。〈タラ〉に当座必要なお金ぐらいは、チャールズの家が貸してくれるかもしれないとだめもとで訊(き)いてみたのだ。単刀直入な尋ね方だったが、ピティは親族の訪問で話し相手ができてうれしいらしく、ぶしつけな訊き方をしても気にも留めなかった。待ってましたとばかり、涙ながらにわが身の不運を詳(つまび)らかに語りだした。自分の財産であった農園や市街地の地所やお金がどこへ行ってしまったのか、さっぱり分からないが、とにかく何もかもがあっさり無くなってしまった。少なくとも、兄のヘンリーにはそう聞かされているとか。ヘンリーはピティの地所の税金を払い切れなかったのだと言う。それで、いま住んでいるこの家屋の他は何もかも無くなってしまったと言うのだが、考えてみたら、この家は自分のものではなくメラニーとスカーレットの共同資産だと、気づくことはないようだった。ヘンリーったら、この家屋の税金を払うのがやっとだと言うのよ。毎月、生活費として雀(すずめ)の涙ほどのお金を送ってよこすの。ピティは言いつのった。あの人からお金を受けとるのはとても屈辱的だけど、致し方ない、と。

「ヘンリーはいま抱えている負担のうえ、こんなに高い税金をどう賄(まかな)っていけばいいのか分からないと言うんだけど、きっとそんなのは嘘(うそ)で、お金をたんまり持っているくせに、わたしには出し渋っているだけだと思うの」

スカーレットは知っていたが、ヘンリー伯父の言うことは嘘ではない。チャールズの財産に関して送られてきた伯父の数通の手紙を読めば分かることだ。あの老法律家はこの屋敷と、倉庫があった街中の不動産を救うために果敢に戦い、瓦礫と化した地所からウェイドとスカーレットが幾ばくかの財産を得られるようにしてくれた。自分のこうした税金を肩代わりするために、伯父が多大な犠牲を払っていることを、スカーレットは知っていた。

「伯父さんにお金があるわけないわね」そう思って、スカーレットは暗い気分になった。「仕方ない、伯父さんとピティ叔母さんは候補リストから消そう。残るはレットだけだわ。やるしかないわね。やらなくては。でも、いまはその件は措(お)いといて、と……叔母さんにレットの話をさせて、明日にでも家に招待するようさり気なく持ちかけないと」

スカーレットはにっこりして、ピティ叔母のふくよかな掌を両手でぎゅっとつつみこんだ。

「ねえ、叔母さま、お金のこととか暗い話はもうやめましょうよ。そんなことは忘れて、楽しいお話をしましょ。共通のお友だちの近況を残らずおうかがいしたいわ。メリウェザーの奥さんやメイベルはどうしているの？　メイベルは愛しいクレオール人の彼が無事に帰還したそうね。エルシングのご一家やミード先生と奥さんはいかが？」

話題が変わったとたん、ピティパットは顔を輝かせ、涙滂沱としてその童顔を震わせることもなくなった。昔からの隣人たちが最近なにをして、なにを着て、なにを食べて、なにを考えているか、近況をこと細かに語った。叔母がさも恐ろしげに語ったところによれば、ルネ・ピカールが帰還する以前、メリウェザー夫人とメイベルはパイを焼いてそれを自らヤンキー兵に売り、なんとか糊口をしのいでいたと言う。想像してもごらんなさい！　ときにはメリウェザー家の裏庭に二ダースものヤンキー兵があつまって、パイが焼けるのを待っていたものよ。ルネが還ってからは、彼が毎日ケーキとパイとビートゥン・ビスケットを使い古しの荷馬車(ワゴン)に積んでヤンキー軍の駐屯地へ出向き、兵士たちに売りさばいているの。メリウェザーさんは、これで少しお金が出来たら、街なかにベーカリーを開店したいって。まあ、あまり腐(くさ)したくないけど、やっぱりねえ——わたくしからしたら、ヤンキー相手にそんな商いをするぐらいなら飢え死にしたほうがましだわ。ピティ叔母はそう言うのだった。自分は街でヤンキー兵に出くわすたびに見下した顔をしてやり、せいいっぱい侮辱的な態度で道路の反対側に行くようにしているとか。もっとも、雨の日はじつに不便だそうである。ミス・ピティパットに関するかぎり、南部連合への忠誠をしめすためなら——たとえ靴が泥になろうと——どんな犠牲も厭(いと)わない、ということらしい。スカーレットはそう考えた。

ミード医師と夫人は、ヤンキー軍が街に火を放った際に屋敷を失ったが、建てなおすお金もなく、息子のフィルとダーシーを失(な)くしたせいで、その意欲もなくしていると言う。ミード夫人は、もう二度と家をもつ気はない、子も孫もいない家になんの意味があるのか、と言っているそうだ。ふたりきりではあまりに心細いので、屋敷の損壊した部分を建てなおしたエルシング家に身を寄せていて、さらにホワイティング夫妻もそこに部屋を間借りしているし、ボネル夫人も運よくヤンキーの将校一家に自分の家を貸しだせたら、そちらへ移り住むようなことを言っているらしい。

「でも、どうやってそんなに大勢が一軒の家にぎゅう詰めに？」スカーレットは声をあげた。「だって、エルシング家には奥さんとファニーとヒューもいるし──」

「エルシングの奥さんとファニーは一緒に客間で、ヒューは屋根裏部屋で寝ているのよ」友人たちのお家事情をもれなく把握しているピティはそう説明した。「スカーレット、こんなこと話したくないんだけどね──エルシングの奥さんは家にいる人たちを〝間借り人さん〟なんて上品に呼んでいるけど」ピティはここで声をひそめた。

「実態は下宿人にほかならないのよ。あのエルシング夫人が下宿屋を営んでいるなんて！　世も末じゃなくて？」

「あら、うらやましい」スカーレットは言下に返した。「去年あたりは〈タラ〉にも、無銭飲食の居候じゃなくて、お金を払ってくれる間借り人さんがいればよかったのに。そうすれば、いまごろこんなにお金に困っていません」

「スカーレット、あなた、どうしてそんな酷いことが言えるの？〈タラ〉でのおもてなしにお金をとるなんて、考えただけでお母さまが草葉の陰で泣かれますよ、お気の毒に！　もちろんエルシングの奥さんは致し方なく部屋を貸しているんです。ご自身は高級品の仕立てをなさっているし、ファニーは陶器の絵付け、ヒューも薪を行商して少しばかり稼いでいるけど、それではとても賄えないのですよ。想像してごらんなさい、ヒュー坊っちゃんが薪の行商なんかさせられているのよ！　りっぱな弁護士になるはずだったあの子が！　南部の若者のなれのはてを思うと、わたくし泣けてきて！」

　スカーレットは燃えるような銅色の夕日を浴びて列をなす〈タラ〉の畑の綿花を思い起こし、屈みこんで作業をしながらどんなに背中が痛んだかを思いだした。慣れない仕事で水ぶくれのできた掌で鋤の柄を握る痛みがよみがえると、ヒュー・エルシングの境遇はとくに同情に値しないと思った。ピティお婆ちゃんのなんと物知らずなことか。まわりは廃墟と化しているのに、なんと守られていることか！

「ヒューも行商が嫌なら、法律事務所を開けばいいじゃないの？　アトランタにはもう弁護士の出る幕はないの？」

「いえ、ありますとも！　弁護士の仕事は山ほどあるのよ。近頃では、猫も杓子もだれかを訴えてますからね。なにもかもが焼け落ちて境界も消えてしまったでしょう。自分の土地がどこからどこまでなのか、みんな分からなくて困ってるの。けど、だれもお金を持ってないんだから、訴訟で弁護士料をとることなんてできませんよ。そういうわけで、ヒューは薪の行商でもするしかない……そうそう、忘れるところだったわ！ 手紙に書いたかしら？ ファニー・エルシングが明日の晩、結婚式を挙げるのよ。もちろんあなたも出席してちょうだいね。あなたがこっちに来てるのを知れば、エルシングの奥さんもぜひ参列してほしいと思うでしょうし。できたら、それの他にドレスを持ってきているといいんだけど。いえ、そのドレスがいま一つだと言ってるんじゃないのよ――でも、その、ちょっぴりくたびれているでしょう。まあ、晴れ着のドレスを持ってきてるの？ よかったわ、アトランタの陥落以来、この街ではこれが初めての本格的な結婚式になりますからね。お式の後には、ケーキとワインもふるまわれるし、ダンスパーティもあるそうよ。あんなにお金に困ってるエルシング家がどうやってそれだけ調えるのか知らないけど」

「ファニーの結婚相手はだれですの？ ダラス・マクルーアはゲティスバーグで戦死したものとばかり――」

「いいこと、ファニーを責めてはだめよ。あなたはチャーリーに操（みさお）をたてているけど、みんながみんな死んだ男性に忠誠を誓えるわけではないの。ええと、だれだったかしら。お相手の名前は？ わたくし名前って覚えられなくて。そう、トムなんとかさんよ。そのかたのお母さまはよく存じあげているんですよ。ラグランジ女子専門学校の同窓生ですからね。ああ、ラグランジのトムリンソンさんだわ。それでもって、彼女のお母さまは——ええと……パーキンスだったか、パーキンズだったか？　あっ、パーキンソンよ！　そうそう。ハンコック郡スパルタの出でね。とても良いお家柄だけど、それでもねえ——いえ、こう言ってはなんだけど、ファニーもよく彼と結婚する気になれたものよ！」

「お酒飲みだとか、それとも——」

「とんでもない！　人柄も申し分ないのだけど、ほら、その人は戦争で下半身に怪我（けが）をなさったのよ。砲弾が炸裂（さくれつ）して、両脚にちょっと——なんというか——この言葉は使いたくないんだけど、がに股（また）みたいになってしまったの。歩く姿が少々お下劣というか——まあ、その、あまり見場がよくないの。どうしてあんな人と結婚するのかしらね」

「けど若い娘はだれかと結婚しないと」

「断じてそんなことありません」ピティ叔母はかちんときて返した。「わたくしだって、しなくて済んでいます」

「あら、失礼、叔母さまのことじゃありませんよ！　叔母さまが昔どんなにモテたか、いまもどれだけ人気者か、みんな知ってますもの。ねえ、あのカールトン判事もひと頃は叔母さまに色目を使っていたんですってね、もっともいまは——」

「いやだわ、スカーレット、シーッ！　あのお爺さんったら、ウフフ」ピティは笑って機嫌をなおした。「けどね、やはりファニーはあんなにたくさん求愛者がいたんだし、もっと良い縁組だって出来たと思うのよ。そのトムなんとかさんを愛していると は思えないわ。戦死したダラス・マクルーアのことを忘れられたとも思えないけど、まあ、彼女はあなたとは違いますからね。そこへ行くと、あなたは何十回でも再婚できるチャンスはあったでしょうに、愛しのチャーリーに操をたてていて。まわりの人たちはあなたのことを心ない男たらしのように言ったけど、メリーとわたしは、亡き夫の思い出を大切にしているのねって、よく言いあってきたのよ」

スカーレットはこの的外れな信頼の辞を聞き流すと、ピティから友人たちの近況を言葉巧みにつぎつぎと聞きだしたが、そうする間も、早く話をレットのことに持っていきたくてうずうずしていた。屋敷に到着してすぐにレットのことをずばり尋ねて良いことはないだろう。この老婦人の心を妙に刺激して、やぶへびになってはいけない。そのうちレットに結婚を拒まれてから、疑惑にかられるぐらいでちょうどいいだろう。

ピティ叔母は聞き手を前にして喜ぶ子どものように、得々としておしゃべりをつづけた。共和党員たちの悪業のせいで、アトランタは惨憺たる状況にあると言う。ヤンキーたちの悪行は留まるところを知らないが、なかでも非道(ひど)いのは貧しい黒人たちの頭に妙な考えをあれこれ吹きこむことだとか。

「なんと、黒人たちに投票権を持たせようというのよ！　これ以上おかしなことって聞いたことがあって？　もっとも――どうかしら――こうして考えてみると、ピーター爺やはこれまで出会った共和党員のだれより分別があるし、はるかにマナーも宜(よろ)しいけど、むしろうんと育ちが良いから、投票したいなんてもちろん言わないのですよ。とはいえ、投票権を持つというだけで黒人たちは興奮して、目の前が見えなくなっていてね。なかにはたいそう無礼な者もいますよ。日暮れ後に出歩いたら、身の安全は保証できないし、真昼間でもレディを歩道からぬかるんだ道路に突き飛ばしたりするの。白人の紳士が抗議しようものなら、逮捕されて――そうそう、このことは話したかしら？　バトラー船長も投獄されているそうよ」

「レット・バトラーのことですか？」

仰天するニュースではあったが、こちらからバトラーの名前を話に出さずに済んだのだから、ありがたい。

「ええ、その人よ！」興奮してピティ叔母は頬を紅潮させ、居住まいを正した。「黒人を殺した罪でいまこの瞬間も監獄に入っているはずよ。吊(つ)るし首になるかもしれないとか！　バトラー船長が吊るし首ですって、想像してもごらんなさい！」

スカーレットは愕然として一瞬、息も止まりそうになり、目の前の太った老婦人をただ眺めるしかなく、老婦人のほうは自分の発言がもたらした衝撃に明らかにご満悦のようすだ。

「まだ有罪と決まったわけではないんだけど、白人女性を侮辱したその黒人をだれかが殺したのは確かなの。ヤンキーたちはいきりたって大変ですよ。このところ、生意気な黒人が大勢殺されているから。バトラー船長の有罪は立証できなくても、だれか見せしめにしたいんだろうって、ミード先生はおっしゃるの。あの船長を吊るし首にするなら、ヤンキーも初めてまっとうな善行を積むことになるな、と先生は言うんだけど、どうかしらね……一週間ばかり前に、バトラー船長が訪ねてきて、見たこともないようなきれいな鶉をプレゼントしてくれたことを思うと。あなたのことを尋ねてね、包囲戦のときあなたを怒らせてしまったんじゃないか、もう二度と許してもらえないんじゃないかって気にしていましたよ」

「監獄にはいつまでいるんでしょう？」

「さあ。吊るし首になるまでじゃなくて？　結局、殺人罪を立証できないかもしれないけれど。とはいえ、ヤンキーにとっては、だれかを吊るし首にできれば、有罪だろうが無罪だろうがどうでもいいんじゃないかしら。そうとう気が立ってるみたいだから」ピティ叔母はここでミステリアスに声をひそめた。「クー・クラックス・クラン〔解放奴隷と北部人排除のために結成された秘密結社〕のことでね。そちらの郡にもクランはいて？　ええ、きっといるでしょうね。アシュリは女性たちの前では話題にしないだけで。クランのメンバーは名乗り出ないことになっていますから。夜になると、幽霊みたいな恰好をしてあたりを馬で巡回してね、お金を盗んだカーペットバッガーや心得ちがいの黒人たちの家を訪ねるそうよ。脅して、アトランタを出ていくよう警告するだけのこともあるけど、むこうの態度が悪いと鞭をふるったり、ときには」ピティ叔母は声をひそめた。「殺したうえ、遺体のそばにクー・クラックスのカードを残して、見つかりやすいところに晒すこともあるのよ……ヤンキーたちはこれに怒り狂っているから、だれかを見せしめにしたいんでしょう……けど、ヒュー・エルシングが言うには、ヤンキーたちはバトラー船長を吊るし首にしたりしないだろうって。船長はお金のありかを知ってて口を閉ざしているんだと、ヤンキーは思っているらしいの。だったら、口を割らせるのが先決でしょうね」

「お金って？」

「おや、知らないの？　手紙に書かなかったかしら？　〈タラ〉の田舎によほど埋もれていたのね？　バトラー船長がりっぱな馬の牽く馬車に乗って、懐をお金でふくらませて帰ってきたときには、もう街はその噂でもちきりでしたよ。かたやこちらは、いつぎの食事にも事欠くようなありさまなのにね。みんな貧乏しているというのに、いつも南部連合に口さがないことを言っていた山師が大金持ちになっているんですもの、癪にさわるのも当然だわ。それだけのお金をどうやって貯めたのか、みんな知りたくて堪らないのに、だれも訊く勇気がないのよ——それでわたしが訊いたんですけどね、あの人はハハハッと笑ってこう言っただけだった。『どうせまっとうな手段でないのはお分かりでしょう』ほら、あの人になにを訊いてもだいたい煙に巻かれてしまうでしょう」

「けど、例の封鎖破りで儲けたお金に決まってるじゃありませんか」

「ええ、もちろん、封鎖破りでもそこそこ儲けましたけどね。でも、そんなものはあの人の実際の資産からしたら大海の一滴にもならないのよ。金にして何百万ドルという南部政府の資産を手中におさめ、それをどこかに隠しているんだって、街の人たちはヤンキーも含めてそう思っているの」

「金で数百万ドルも？」

「うなずける話ですよ、あるはずの南部政府の金はそっくりどこへ行ってしまったのかしら？　だれかが持っていなくてはおかしいし、きっとそのうちの一人がバトラー船長なんでしょう。ヤンキーが言うには、デイヴィス大統領がリッチモンドから退却するときに南部政府の金を持ちだしたもんだとヤンキーは思っていたのに、捕まえてみるとほとんど一文無しだったんですって。終戦時に国庫がすっからかんだったのは事実だから、きっと封鎖破りの連中がくすねて、内緒にしているんだろうとみんな思っているのよ」

「数百万ドルも――金で！　でも、一体どうやって――」

「バトラー船長は膨大な量の綿をイギリスやナッソーに輸送して、南部政府に代わって売りさばいていたでしょう？」ピティ叔母は得意げに言った。「自分のものだけでなく、国有の原綿も売っていたんでしょうね？　戦時中、イギリスに輸入される綿がどうなったか、あなたもよく知ってるでしょ！　ええ、言い値で売れましたよ！　バトラー船長はフリーで政府の請負人をして、綿を売りさばき、そのお金で銃器を密輸して南部で商っていたんです。さて、封鎖がいよいよ厳しくなると、銃器の密輸はできなくなったけど、ともあれ、武器の買いつけに使ったお金は綿で得た利益の百分の一もないはずよ。というわけで、イギリスの銀行には、バトラー船長みたいな封鎖破りたちが預けた資産がごっそり何百万ドルぶんも残っていて、封鎖がゆるむのを待っていたということ。しかも、その資産を南部政府の名義で預けていたとはかぎらないわね。きっと自分たちの名義で預金し、いまも口座にある……南部の投降以来、町中がそんな話をして、封鎖破りたちを手厳しく非難しているんですよ。バトラー船長を例の黒人殺しで逮捕したとき、ヤンキーもすでにその噂を耳にしていたんでしょう。船長を吊しあげてお金のありかを白状させようとしているとか。ほら、南部政府の資金はいまや全部ヤンキーのものだから——少なくともヤンキーたちはそう思っているでしょう。でも、バトラー船長はなにも知らぬ存ぜぬと言い通しているそうよ……ミード先生はどっちにしろあんな男は縛り首にしろ、盗人（ぬすっと）のうえに浅ましい山師に縛り首ぐらいでは生やさしいとおっしゃってね——まあ、どうしたの、変な顔をして！　気でも遠くなった？　こんな話をして動揺させちゃったかしら？　一時はあなたが彼と良い仲だったのは知っているけど、とっくに別れたものとばかり。まあ、わたくしとしては、あの人どうかと思いますよ。だって、あんなワルは——」

「あんな人、友人でもなんでもありません」スカーレットはやっとの思いで言った。「彼とは包囲戦の最中に諍（いさか）いがありましたの。叔母さまがメイコンに疎開（そかい）された後ですが。それで、彼は——彼はいまどこに？」

「町の広場に近い消防署ですよ！」

「消防署ですって？」

ピティ叔母は嬉しそうにころころと笑った。

「そうなの、消防署に。あそこ、いまはヤンキーが軍の監獄に使っているんですよ。ヤンキー軍は広場の市庁舎のぐるりにバラックを建てて駐屯していてね、消防署は通りをちょっと行ったところでしょう。そんなわけで、バトラー船長はそこに入れられているの。そう言えば、スカーレット、きのうバトラー船長のことでとびきりおかしな話を聞いたわ。だれから聞いたんだったかしら。船長はいつも身だしなみが良いでしょう――すごくダンディで――なのに勾留中は沐浴させなかったらしいの。それで彼が連日、風呂に入らせろと訴えたら、とうとう独房から広場に連れだして、そこに長い馬槽が置いてあるらしいのよ。ヤンキー軍もみんな同じ桶で沐浴するんだけれど！　そこなら使ってよしと言われたものの、バトラー船長は、お断りだ、ヤンキーの垢に浸かるぐらいなら、自前の南部の垢にまみれるほうがましだと言ってね――」


　叔母の明るくはしゃいだ声はまだ聞こえていたが、スカーレットはもはや話を聞いてはいなかった。頭のなかには二つのことしかない。レットは期待したよりずっとお金を持っていること、現在、投獄されていること。彼がいま獄中にいて、吊るし首になる恐れがあるという事実は、現状の様相をいくらか変えた。変えたというか、少し好転させた気がする。レットが絞首刑になると聞いても、ほとんどなんの感慨も湧かなかった。金銭的に切迫して追いつめられるあまり、彼の運命の末路などにかまってはいられない。それに、ミード先生には同感で、吊るし首ぐらいでは生やさしいのではないか。すでに敗けの決まった戦争なのに、大義のために戦いに行くなんて言って、夜の夜中に女性を両軍の狭間に放りだすような男は縛り首になって当然……。あの男が獄中にいるうちになんとか結婚できれば、その何百万ドルというお金がわたしのものになる。いざ彼が処刑されたら、お金はわたし一人のものになるんだわ。もし獄中で結婚するのが無理でも、釈放されたら結婚してあげると約束すれば、お金を借りるぐらいできるでしょう。それとも——ええ、もうなんだって約束するわよ！　それで処刑されてしまえば、決済の期日は永久に来ないんだもの。

一瞬、ヤンキー政府のありがたい介入のおかげで未亡人になった自分の姿がぱっと明るく浮きあがった。金で何百万ドル！〈タラ〉の屋敷も修繕できるし、畑の働き手を雇い入れ、何マイルも綿を植えることもできる。自分はきれいなドレスも、食べたい物もなんだって買える。わたしだけじゃなく、スエレンもキャリーンも。ウェイドだって、こけた頬がふっくらするような栄養のある食べ物を食べて、温かい衣服を着て、家庭教師もつけて、ゆくゆくは大学にも行って……クラッカーのように、はだしで物知らずのまま大きくなることもなく。父さんは良いお医者さまに診てもらって、アシュリは――あのアシュリにしてあげられないことがあるだろうか！

ピティ叔母の独白が突然止まり、「えっ、なあに、マミー？」と、いぶかしげな声がすると、スカーレットは夢から覚め、ドア口にマミーの姿を目にした。両手をエプロンの下で組み、抜け目ない鋭い目つきをしていた。いつからドア口にいたんだろう。いまの話をどれぐらい耳にし、どれぐらいのことを察したのか。あの目の鋭い光からすると、最初から最後までかもしれない。

「スカーレットさまはお疲れのようです。もうお寝(やす)みになったほうがよろしいかと」

「確かに疲れたわ」スカーレットは立ちあがると、子どものように頑是(がんぜ)ない顔でマミーと目をあわせた。「それに、なんだか風邪を引きそう。ピティ叔母さん、明日は部屋で休んで、ご近所へのあいさつまわりは遠慮させていただけません？　ごあいさつにはいつでも行けますし、明晩のファニーの結婚式にはどうしても出たいんですの。風邪が悪化したら、行けなくなりますでしょ。わたし、一日寝ればけろっとしてしまう質(たち)ですの」

マミーはいささか案じる顔つきになり、スカーレットの手をまさぐり、顔をのぞきこんだ。確かに顔色がすぐれないようだ。あれこれ企んで興奮していたのが突然、潮が引いたようになり、まさにスカーレットは青い顔で震えていた。

「手が氷みたいですよ、スカーレットさま。ベッドにお入りください。よく汗をかくよう、あたしがサッサフラス茶を煎じて、熱くしたレンガをお持ちしますから」

「まあ、気づかなくてごめんなさい」ぽっちゃりした老婦人は椅子から飛びあがって、スカーレットの腕をなでた。「おしゃべりに夢中になって、あなたの体調のことも考えずに。明日は夕方まで、ベッドでゆっくり休むと良いわ。おしゃべりでもしてましょう――あら、いけない、付き合ってあげられないんだったわ！　明日はボネルの奥さんの看病に行くお約束をしてあるのよ。あのかた流感にやられて臥せっているの。あそこの料理人までがね。マミー、ちょうど良かったわ、午前中はわたしと一緒に来て手伝ってちょうだい」

　マミーはスカーレットを急き立てて暗い階段をあがりながら、手が冷たいだの、靴が薄すぎるだの、ぶつぶつとうるさいことを言っていたが、スカーレットはしおらしく、なにも文句はございませんという顔をしていた。これでマミーの猜疑心をそらし、明日の午前中、外出させてしまえれば、こっちのもの。ヤンキーの監獄に出向いて、スカーレットに面会できる。階段をあがるうちに、ゴロゴロと微かな雷の音が鳴りだし、スカーレットはなつかしい踊り場で立ち止まり、雷と砲弾の音はそっくりだと思って身震いをした。自分は今後もずっと、雷の音を聞くと、砲撃と戦争のことを思いだすのだろう。

34

翌朝は、ときどき雲間から陽がのぞくものの、強い風のせいで暗雲が太陽の前にさっと流れてきて、風は窓ガラスをがたがた鳴らし、微かにうなりながら屋敷のまわりを吹きめぐった。前夜の雨がやんだので、スカーレットは感謝の短い祈りを唱えた。昨晩は眠れないままベッドで雨音に耳を傾け、このぶんだと天鵞絨のドレスも新調したボンネットも濡れて台無しになってしまうと気をもんでいたのだ。それが朝になったら、太陽がときおりのぞくこともあり、俄然やる気が出てきた。ピティ叔母とマミーとピーター爺やが家を出てボネル家に向かうまでは、かろうじてだるそうにベッドに横になりながら嗄れ声など出していたが、とうとう正面の門が閉まり、厨房で歌っているクッキーとふたりだけになるやいなや、ベッドから跳びだして、クローゼットに掛かった新しいドレスをとりだした。

ひと晩眠ってすっきりし、力も湧いてきたところで、スカーレットは心の奥底にある冷たく固まった芯から勇気を引っぱりだした。これから男性との頭脳戦が始まるのだと思うと——どんな男が相手でも——闘志が湧いてきた。しかも何か月にもわたり数々の障壁と戦ってきた末、ついにまぎれもない敵とむかいあい、自力で馬から振り落としてやれるかもしれないと思うと、胸が躍った。

ひとりでドレスを着つけるのは大変だったが、なんとか着終えて、粋な羽根飾りのついたボンネットをかぶると、ピティ叔母の部屋へ駆けていって、細長い姿見の前で身じまいを済ませた。なんて見映えがするんだろう！　雄鶏の羽根でぐっとしゃれた雰囲気になり、天鵞絨のボンネットのくすんだ緑が瞳をひきたてて、どきっとするほど明るくエメラルドのように輝かせていた。そしてドレスがまた抜群にすばらしく、見るからに高級そうで凜としていて且つ気品がある！　こうしてまたきれいなドレスを着られてなによりだわ。いまも自分にそそるような美貌があるのを確認して気を良くしたスカーレットは、思わず前屈みになって鏡の中の自分にキスをしてから、自分のばかさかげんにぷっと吹きだした。母のペイズリー柄のショールをとりあげて巻きつけてみたが、色褪せた布の色合いがモスグリーンのドレスとかちあって、なんだかみすぼらしく見えた。つぎは、ピティ叔母のクローゼットを開けて、黒のブロード地のマント——ピティは晴れの日にしか着ない薄手の秋物——を羽織ってみた。ここに、

〈タラ〉から持ちだしてきたダイヤのピアスを着け、頭をつんと反らして効果のほどを確かめた。ピアスから下がったダイヤがすてきな音をたてるのが気持ちよく、レットの前では、折々に頭を反らしてやろうと心に留めた。ゆれるイヤリングは決まって男心をそそり、女性に快活な印象をあたえる。

残念ながら、ピティ叔母には、さっきあのふっくらした手に着けていった手袋以外に持ち合せはないらしい。手袋なしではいまひとつ貴婦人らしい気分が出ないが、自分もアトランタを出てから一つも手持ちがなかった。長いこと〈タラ〉の畑で重労働をつづけてきたせいで、手はひどく荒れてしまい、お世辞にも美しいとは言えなかった。まあ、しょうがないでしょ。ピティ叔母さんのアザラシ毛の小さなマフ〔女性が両手を入れる円筒状の小物〕を拝借して、むきだしの手を隠していけばいい。マフに手を入れると、エレガントな雰囲気がすっかり仕上がった気がした。いまのスカーレットを見たら、貧乏と紙一重の生活をしているなんてだれも思わないだろう。

レットに気取られないことがなにより肝心。下心などなにもなく、愛（いと）しい一心で会いに来たと思わせなくては。

スカーレットは忍び足で階段を降り、屋敷を出ていったが、クッキーはあいかわらず厨房でなにやら呑気（のんき）にがなっていた。隣人たちの好奇の目をなるべく避けようと、ベイカー通りを足早に行くと、アイヴィ通りとの交差点に、焼け落ちた家屋の前にぽつんと残った馬車昇降台があったので腰をおろし、通りがかりの馬車か荷馬車が乗せてくれるのを待つことにした。太陽は飛ぶように流れる雲の間に見え隠れしており、通りに陽は射(さ)しているものの、明るさとは裏腹にぬくもりはなく、冷たい風がパンタレットのレースをはためかせた。外は思ったより寒く、スカーレットはピティ叔母の薄手のマントをきつく巻きつけて、もどかしく震えながら馬車を待った。もうこれは、市街地の反対側のヤンキー軍駐屯地まで延々と歩いていこうと腹を決めた矢先、くたびれた荷馬車が目の前にあらわれた。御者席にいるのは嚙(か)みタバコをくちゃくちゃしている老女で、くすんだ茶色い日除(ひよ)けのボンネットの下から、長年の畑仕事を思わせる皺(しわ)だらけの顔が覗(のぞ)いていた。老いぼれたラバがのろのろと馬車を牽(ひ)いている。市庁舎の方に行くと言い、スカーレットを渋々ながら乗せてくれた。とはいえ、新調のドレスとボンネットと毛皮のマフが不興を買っているのは明らかだった。

「あばずれだと思われているんだわ」スカーレットはそう思った。「その点、あながち嘘(うそ)とも言えないけど！」

　やがて街の広場に着くと、市庁舎の白くて高い丸屋根が眼前にそびえ、スカーレットは礼を述べて荷馬車から降り、田舎の老女が去っていくのを見送った。周囲をそっとみまわし、見られていないのを確かめると、両頰をつねって赤みを出し、唇も赤くなるようひりひりするまで嚙んだ。ボンネットの位置をなおし、髪の毛をなでつけてから、広場を見まわした。レンガ造りの二階屋の市庁舎はあの大火にも焼け落ちずに残ったが、灰色の空のもと、寄る辺なく、なおざりにされたようすだった。広場中心の市庁舎をぐるりと取り囲み、何重にも建ち並んでいるのは、泥がはねかかったみすぼらしい駐屯軍のバラックである。ヤンキー兵たちがいたるところをうろつき、彼らの姿を心もとなく眺めているうちに、勇気が萎(な)えてきてしまった。この敵軍の駐屯地で、どうやってレット探しにとりかかればいいんだろう？

通りの先に建つ消防署に目をやると、広いアーチ型の扉は閉ざされ、どっしりした閂(かんぬき)が掛けられており、扉の両側に立つふたりの歩哨(ほしょう)がそれぞれの持ち場を何度も行き来していた。レットはあの中にいる。とはいえ、ヤンキー兵になんと声をかければいいのか？　それに対して彼らはどう答えてくるだろう？　スカーレットは肩をそびやかした。ヤンキー兵を殺すことすら恐れなかったわたしよ、話しかけるぐらいなんだというの。

踏み石を危なっかしく踏んで、ぬかるんだ通りをむこう側へわたり、道路沿いにすたすた歩いていくと、風よけのために青いコートの釦(ボタン)を上まで留めた歩哨に呼びとめられた。

「奥さん、どういったご用件でしょう？」その声には耳なれない中西部訛りがあったが、口調は恭しく丁重だった。

「ここにいる男性に面会したいんですの――ここの囚人なんです」

「うーん、それはどうですかねえ」歩哨は頭をかいて答えた。「面会人にはえらくうるさいんですよ。それに――」そこではっと言葉を切り、スカーレットの顔をのぞきこんだ。「ちょっと、ちょっと、泣かないでくださいよ！　だったら駐屯本部へ行って、将校に頼むといい。きっと会わせてくれますから」

じつは泣く気など毛頭ないスカーレットは歩哨ににっこり笑いかけた。歩哨は自分の持ち場をゆっくりと巡回しているもう一人の方を向いた。「おーい、ビル、ちょっと来てくれ」

もう一人の歩哨は青いコートにくるまり、悪党のような黒い頬髯をもじゃもじゃさせた大男で、ぬかるみを踏んでこちらにやってきた。

「このご婦人を本部にお連れしてくれ」

スカーレットは礼を言って、もう一人の歩哨についていった。

「そこの飛び石で足首をひねらないようご注意を」兵士はそう言って、スカーレットの腕をとってくれた。「泥で汚れるから、スカートをちょっと持ちあげたほうがいいですよ」

黒い頬髯の奥から聞こえてくる声には先の歩哨と同じ鼻にかかった訛りがあったが、口調はやはりやさしく快いもので、腕を支える手は頼もしく、敬意が感じられた。あらあら、ヤンキーもそうわるくないじゃない！

「今日はご婦人が出歩くにはえらく寒いですな」エスコート役の兵士は言った。「遠くからいらしたんですか？」

「ええ、アトランタの反対側からはるばる来たんですの」スカーレットは兵士の声のやさしさに心なごむ思いだった。

「けど、ご婦人が外出する陽気じゃないでしょう」兵士は咎めるように言った。「近ごろでは流感もはやってますしね。さあ、駐屯本部に着きましたよ。ところで、ご用件は？」

「この家が――このお屋敷があなたがたの本部なの？」スカーレットは広場に面した古い瀟洒な邸宅を見あげ、泣きそうになった。戦時中、このお屋敷で開かれたパーティには幾度も足を運んだものだ。あんなに華やかで美しかった家がいまや――合衆国連邦の国旗が屋根の上ではためいていた。

「どうなさいました?」

「いえ、なんでもありません――ただ、その――ここに住んでらしたご家族と知り合いだったもので」

「そうですか、それはお気の毒に。屋内はめちゃくちゃに改装されていますから、たとえ持ち主の家族が見ても自分の家だと分からないでしょう。さあ、どうぞ中に入って、隊長をお呼びください」

スカーレットは壊れた白い手すりを撫でながら、玄関の上がり段をあがり、ドアを押し開いた。玄関ホールは暗く、まるで地下蔵のように寒く、良き時代にはダイニングルームだった部屋の折り畳み式の扉に、歩哨がひとり震えながらもたれていた。

「隊長にお目にかかりたいのですが」スカーレットは声をかけた。

歩哨が扉を引き開けてくれたので、胸の鼓動を速め、恥ずかしさと興奮で顔を紅潮させながら部屋に入っていった。閉め切った部屋には、暖炉でくすぶる薪とタバコの煙と革製品と濡れた毛織の制服の臭いと沐浴していない兵士の体臭が混ざりあって、むっとした臭いがこもっていた。壁紙が破けてむきだしになった壁、青いコートを着て居並ぶ兵士たち、壁の釘にずらりと掛かったスローチハット、暖炉で爆ぜる火、書類の散らかった長テーブル、青い軍服の金釦をかけた将校たちの一団、そうした光景を見て、スカーレットはひどく違和感を覚えた。

ごくりと唾を呑むと、ようやく声が出せそうになった。びくびくしているのをヤンキーたちに悟られてはいけない。とびきりきれいで、とびきり屈託のない貌を見せなくては。そういう自分でいなくては。

「隊長さんですの？」

「まあ、大尉の一人ではあるが」よく太ってチュニックの釦をはずした男が答えた。

「わたくし、囚人のレット・バトラー船長と面会したいのです」

「へえ、またバトラーか？　人気者らしいな、あの男は」大尉はハハッと笑って、噛みタバコを口から出した。「ご親戚ですか、奥さん？」

「え――ええ、彼の妹ですの」

大尉はまた声高に笑った。

「あいつ、たくさん妹さんがいるらしいや。昨日もひとり来たよ」

スカーレットは真っ赤になった。レットが付き合っている例の女たちのひとり、もしかしたらあのワトリングかもしれない。ということは、このヤンキーたちはわたしもその手の女だと思っているのだろう。我慢ならない。いくら〈タラ〉のためとは言え、侮辱されたままあと一分でも留まっていられるものですか。スカーレットが出口にむかい、ぷりぷりしてノブに手をのばしたとき、別の将校がさっと横にやってきた。さっぱりと髭を剃った若い男で、朗らかでやさしそうな目をしていた。

「まあ、ちょっとお待ちください、奥さん。暖かい火のそばに掛けませんか？　ぼくがようすを見てきましょう。あなたのお名前は？　バトラーはきのう来たスケ――いや、レディとの面会は拒否していましたよ」

　スカーレットは勧められた椅子に腰かけ、うろたえている太った大尉をにらみつけながら、自分の名前を述べた。親切な若い将校はコートを羽織って部屋を出ていき、一方、残された将校たちは彼女から距離をとってテーブルの反対側に身を寄せ、低い声でなにやら話しながら、書類をつついたりしていた。スカーレットはありがたく暖炉の方に足を伸ばし、初めて足がどれだけ冷えていたか気づき、穴の空いた靴底にボール紙を入れるのを思いつかなかったことを悔やんだ。しばらくすると、ドアの外でぼそぼそと話す声がし、レットの笑い声が聞こえた。ドアがひらき、冷たい風が部屋に吹きこむと同時に、レットが姿をあらわした。いつもの帽子はなく、肩に長いケープを無造作にひっかけていた。薄汚れて髭ものび放題のうえ、洒落たクラヴァットも締めていなかったが、だらしない身なりのわりにはなぜか粋さがあり、スカーレットの姿を認めると、その黒い眸がうれしそうに瞬いた。

「スカーレットじゃないか！」

彼が手を両手でつつみこんでくると、例によって、熱くて、力強く、どきどきするような感覚があった。そしてあっと思う間もなく、レットは屈みこんできてすばやく頰にキスをし、口髭が肌をくすぐった。スカーレットが驚いて体を離そうとするのを察すると、今度は肩に手をまわして抱きしめ、こう言った。「やあ、来てくれたんだね、愛しい妹よ！」そうして、スカーレットが抱擁を振りきれなくて困っているのを愉しむかのように、にやりと笑いかけてきた。〝兄〟の役得をレットに行使され、スカーレットも思わず笑いだしてしまった。なんて悪い男だろう！　投獄されてもちっとも変わっていない。

太った大尉はタバコを嚙みながら、朗らかな目の将校にぶつぶつ言っていた。

「掟破りだぞ。やつを消防署から出してはいかん。上からの命令は分かっているだろう」

「そんな殺生な、ヘンリー！　あんな小屋じゃ、ご婦人が凍えてしまう」

「ああ、そうかい、そうかい！　じゃ、おまえが責任とれよ」

「言っておきますが、みなさん」と、レットはまだスカーレットの肩をしっかり抱きながら、ふりむいて言った。「わたしの――妹は脱獄に有用な鋸もやすりも持ってきてくれませんでした」

将校たちはみんな笑いだし、彼らが笑っているなか、スカーレットはすばやくようすをうかがった。まいったわ、ヤンキー軍の将校が六人もいる前でレットと話すことになるなんて！　レットがものすごく危険な囚人だから、決して目を離そうとしないってことかしら？　スカーレットの不安げな視線を見てとった感じのいい将校が、別の部屋のドアを押し開け、彼の登場に跳びあがった兵卒ふたりに、低く手短になにか指示を出した。ふたりはライフルを担いで玄関ホールに出ていき、ドアを閉めた。

「もしお望みであれば、ここの当直室を使うといい」若い大尉はそう言った。「ただし、おまえはこのドアを破って逃げようなんて思わないこと。さっきの兵卒が外に控えているからな」

「ほうら、わたしがいかに無茶をしかねない人間か分かったろう、スカーレット」レットは言った。「恩に着ますよ、大尉。まことにご親切に」

レットはぞんざいにお辞儀をすると、そそくさとスカーレットの腕をとって立ちあがらせ、薄汚れた当直室に急き立てた。そこがどんな部屋だったか、スカーレットは後から思いだそうとしても思いだせなくなる。ただ、狭くて、薄暗くて、冷え冷えとしていて、さんざん傷のついた壁に手書きの書類が留められており、椅子のシートには毛がついたままの牛皮が使われていた、そんなことしか覚えていない。

ドアを閉めると、レットはさっと寄ってきて屈みこんだ。彼の欲望を知ったスカーレットはすばやく顔をそむけたものの、横目で挑発的に微笑(ほほえ)みかけた。

「本当にキスさせてもらえないのかい？」

「善き兄としておでこにするならけっこうよ」スカーレットはすまして答えた。

「それは遠慮しておこう。もうしばらく待って、もっと楽しいことを期待するよ」レットの目がスカーレットの唇にむけられ、しばしそこに留まった。「それにしても面会にきてくれるとは、ずいぶんやさしいじゃないか、スカーレット。投獄されてからいろいろと面会を受けたが、りっぱな市民はきみが初めてだ。監獄に入ると、友のありがたみが分かるねえ。いつアトランタに出てきたの？」

「きのうの午後よ」

「それで、今朝にはもう来てくれたってわけか？　驚いたよ、やさしいなんてものじゃないな」レットはこれまで見たこともない素直な喜びを浮かべて微笑みかけてきた。

スカーレットは内心してやったりとほくそ笑み、もじもじして俯(うつむ)いてみせた。

「当たり前じゃないの、すぐに飛んできたわ。きのうの晩、ピティ叔母さんに話を聞いてから、わたし――あなたがどんな酷(ひど)い目に遭っているかと思うと、ひと晩中、眠れなかったわ。レット、わたし、胸が張り裂けそうよ」

「本当かい、スカーレット！」

レットの声はソフトだったが微かに震えており、顔をあげてその浅黒い顔を見ると、そこにはおなじみの猜疑心や嘲笑的な気分はみじんも見られなかった。彼にまっすぐに見つめられ、スカーレットは今度は本当に面食らって目を伏せた。思ったよりやけにうまく行っている。

「きみに再び会えてそんな言葉を聞けるんだから、監獄に入った甲斐があるというものだよ。あの将校からきみの名前を聞かされたときには耳を疑った。包囲戦のあの晩、ラフ・アンド・レディ近郊の街道で、愛郷心に駆られて飛びだしていったわたしをきみが赦してくれるはずがないと思ったんだ。しかしこうして会いにきてくれたということは、赦されたと考えていいんだろうか？」

あの晩のことを思いだすと、今さらながら一瞬怒りが再燃するのを感じたが、スカーレットはそれを鎮め、頭をつんとあげてイヤリングをゆらした。

「いいえ、赦したわけではないわ」スカーレットは答えてふくれっ面をして見せた。

「また一つ望みは潰えり、か。わたしはお国のために身を投げだし、フランクリンの雪原で靴もはかずに戦い、骨折り損なことに前代未聞のみごとな赤痢にも罹ったというのに！」

「あなたの——骨折りとやらは聞きたくないわ」スカーレットはそう答えてまだふくれていたが、つり気味の目は笑いかけていた。「いまでも、あの夜のあなたの行動は酷いと思うし、この先も赦せるとは思えない。何があってもおかしくない状況のなかに、わたしを放りだしていったんですからね！」

「しかしながら何事もなく無事だったろう。ほら、ごらん、きみの実力を信じたぼくが正しかった。きっときみは無事に〈タラ〉へ帰り着くし、きみのじゃまをするヤンキーは気の毒なことになると分かっていたんだよ！」

「レット、一体なぜあんな無茶なまねをしたの？——負け戦だと分かっていながら、最後の最後で入隊するなんて。だって、戦争に行ってむざむざ殺されるのは愚か者だって、さんざん言ってたじゃないの！」

「スカーレット、かんべんしてくれ！　あのことを思うと、わが身を恥じていたたまれなくなる」

「せめて、あんな仕打ちを恥じているのが分かってよかったわ」

「いや、そうじゃないんだ。申し訳ないが、きみを置き去りにしたことで良心が痛んだ例（ため）しはまるでない。とはいえ、入隊に関しては——なにしろぴかぴかの靴と真っ白なリネンのスーツに、決闘用の拳銃（けんじゅう）一対だけの武装で軍に入ったことを思うとね——靴がすり切れてからは、はだしで冷たい雪原をどこまでも歩き、コートもなく、食糧もなく……脱走しなかったのがわれながらふしぎだよ。純然たる狂気のなせる業だな。とはいえ、血は争えないということだろう。南部人は負け戦でもその呼び声に決して抗（あらが）えない。だが、入隊した理由なんかどうでもいい。きみに赦してもらえれば、それで充分だ」

「だから、赦してませんったら。仕様のない人ね」スカーレットはそう言ったが、最後の言葉には愛しさがこもっており、「ダーリン」と言っているようなものだった。

「嘘だろう。もう赦しているくせに。お若いレディがたんなる慈善心から、わざわざヤンキーの歩哨にかけあって囚人と面会したりするもんか。しかも、天鵞絨のドレスと羽根飾りとアザラシのマフでめかしこんでね。スカーレット、それにしてもなんてきれいなんだ！　きみがぼろ着や喪服を着ていなくてよかったよ！　着古しのさえない服と相も変らぬ喪章を着けた女たちには、もううんざりなんだ。きみはパリの〈リュー・ド・ラ・ペ〉から抜けだしてきたみたいだな。ちょっと回ってごらん。よく見せてくれ」

やはり、このドレスには目を留めていたわけだ。ええ、気づくでしょうとも、かのレット・バトラーですもの。そういうことには目ざといのよ。スカーレットは軽い興奮を覚えて笑いだしながら、両腕を広げ、爪先でくるりと回って見せ、するとスカートの裾がひらりとめくれて、レースの縁取りをしたパンタレットがのぞいた。なにひとつ見逃さないレットの黒い眸がボンネットから靴の踵まで一瞥で見てとり、そのドレスの下を見透かすようないつもの不遜な目つきに、スカーレットは毎度ながら肌が粟立つ思いがした。

「ずいぶん羽振りが良さそうだし、じつに垢抜けているね。食べてしまいたいぐらいだ。ヤンキーさえ外にいなければなあ――でも、ご心配なく。まあ、お掛けください。いつかみたいに誑しこんだりしないから」レットは反省するふりをして頰をぽりぽりとかいた。「正直なところ、あの晩はきみもちょっと身勝手だったと思わないか？ しかきみのためにわたしがしたことを考えてみてくれ。馬を命がけで盗んだんだぜ。しかもあんな駄馬を！ そうして南部の栄えある大義を守るために馳せ参じた！ なのに、その骨折りに対してわたしはどんな報いを受けた？ 辛辣なお言葉ときつい平手打ち一発だけだ」

スカーレットは椅子に掛けた。会話はあまり望む方向に行っていないようだ。最初会ったときにはレットはとても感じが良く、面会に来たことを心から喜んでいるように見えた。なかなか人間らしく、いつもの天邪鬼には見えなかったのに。

「骨折りには決まって何か報酬があるべきだと？」

「そりゃ、そうだろう！　わたしは利己主義の権化なんだ。いいかげん分かっているはずだがね。こちらが差しだしたものには必ず見返りを要求する」

それを聞いて背筋がうっすらと寒くなったが、スカーレットは気を強くもって、またイヤリングを鳴らした。

「まあ、本当のあなたはそんなに悪い人じゃないわ、レット。そんな風に見せたいだけなのよ」

「これはこれは驚いた。変われば変わるもんだ！」レットはそう言って笑いだした。

「いつから心やさしいキリスト教徒になったんだい？　ピティパットさんからきみの近況はつねに仕入れてきたが、女らしい優しさに目覚めたなんていう話はちらりとも出なかった。もっときみのことを話してくれよ、スカーレット。最後に会ったときから、一体どうしていたんだい？」

彼にそう言われると、例のごとくいらだちと敵意が燃えたち、スカーレットは刺々しい言葉を返しそうになった。しかしそれをおさえて微笑み、頬にえくぼをつくった。レットが椅子を引いてもっと近づいてくると、スカーレットは身を乗りだして、なに気なく彼の腕にそっと手をおいた。

「ええ、お陰さまで、つつがなく暮らしてきたわ。いまでは〈タラ〉も万事順調なの。もちろん、シャーマン軍が侵攻していった後は大変な時期もあったけど、家屋は焼かれなかったし、家畜も使用人たちがほとんど沼地に追いこんでくれて無事だったわ。それに昨秋は綿花の収穫もまずまずで、二十梱ほど穫れたのよ。まあ、本来の〈タラ〉とは比べ物にならないけど、野良働きの手が足りないものだから。もちろん、来年はもっと収穫できるだろうって、父さんは言ってるわ。でもね、レット、最近の田舎はほんとに退屈で！　舞踏会もバーベキューもなければ、みんなの話題と言えば不景気なことばかり！　ああ、もう、そんな話は飽きあきよ！　先週、いいかげん耐えきれなくなって、そしたら父さんが旅行でもして楽しんできなさいって。そんなわけで、ドレスを何着か作りにこっちへきたの。この後はチャールストンの伯母を訪ねる予定よ。また舞踏会に出られたらすてき」

ここまでしゃべって、スカーレットは得意になった。ちょうどいい浮つき加減で話せた。あまり景気がよくても変だし、かと言って貧乏くさいのはだめだし。

「舞踏会のドレスを着たきみは抜群だからね。しかも、困ったことに自分でそれをよく分かっているんだ！　チャールストン行きの本当の理由は、この郡の色男はあらかた見てしまったから、あっちで新しいのを見つくろってこようというんだろう」

　ありがたいことに、レットはこの数か月、外国で過ごし、つい最近帰国するまでアトランタにはいなかった。そうでなければ、こんなばかげたコメントはできなかったろう。スカーレットの頭に、〝郡の色男〟たちの姿が一瞬、浮かんだ。ぼろをまとったみじめたらしいフォンテイン家の兄弟。貧乏生活にあえぐマンロー家の息子たち。ジョーンズボロとフェイエットヴィルのいい男たちはみんな、畑を耕し、柵木を割り、老いて病んだ家畜の面倒を見ることに忙殺され、かつては楽しんだ舞踏会や娘たちとの愉しい戯れなど忘れてしまっている。しかしそんな姿は心の奥に封じこめ、スカーレットはまるで図星を指されたと言うように、照れてくすくす笑ってみせてから、

「あら、ずいぶんね」と、打ち消すようなことを言った。

「つれない人だよ、きみは、スカーレット。しかし、そこがまた魅力なんだろうな」レットは昔みたいに口をへの字にして微笑んだが、スカーレットには褒め言葉だと分かっていた。「なにしろ、きみは法で禁じるぐらいの魅力があると自分で分かっているんだから。美人慣れしていてそうとう鈍感なわたしでも、それは感じるんだ。きみのことばかり思いだすのはどうしてなんだろうと、よくふしぎに思ったよ。きみよりきれいな女性も、間違いなく賢い女性も、お畏れながら、もっと真っ当で心やさしい

女性も、わたしはたくさん知っている。それなのに、なぜかきみのことばかり思いだすんだ。南部の投降後、フランスとイギリスできみに会わず、噂も聞かないような時期を過ごし、大勢の美しきレディたちとの付き合いを楽しんだものだが、そんな時でさえ、決まってきみのことを思いだし、今頃どうしているだろうと思うわけだ」

もっときれいで、賢くて、心やさしい女がいるなどと言われ、一瞬、スカーレットはむっとしたが、レットが自分と自分の魅力を折々に想っていたと聞いて嬉しくなり、一時の怒りの炎もかき消えた。つまり、わたしを忘れられなかったのね！　そうと決まれば話は早い。しかも今日のレットはお行儀が良く、しかるべき場に出た紳士のようにふるまっている。あとは、話題を彼のことにむければいいのよ。そうすれば、こちらも彼のことを忘れていなかったことが伝わるし、そうなったら——

スカーレットはレットの腕をそっとつかむと、またにっこりとしてえくぼを作った。

「まあ、レット、わたしみたいな田舎娘をからかってどうするつもり？　あの晩、道端に置き去りにして以来、わたしをすっかり忘れていたことなんて、お見通しよ。よしてよ、大勢のきれいなフランス娘やイギリス娘に囲まれながら、わたしのことなんか思いだしたって言うの？　ところで、なにもあなたのつまらない冗談を聞きにはるばるやってきたわけじゃないのよ。わたしが来たのは——なぜかと言えば——その

――」

「なぜかと言えば？」

「ねえ、レット、わたし、心配で居ても立ってても居られないの！　あなたのこの先を思うと不安で！　あの酷い場所からいつ出してもらえるの？」

レットはすかさず自分の手でスカーレットの手をつつみこむと、腕にぎゅっと押しつけた。

「そんなに心配してくれるとは泣かせるね。しかしいつ出所できるかは分からないんだ。たぶん、あいつらが縄をもう少し伸ばしてからだろう」

「縄を？」

「そう、わたしが監獄を出るときには、縄をかけられているだろうからね」

「本当に吊るし首にしたりしないでしょう？」

「するさ。あと少しわたしに不利な証拠をつかんだら」

「そんな、レット……」スカーレットは手を胸にあてて声をあげた。

「悼んでくれるかい？　充分に悼んでくれるなら、きみの名を遺書に入れておくが」

レットの黒い眸が不敵にスカーレットを笑い、その手が彼女の手を握りしめた。

遺書ですって！　スカーレットは本心がばれるのではないかとあわてて目を伏せた

が、ほんの少し遅かったようだ。急にレットの目がなにかを探るようにきらりとした。

「ヤンキーたちによれば、わたしは大した遺書を書くことになるらしい。目下、わたしの財源には大変な関心が寄せられているようでね。わたしは毎日、あっちこっちの査問委員会に引っぱりだされて、アホな質問に答えているよ。どうやら、南部政府の伝説の金を持ち逃げしたという噂が流れているらしい」

「それで——持ち逃げしたの？」

「なんたる誘導尋問！　南部政府が造幣局より印刷局をせっせと稼働させていたのは、きみだってよく知っているだろう〔南部連合は独自に通貨を発行したが、紙幣にとどまり、硬貨は鋳造できなかった〕」

「なら、それだけのお金をどこで手に入れたの？　投機で儲けたの？　ピティ叔母さんが言うには——」

「立ち入ったことを訊くねえ、きみは」

ああ、じれったい！　間違いなくそのお金は彼のもとにあるようね。スカーレットは興奮のあまり、かわいらしく話しかけてはいられなくなった。

「レット、あなたがこんなところにいると心配でならないのよ。出られる見込みがあるとは思わないの？」

「〝ニヒル・デスペラドゥム〟〔ラテン語で「失望するなかれ」の意〕がわたしのモットーでね」

「なんなの、それ？」

「たぶん見込みがあるという意味だよ、すてきなイグノラムスさん〔物知らずの意。法廷用語に由来し、十七世紀の劇作家ジョージ・ラグルのアカデミック・コメディにより広まる〕」

スカーレットは豊かなまつ毛をぱちぱちさせてレットを見あげ、またぱちぱちさせながら目を伏せた。

「ねえ、あなたほど頭の良い人がむざむざ縛り首にされるはずがないわ！　なにか利口な手立てを考えついて、ヤンキーたちに一杯食わせて出ていくはずよ！　あなたがここを出たら――」

「ここを出たら？」レットは身を乗りだしてきて、低い声で尋ねた。

「そうしたら、わたしは――」ここでスカーレットはいじらしく戸惑い、顔を赤らめて見せた。赤面するのはむずかしいことではなかった。心臓が早鐘のように打って、息もつけないぐらいだった。「レット、本当にごめんなさい――あの、あの夜、あんなことを言って――ほら、あの――ラフ・アンド・レディで、わたし――怖くて怖くて、取り乱していたの――あの時のあなたはすごく、すごく――」ここで下をむくと、自分の手を握るレットの浅黒い手にぐっと力が入るのが分かった。「だから、もう絶対に、絶対に、あなたのこと赦さないとそのとき思ったわ！　けど、きのうピティ叔母さんにあなたの話を聞いて——吊るし首にされるかもしれないって——そうしたら急にわたし——わたし——」ちらっと目をあげてすばやく相手の反応を探り、胸中の苦しみをまなざしにこめた。「ああ、レット、あなたが絞首刑(こうしゅけい)にされたりしたら、わたし死んでしまうわ！　とても耐えられっこない！　だって、わたしは——」レットの目に躍る熱っぽい光に耐えきれなくなって、スカーレットはまた目を伏せた。いまにも泣きそうだわ。驚きと興奮が渦巻くなかで、スカーレットは考えた。泣いてしまおうか？　そのほうが自然に見える？

レットが口早に言った。「まさか、スカーレット、きみは——」そう言うと、痛いほど手をきつく握りしめてきた。

スカーレットは目をぎゅっと瞑(つぶ)って、涙をしぼりだそうとしたが、顔をわずかに上向けて、レットがキスをしやすいようにしておくのも忘れなかった。さあ、いよいよ彼の唇が重ねられてくるというとき、突然、はげしく執拗(しつよう)に口づけてきた唇の感触がまざまざと甦(よみがえ)り、腰が砕けそうになった。ところが、レットはキスをしてこない。肩すかしを食って妙に動揺し、薄眼を開けて相手のようすをのぞき見てみると、レットの黒髪の頭は手の上に屈みこんでおり、そのまま見ていると、レットはまず片手を口元に持っていってキスをし、もう一方の手にはちょっと頬ずりをした。はげしい口づけを期待していたのに、こんなふうにやさしい恋人のような態度をとられてスカーレットはびっくりした。どんな表情をしているのか知りたかったが、下をむいているので見えなかった。

　急に顔をあげたレットに顔つきを見られてはまずいので、スカーレットはあわてて俯いた。体中を駆けめぐる勝利感がきっと目の色に出てしまっているだろう。すぐにもこの人はプロポーズしてくる。少なくとも、きみを愛していると言って、それから……まつ毛のむこうに見えるレットは、スカーレットの手をひっくり返し、掌を上にして、そこにもキスをしようとしたが、そのとき突然はっと息を呑んだ。スカーレットが目を下にやると、そこには自分の掌があった。一年ぶりにありのままの自分の掌を見て、ショックで絶望のどん底に突き落とされた。それは、あのスカーレット・オハラの、柔らかく、抜けるように白く、えくぼの出来る、か弱い手ではなく、見知らぬ他人の手だった。重労働で荒れ、日焼けして黒くなり、そばかすだらけになっていた。爪は割れてぎざぎざだし、たなごころの拇指球にはびっしりと胼胝ができており、親指には治りかけの水ぶくれがあった。先月、熱い油がはねた火傷の跡はまだ赤く、醜くて人目をひいた。スカーレットはそんな手を見てぞっとし、考える間もなくさっと拳を握ってしまった。

それでもレットは顔をあげなかった。まだ彼の顔は見えなかった。レットは手にした拳を容赦なく開かせて眺め、反対の手もつかむと、両手をそろえて見おろしたまま無言でいた。

「こっちを見て」レットはようやく顔をあげてそう言った。その声はきわめて穏やかだった。「そんなすまし顔はやめるんだ」

渋々、レットと目をあわせたスカーレットの顔には、開き直りと狼狽（ろうばい）が相半ばしていた。レットは黒い眉（まゆ）をつりあげ、鋭く目を光らせた。

「なるほど、〈タラ〉でつつがなく暮らしていたんだね？よそに遊びにいけるほど綿花で利益をあげた、と。ところで、この手でなにをしていたんだ――畑仕事か？」

スカーレットは手をふりほどこうとしたが、レットは胼胝を親指で押しながらしっかりつかんで離さなかった。

「これはレディの手ではないな」レットはそう言うと、つかんだ両手をスカーレットの膝（ひざ）の上にぽんと投げもどすようにした。

「お黙りなさいよ！」スカーレットは声を高くし、ようやく素直な感情を吐露できて、一瞬、ものすごくすっきりした。「わたしが自分の手でなにをしようと勝手じゃないの！」

しかし直後に烈しく後悔した。ああ、なんて間抜けなんだろう。ピティ叔母さんの手袋を借りるなり盗むなりできれば良かった。それにしても、自分の手がこんなに酷いことになっているなんて思わなかった。ええ、レットなら気づくでしょうとも。そのうえ、わたしときたら癇癪まで起こしてしまって、これじゃなにもかも水の泡だわ。ああ、これから彼が告白しようというときに、このていたらく！

「確かにきみの手がどうなろうと、わたしの知ったことではないな」レットはクールに言うと、ソファにだらしなくもたれた。とりすました顔で、なにを思っているのかうかがい知れない。

これは手こずりそうだ。よし、この大負けから巻き返して勝利をつかみたければ、いくら不本意でも、しおらしくしておかなくては。また甘い言葉で釣れば――

「わたしのかわいそうな手を放り投げるなんてあんまりだわ。先週、手袋もせずに遠乗りに出かけて荒れてしまっただけなのに――」

「遠乗りが聞いてあきれる！」レットの口調は相変わらず平板だった。「その手で働いてきたんだろう、野良働きみたいに？ さあ、なんと答える？ 〈タラ〉は万事順調だなんて嘘をつくのは、なんのためだ？」

「聞いて、レット――」

「もう嘘はやめるとして、きみが面会にきた真の目的はなんだ？　わたしとしたことがきみの手管にころっと騙されて、自分は大切に想われているんだ、この人に心配されているんだと思うところだった」

「もちろん、心配してるわ！　それどころか――」

「いいや、しているもんか！　ヤンキーがわたしをハマン〔旧約聖書の登場人物。ユダヤ人虐殺を謀って絞首刑に処されたペルシャ帝国の廷臣〕より高く吊るそうと、きみはどこ吹く風だろう。その手が重労働の跡を隠せないように、きみの気持ちも顔にはっきりと書いてあるよ。わたしの何かを手に入れようとしているんだ。しかも、そんな猿芝居を打つぐらい切実に必要としているわけだ。どうしてあけすけに話さなかった？　その方が成功のチャンスはずっと高かったのに。わたしが女性の美徳として評価するものがあるとしたら、それは率直さだ。ところが、どうだ、きみはイヤリングをじゃらじゃらさせて、すねてじゃれつかずにはいられなかった。まるでカモになりそうな客に食いつく娼婦さながらだ」

レットは最後のあたりでも声を荒らげたり強めたりしなかったが、スカーレットはひと言ひと言に鞭打たれる思いがし、彼にプロポーズさせようという望みが絶たれたのを思い知った。世の男たちによくあるように、虚栄心を傷つけられて怒りを爆発させたり、責めたててきたり、そんな状況であれば適当にあしらうこともできる。ところが、レットの恐ろしく静かな声にすくみあがり、つぎにどう出たらいいのか分からなかった。たとえ、いまのレットが囚われの身で、隣室にヤンキー兵がいようと、敵に回したら危険な男だ。スカーレットは不意にそれを痛感した。

「どうも最近、物覚えがわるくなっているらしい。きみもわたしと同種の人間で、なにかするからには下心があるということを思いだすべきだったよ。さて、どういうことだろうな。裏でなにを企んでいるんです、ハミルトン夫人？　まさか、わたしが結婚を申しこむと思うほど、とんちんかんなお人でもあるまい？」

　スカーレットは顔を赤くするだけで、なにも答えなかった。

「わたしは結婚に向かない男だと何度も申し上げたのをお忘れではないだろう？」

　スカーレットが答えずにいると、レットは急に声を荒らげて、「忘れるわけがないだろう。答えろ」と言った。

「ええ、忘れてないわ」スカーレットは悄然として答えた。

「すると、たいした博打うちだな、きみは、スカーレット」レットはせせら笑った。

「投獄の身で女性に飢えた男なら、生き餌にかかるマスみたいにぱくっと食いついてくるかもしれない。そう考えてひと芝居打ったわけか」

　ふん、実際に食いついてきたじゃないの。スカーレットは内心カッとなった。この荒れた手さえなければ――

「うん、真相はおおかた分かったけれど、あとは動機だな。わたしを婚姻関係に誘いこもうとした実の理由はなにか、教えてもらおうか」

その声は温和で、からかうような調子すらあり、スカーレットは人心地ついた。ひょっとしたら、万事休すというわけでもないのかもしれない。もちろん結婚の望みは絶たれたろうが、打ちのめされながらもほっとしている自分がいた。この頑(かたく)なな男になにか恐ろしいものを感じとり、気が変わりつつあったのだ。こんな男と結婚するのはぞっとしない。しかしうまく立ち回って、彼の同情心と昔のよしみに訴えれば、お金を借りるぐらいはできるだろう。スカーレットはご機嫌をとろうとあどけない顔をして見せた。

「あのね、レット、あなたなら大いに力になってくれると思うの――やさしい心ひとつあれば」

「わたしは人にやさしくするのがなにより好きでね」

「レット、旧友のよしみで、お願いがあるの」

「さあ、いよいよ手の荒れたレディが本当の任務を打ち明けるぞ。『実は病人や囚人を慰問してまわっているんですの』〔マタイによる福音書二十五：三十六に重ねている〕なんて言わないだろうな。なにが目的だ？　金か？」

いきなりぶしつけに訊かれ、回りくどくセンチメンタルな演出で借金の話を持ちだそうとしていたのがぜんぶ台無しになった。

「意地悪な言い方をしないで、レット」スカーレットは甘い声を出した。「そのとおりよ、幾らかお金が入用なの。三百ドルほど貸していただきたいのよ」

「ようやく本心を見せたな。愛を語りながら金の算段か。女の本性ってやつだな！そんなに切羽詰まっているのか？」

「ええ、じつは――いえ、どうしてもというわけでもないけど、あれば助かるわ」

「三百ドルとは、また大金だな。何に使うつもりなんだ？」

「〈タラ〉の税金にあてるのよ」

「それで、幾らか金を借りたいと。なるほど、きみがそうビジネスライクに申し入れるなら、わたしもビジネスライクに答えよう。なにを担保にする？」

「なにを、何ですって？」

「担保、だよ。何を〝かた〟にわたしの投資を受けるつもりか。それだけの金をどぶに捨てるのは、当然、避けたいからね」なめらかで、耳ざわりの良いその口調には、胡散臭(うさんくさ)いところがあったが、スカーレットは気づきもしなかった。なんだかんだ言って、万事うまく行きそうではないか。

「わたしのイヤリングを」

「耳飾りなんかに興味はないね」

「だったら、〈タラ〉をかたに入れるわ」

「今さら農園なんかもらってどうしろと言うんだ？」

「だって、あなたなら――あなたならきっと――〈タラ〉はすばらしいプランテーションだし。それに、お金を捨てることにはならないわ。来年の綿の収穫できちんとお返しします」

「それはどうかな」レットは椅子に軽くもたれ、両手をポケットにつっこんだ。「綿の値段は下がっているしな。たいそう厳しいご時勢で、どこも金詰まりだ」

「ねえ、レット、冗談でしょう！　あなたは何百万ドルも持っているんじゃないの！」

スカーレットの顔をひと眺めしたレットの目には、悪意の炎が躍っていた。

「さて、きみはつつがなく暮らしていて、経済的に逼迫しているわけでもない、そういうことだね。うん、それを知ってうれしいよ。旧友の芳しい近況を聞くのはいいものだ」

「ねえ、レット、お願いよ……」スカーレットは気丈さも自制心も崩れかけ、必死ですがろうとした。

「声をおさえたまえ。ヤンキーたちに聞かれたくないだろう。きみは猫の目をしていると言われたことはないかい？　暗闇で目を光らせる猫みたいだと」

「レット、よしてちょうだい！　包み隠さずお話しするわ。そのお金が是が非でも必要なのよ。つつがなく暮らしているなんて話はぜんぶ嘘。これ以上ないほど酷い状況なの。父さんは——その、呆けてしまうし。お母さまが亡くなってからおかしくて、まったく頼りにならないの。まるで子どもみたいよ。綿花畑の働き手はひとりも残っていないのに、扶養人ばかり多くて十三人。そこへもってきて税金が——恐ろしく高いの、レット。ええ、正直に打ち明けるわ。この一年あまり、飢えと隣り合わせの生活よ。ああ、あなたには分からないでしょうね。分かりっこないわ！　わたしたち、食べる物にも事欠いてきたのよ。目が覚めてもひもじい、寝入るまでひもじいって生活がどんなにつらいか。暖かい衣服もないし、子どもたちはいつも凍えて具合を悪くしていて——」

「そのきれいなドレスはどこで手に入れたんだ？」

「お母さまのカーテンで作ったのよ」スカーレットはもはや恥も外聞もなく、恥ずかしい内情を隠すこともしなかった。「飢えも寒さも我慢しようと思えばできるけど、今度は――カーペットバッガーたちが税金を釣りあげてきた。しかもすぐさま払わないと大変なことになる。なのに手元には、五ドル金貨が一枚きりしかない。税金を払うお金がどうしても必要なのよ！　分からない？　税金を払えなければ、わたしは――いえ、わたしたちはあの〈タラ〉を失うことになる。そんなわけには行かないのよ！　わたしには決して手放せないものだわ！」

「だったら、最初からすっかり打ち明ければよかったんだ。ほだされやすい男を食い物にしたりせずに。かわいいレディの窮地となればわたしは弱いからな。さあ、スカーレット、泣くんじゃない。きみはあらゆる手管を弄してきたが、そういう泣き落としだけはしなかった。これはかりは、我慢ならないと思うよ。きみが求めていたのはわたしのお金であって、魅力的なわたし自身ではないと知って、もはや失望で心はズタズタなんだ」

　思えば、レットは他人だけでなく自分のことも嘲笑気味に語りながらまぎれもない真実を口にすることがよくあった。スカーレットはそれを思いだし、はっと彼の顔を見あげた。この人の心は本当に傷ついたのだろうか？　本当にわたしのことを思っているんだろうか？　この荒れた手に気づいたとき、実はプロポーズをする一歩手前だった？　それとも、過去にも二度持ちかけてきた厭らしい申し出をまたしようとしただけだろうか？　もし本当にわたしを大切に思っているなら、なだめすかしてなんとかできるだろう。ところが、スカーレットのようすをうかがってくるレットの黒い眸に恋人のような優しさはなかった。彼は低い笑い声をたてていた。

「そんな担保では困るね。わたしは農園主という柄じゃない。ほかに担保にできそうなものはあるかい？」

さあ、いよいよその話に行きついた。よし、行くわよ！　スカーレットはひとつ深呼吸をし、なにより恐れていたことにこれから取り組むのだと思うと闘志がふつふつと湧いてきて、媚も気取りもかなぐり捨て、真っ向からレットの目を見据えた。

「わ、わたし自身を――」

「ほう？」

スカーレットの顎が引き締まり、その瞳がエメラルド色に輝いた。

「包囲戦のさなか、ピティ叔母さんの家のポーチで会った晩のことを覚えてる？　あなたは――あなたはわたしを欲しいと言ったわ」

レットは椅子に何気なく背をもたせ、スカーレットのはりつめた顔を見つめた。彼のほうは、その浅黒い顔からはどんな感情もうかがい知れなかった。その目の奥にちらりと何かがよぎったが、無言のままだった。

「言ったでしょう――わたしほど欲しいと思った女はいないと。いまもそう思っているなら、あなたのものになるわ、レット、あなたの言うことならなんでも聞く。でも、お願いだから、小切手を書いてちょうだい！　誓って、約束は守るわ。決して破らない。お望みなら、一筆書きます」

レットは妙な目つきで見てきたが、相変わらず心のうちは読めなかった。スカーレットは焦るあまり、彼が面白がっているのか、不快に思っているのかも判断できない。せめてなにか、なんでもいいから言ってくれれば！　頬が火照ってくるのを感じる。

「そのお金はすぐに必要なの、レット。さもないと、わたしたち家からたたきだされて、あの忌々しい元農園監督がうちに乗りこんできて、それから――」

「まあ、ちょっと待ちなさい。どうしていまもわたしに求められていると思うんだ？　どうして自分が三百ドルもの価値があると思うんだ？　そんなに高値のつく女性はそうそういないと思うがね」

スカーレットは生え際まで真っ赤になった。屈辱もここに極まれり……。

「なぜこんなことまでして家を守ろうとするんだ？　農園など手放して、ピティ叔母さんと同居すればいいじゃないか。あの屋敷の半分はきみの所有だろう」

「なんですって！」スカーレットは声を高くした。「ばかも休み休み言ってちょうだい。〈タラ〉を手放すことなんて出来ないわ。わが家なのよ。手放せるはずないでしょう。わたしの息のあるうちは絶対そんなことさせない！」

「アイルランド人ってやつは」レットは椅子の背を倒さんばかりにのけぞって、両手をポケットから出した。「どうしようもない人種だな。あれこれおかしなものに執着しすぎる。例えば、土地もそうだが、どの土地も他とおんなじだと言うのに。では、話を整理させてくれ、スカーレット。きみが面会にきたのは、要は契約を持ちかけるためなんだな。わたしが三百ドル出す、すると、きみはわたしの愛人になる」

「ええ」

いざ汚らわしい言葉が出てしまうと、スカーレットはなんだか少し気が楽になり、ふたたび希望が頭をもたげはじめた。いまレットは「三百ドル出す」と言った。よほど愉快なことでもあるのか、その目に悪魔めいた光が宿っている。

「いつかわたしが厚かましくも同じ申し出をしたときには、お宅から追いだされたものだがね。きみはあらん限りのどぎつい悪態をつき、どさくさまぎれに〝子どもをぞろぞろ〟産まされるのは御免だとまで宣った。ああ、いやいや、蒸し返すつもりはないさ。ただ、きみはなかなか変わった考え方をするなと思ってね。自分の愉しみのためにはしないようなことも、わが家からオオカミを追い払うためならするわけだ。あらゆる善行は見返りの問題にすぎないというわたしの主張を裏づけているだろう」

「ちょっと、レット、黙って聞いていれば！　わたしを侮辱しようというなら、どんどんするがいいわ。でも、お金は出してちょうだい」

さっきより少し呼吸が楽になっていた。レットはやはりレットなのだ、スカーレットに以前は軽くあしらわれ、今回は詐欺まがいのことをされた仕返しに、できるだけ手ひどく痛めつけ侮辱してやろうと思うのも当然だろう。ええ、それぐらいなによ、なにを言われようと耐えてみせる。〈タラ〉にはそうするだけの価値がある。寸時、あたりは真夏になり、昼下りの蒼穹が広がって、スカーレットは〈タラ〉の芝生のこんもりしたクローバーの茂みに横になってまどろみ、もくもくと湧いた雲のお城を見あげていた。白い花々の芳香が鼻をくすぐり、耳元ではミツバチたちがせわしなく心地よい羽音をたてる。昼下りの静かな時間。渦巻く赭土の遠い畑から荷車の動く音が聞こえてくる。あの土地を守るためなら、これぐらいなんでもない。お安い御用だ。

スカーレットは頭を毅然とあげた。

「それで、お金は貸していただけるの？」

レットは楽しそうな顔をしていたが、喋りだした声には慇懃ながら酷薄なものがあった。

「いや、貸せないね」

一瞬、なにを言われたのか理解できなかった。

「貸したくても貸せないのだよ。なにしろ懐に一銭もないいんだからね。アトランタには一ドルたりともない。たしかに金はいくらかあるが、この街にはないんだ。とはいえ、金のありかも金額も言うつもりはない。小切手を切ろうとすれば、ヤンキーどもがそれっとばかりに飛びついてきて、わたしばかりかきみの手にも金がとどくことはないだろう。どう思うね？」

スカーレットの顔は無残にも真っ青になって、鼻のあたりのそばかすが急に目立ちだし、ゆがめた口元は怒り心頭に発したときのジェラルドを彷彿させた。跳んで立ちながら、わけの分からないことをわめき散らすと、隣室のざわめきが不意にやんだ。レットは豹のごとき敏捷さでスカーレットの脇に寄ると、がっしりした手で口をふさぎ、もう片方の腕で腰のあたりを抱えこんだ。スカーレットは狂ったようにもがいて、なんとか彼の手に噛みつき、脚を蹴飛ばし、怒りと絶望と憎しみの叫びを、プライドを粉々にされた苦しみの叫びをあげようとした。あっちこっちに身体をよじったりひねったりして、鉄壁のごときレットの腕から逃れようとした。心臓は破裂しそうになり、きついステーのせいで息も切れ切れになった。しかしレットの手は痛いほど強く乱暴に押さえこんできた。口を押さえた手は容赦なく顎に食いこんだ。彼の日焼けした顔も血の気がひき、けわしく不安げな目をしながら、スカーレットを身体ごと胸に抱きあげると、そのまま椅子に腰をおろし、もがきつづける彼女を膝の上に押さえつけた。

「スカーレット、いい子だから、暴れないでくれ！　シーッ！　わめくんじゃない。大声を出したとたん、ヤンキーたちが入ってくるぞ。おちつきなさい。こんな醜態を彼らに見られたいのか？」

だれに見られようと知ったことではなかった。もうどうなろうといいから、この男を殺してやりたいという殺意がこみあげてきたが、急にくらくらっとした。息ができない。レットが絞め殺さんばかりの力で押さえてくる。そのうえステーも鉄ベルトのようにぐいぐい締めつけてくる。レットの腕に抱えこまれて、スカーレットは憎しみと怒りでわななくよりほかなかった。ふとレットの声が薄れてぼんやりとしたかと思うと、気味の悪い靄がかかって見上げた彼の顔がまわりだし、靄はだんだん濃くなって、ついに顔が見えなくなった――顔どころかなにもかもが。

そのうち、弱々しく泳ぐような動きをしてスカーレットは意識をとりもどしたが、なにが起きたのか分からず、ただ骨の髄まで疲れきっていた。椅子にぐったりともたれ、ボンネットは脱げており、レットが手首をぴしゃぴしゃとたたきながら、あの黒い眸(ひとみ)で心配そうにのぞきこんできていた。さっきの親切な若い大尉がグラスに注いだブランデーを彼女の口に流しこもうとしているが、すでにいくらか襟首(えりくび)にこぼしてしまっていた。ほかの将校たちはひそひそ囁(ささや)きあったり、手を振ったりしながら、なす術(すべ)もなく周りをうろついている。

「わたし――どうやら気を失っていたようね」スカーレットは言ったが、自分の声がやけに遠くに聞こえて怖くなった。

「これを飲むんだ」レットは大尉からブランデーのグラスを受けとり、唇に押しつけてきた。スカーレットは倒れる前のことを思いだし、弱々しく彼をにらみつけたが、疲れのあまり怒る気力も湧いてこなかった。

「さあ、頼むから飲んで」

ブランデーをぐいと流しこんだとたんに咽(む)せ、咳(せ)きこみだしたが、レットはまた口元にグラスを押しつけてきた。思いきって飲みこむと、いきなり熱い液体が喉(のど)を灼(や)いた。

「みなさん、もうだいぶ良くなったようです」レットは将校たちに言った。「厚くお礼申しあげます。わたしが処刑されると知ってショックが大きすぎたらしい」

青い軍服の一団はばつの悪そうな顔でそわそわし、いくつか咳払いなどしてから部屋を出ていった。あの若い大尉だけはドア口で立ち止まった。

「またなにかあれば言ってくれ——」

「いえ、ご心配なく」

大尉は出ていき、ドアを閉めた。

「さあ、もう少し飲んで」レットはまた言った。

「飲めないわ」

「飲みなさい」

またひと口飲みくだすと、全身に温かみが広がり、震える脚にも力がゆっくりともどってきた。スカーレットはグラスを押しもどして、立ちあがろうとしたが、レットがそれを押し留めた。

「手をどけてちょうだい。帰るんだから」

「まだ無理だ。もう少し休みなさい。また気絶するぞ」

「あなたとここにいるぐらいなら、道端で気絶したほうがましだわ」

「それでも、道端で気絶させるわけにはいかないんでね」

「放してったら。あなたなんて大嫌いよ」

その言葉を聞くと、微かな笑みがレットの顔にもどってきた。

「調子が出てきたじゃないか。回復してきた証拠だろう」

スカーレットはしばし横になって身体を休めながら、怒りを呼び覚まして気合を入れようとしたり、なんとか力を出そうと試みた。ところが、疲れていてどうにもならなかった。なんであれ、好きとか嫌いとか思う気力もないほどへとへとだった。敗北感が鉛のように心にのしかかっていた。自分は持てるすべてを賭け、すべてを失ったのだ。プライドすらも残されていない。最後の希望が行き止まりをむかえた。それは〈タラ〉の終わりでもあり、わたしたちみんなの終わりでもある。スカーレットは長いこと目を閉じたまま横たわり、レットが間近でたてる荒い息の音を聞いていると、ブランデーによる火照りがゆっくりと全身にまわり、体が温まったような、力が湧いてきたような気になった。しばらくして目を開け、レットの顔を見ると、ふたたび怒りがこみあげてきた。スカーレットのつりあがった眉毛がハの字になると、レットのいつもの笑みがもどってきた。

「まずまず良くなったようだな。そのしかめ面を見れば分かるよ」

「もちろん、もう大丈夫よ。忌々しいレット・バトラー、クズ男ってものがいるならそれはあなたのことだわ！　わたしが話を持ちかけたときから、何を頼むつもりか、あなたはよく分かっていたし、しかもお金を貸すつもりもなかった。そのうえで、わたしにしゃべらせておいた。なにもわたしにそんな恥をかかせなくたって──」

「手間を省いて、さっきの話をぜんぶ聞き逃せというのか？　そうは行かないね。なにしろ、ここは娯楽もろくにないような暮らしなんだ。あんなに楽しめる話は久しぶりに聞いたよ」レットはいきなり嘲り笑った。その厭らしい笑い声に、スカーレットは跳んで立ち、ボンネットをひっつかんだ。

レットはやにわにその両肩をつかんだ。

「もうちょっと待てよ。まともな口がきけるぐらい回復したか？」

「放しなさいったら！」

「ふむ、大丈夫そうだな。だったら、答えてもらおう。かもはわたしだけか？」レットはスカーレットの表情のわずかな変化も見逃すまいと鋭く目を光らせた。

「どういう意味かしら？」

「こうして引っ掛けようとしたのはわたしだけか？」

「よけいなお世話でしょ？」

「そうも行かないのさ。手持ちの男はほかにも何人かいるのか？　答えろ！」

「いないわ」

「信じがたいな。きみの場合、五人や六人は予備の男がいるはずだ。まあ、そのうち、興味深い提案を受け入れるだれかさんがあらわれるだろう。その点は確実だろうから、つまらぬアドバイスをひとつさせてもらおう」

「あなたのアドバイスなんて要らないわよ」

「それでも言っておくよ。現時点できみにあげられるのはアドバイスぐらいしかなさそうだからね。よく聞きたまえ、有益な助言だ。男からなにか巻きあげようと思ったら、さっきみたいにうかつな物言いは禁物だ。もっとさり気なく、もっとそそるようにしないといけない。そうすれば、もっと実りがあるだろう。昔のきみはそういう手管を完璧に心得ていた。ところが、先ほどわたしに金を出させようと、自分を――その、担保を差しだしたきみときたら、がちがちに強気のかまえだ。わたしも昔、自分から二十歩離れたところで決闘の銃をかまえた男の顔に、そんな目を見たことがあるよ。あまり感じの良い目じゃないね。男の胸に憧れをかきたてるようなものではない。そんなことでは、男は手玉にとれないよ、お嬢さん。娘時代の教えを忘れかけているんじゃないのか?」

「あなたにふるまいを指導されるいわれはないわ」スカーレットはそう言うと、げんなりしてボンネットをかぶった。この人ったら、自分は吊るし首になりかけているし、わたしは悲惨な目にあっているというのに、よくもまあ、へらへらふざけていられるわね。スカーレットは呆れてそう思ったが、レットがポケットに入れた両拳を固く握りしめていることには気づいていなかった。わが身の不甲斐なさにいらだつように。

「まあ、元気を出したまえ」ボンネットの紐を結ぶスカーレットに、レットは言った。「わたしの絞首刑の場に来るといい。溜飲が下がるだろう。今日のぶんも含めて、積もる恨みの仕返しができるからね。そうそう、遺書にはきみの名前も入れておくよ」

「それはどうも。けど、処刑が税金の支払期限に間に合わないんじゃ話にならないわ」スカーレットはレットに負けじと敵意をこめて言いかえした。もちろん、本気だった。

35

建物から出ると外は雨が降っており、空はくすんだ鼠色をしていた。広場を行き交っていた兵士たちも兵舎で雨をしのいでいるらしく、通りはがらんとしている。馬車は見当たらず、このぶんでは、はるか叔母の家まで歩いて帰るはめになりそうだ。

とぼとぼと歩きだすと、ブランデーの火照りがさめてきた。寒風に体が震え、冷たい雨粒が針のように顔をさした。雨はたちまちピティ叔母の薄手のマントの下まで浸みてきて、じっとりと冷たい襞となって身体にまといついた。天鵞絨のドレスも濡れて台無しだろうし、ボンネットにつけた例の羽根飾りは、尻尾の元々の持ち主が〈タラ〉の裏庭で雨に濡れたときのように、しおたれて薄汚れているのだろう。歩道のレンガが剝がれて、ずっとむこうまで舗装がすっかり消えてなくなっていた。このあたりは足首まで浸かるほどのぬかるみで、まるで糊のなかを歩いているように粘りつき、しばしば平底靴が脱げてしまう。脱げた靴を拾いあげようと屈むたびに、ドレスの裾がぬかるみに浸かった。スカーレットは水たまりを避けもせず、重いスカートを引きずりながら、そのままずぶずぶと踏みこんでいった。濡れたペチコートとパンタレットが足首に触れて冷たかったが、人生の大勝負に敗れた衣裳の残骸などかまっている余裕はなかった。とにかく凍えそうに寒く、意気阻喪し、自暴自棄になっていた。

家族にあんな大見得を切ってきたというのに、どの面さげて〈タラ〉へ帰れよう？　みんなして〈タラ〉を追いだされ――どこかへ行くはめになるなんて、どうやって伝えればいいんだろう？　なにもかも捨てて出ていけるわけがないではないか？　あの赭土の畑、背の高い松林、薄暗くじめじめした沼の低地、杉林の木陰深くにエレンが眠るあの静かな埋葬地……。

燃えあがるレットへの憎しみを胸に、スカーレットは滑りやすい道をよたよたと歩いていった。なんて非道い男だろう！　本当に吊るし首になればいいのに。そうすれば、わたしの恥と屈辱を知る人間と二度と顔をあわせずにすむ。彼がその気になれば、わたしにお金を融通するのなんて簡単なはず。ああ、縛り首ぐらいじゃ生ぬるいわ！　いまのこんな態を見られなくてよかった。ドレスはぐっしょり濡れて、髪はだらしなくほつれ、歯をガチガチいわせている姿なんて。どんなにみっともない恰好だろう。あの男にどれだけ笑われることか！

たむろした黒人たちの前を通ると、ぬかるみで滑って転びそうになったり、靴をはきなおそうと肩で息をしながら立ち止まったりしつつ、足早に歩いていくスカーレットに、彼らは無礼なにやにや笑いを浮かべたり、仲間内で大声で笑ったりした。人を嗤うなんて、厚かましい連中ね！　よくもこのわたしに、〈タラ〉農園のスカーレット・オハラに、にやにや笑いなんかできたものだわ！　できるものなら、背中が血まみれになるほどまとめて鞭でひっぱたいてやりたい。こんな連中を解放して、白人を嘲らせるなんて、ヤンキーたちはどういう極悪人なの！

　ワシントン通りを歩いていくと、彼女の心に負けないほどわびしい光景が広がった。先ほどのピーチツリー通りに見られた喧騒やにぎわいは影をひそめていた。往時はこの通りも瀟洒な邸宅が建ち並んでいたが、建てなおされた家はほとんどなかった。煤けた土台と、寂しく立つ黒焦げの煙突――いまでは「シャーマンの歩哨」という異名をとっていた――が、頻々とあらわれて気を滅入らせた。雑草がのび放題の小径をたどると、屋敷のあった場所に出る。しかしかつての緑の芝生には枯草が鬱蒼とし、馬車の昇降台にはスカーレットがよく知る名前が彫られているものの、二度と手綱が結ばれることはない馬の繋留柱があった。風は冷たく、雨が降りしきり、道はぬかるみ、葉を落とした木々、静けさ、荒廃……。足はこんなに濡れているのに、家までの道のりはまだまだ遠い！

馬蹄（ばてい）が水をはねかす音が後ろから聞こえ、スカーレットはピティパット叔母のマントにこれ以上泥はねがつかないよう、狭い歩道のさらに奥へ身を寄せた。一頭立ての軽装馬車（バギー）が道路をゆっくりとやってきた。御者が白人だったら、乗せてくださいと頼もうと、スカーレットは心を決めてふり返った。馬車がすぐ横までやってきても、雨で視界はくすぶっていたが、御者が泥よけから顎（あご）まで引きあげた防水布ごしにのぞき見てくるのが分かった。その顔にはなんとなく見覚えがあり、もっと近くで見ようと車道に踏みだしていくと、御者は気恥ずかしげに小さな咳払（せきばら）いをし、驚きと喜び相半ばする耳慣れた声があがった。「まさか、スカーレットさんでは！」

「まあ、ケネディさんですの！」スカーレットも声を高くし、泥をはねかしながら道路を渡っていき、マントがさらに汚れるのもかまわず、泥まみれの車輪に身を寄せた。「知り合いに会えてこんなにうれしかったことはありませんわ！」

ケネディはさも本気らしい彼女の言葉に、うれしそうに顔を上気させ、馬車の反対側にあわてて嚙（か）みタバコをぴゅっと吐きだすと、機敏に地面に降り立った。まずは熱烈に握手を交わすと、ケネディは防水布をまくりあげ、スカーレットに手を貸して馬車の座席に座らせた。

「スカーレットさん、こんな寂れた地区でお独りでなにをなさっているんです？　今日びはこのへんも治安が悪いこと、ご存じないのですか？　それに、びしょ濡れになって。さあ、この膝掛けで足をおくるみなさい」

そうしてケネディは雌鶏のような声をあげてあれこれとかまいつけ、スカーレットは世話を焼かれるぜいたくを久々に堪能した。それがいくら、おばさんみたいなおじさんのフランク・ケネディであっても、なにやかやとかまってきてうるさく叱ってくれる男性がいるのは気分が良い。レットに酷い仕打ちを受けた後だけあり、いっそう慰められた。それに、ああ、故郷を遠く離れた街で、同郷人の顔が見られてほっとしたわ！　見たところ、身なりも良いし、馬車も新しいようだ。馬はまだ若々しく、栄養も良さそうだが、フランク自身は齢よりはるかに老けて見え、例のクリスマスイヴに、隊を引き連れて〈タラ〉を訪れたときよりさらに老けこんでいた。身体は痩せて顔色は土気色をし、たるんだ肉の皺の間にかくれた黄色い目をうるませていた。生姜色の鬚は以前にもましてまばらになり、嚙みタバコの汁の条がついて、しきりといじるせいかもつれてしまっていた。とはいえ、悲しみと苦悩と疲労の深い皺が刻まれた顔をいたる所で見かける昨今、彼の顔はそれとは打って変わって明るく晴れやかだった。

「お目にかかれてなによりです」フランクは声をはずませた。「街にいらしていると は知りませんでしたよ。つい先週、ピティパットさんにお会いしましたが、あなたが こちらに来るようなお話は出ませんでしたね。それで、今回は、そのう——えへん ——〈タラ〉からどなたかとご一緒に？」

スエレンのことを考えているのね、このおじさんったら。

「いいえ」スカーレットは暖かな膝掛けで脚をくるみ、さらに首元まで引っ張りあげようとした。「独りでまいりましたの。ピティ叔母さんには前もってお知らせしませんでした」

フランクが馬に声をかけると、馬は滑りやすい道路を慎重に進みだした。

「それで、〈タラ〉のみなさんはお元気ですか？」

「ええ、まずまずですわ」

なにかおしゃべりのたねを考えなくては。そうは言っても、話すだけでつらかった。心は敗北感でいっぱいで、ひたすらこの暖かな毛布にくるまって横になり、こうつぶやきたかった。「とりあえず〈タラ〉のことは考えるのはよそう。心の痛手が癒えてから、後で考えよう」フランクになにか話題を提供してしゃべらせるようにすれば、それで家までもつだろう。むこうが話しだせば、「あら、すてき」だの「ほんと冴えてらっしゃるわ」だの、ぼそぼそ合いの手を入れるだけでいい。

「ケネディさん、こんなところでお会いするなんて意外ですわね。旧知の方々ともすっかりご無沙汰で、失礼しておりました。それにしても、アトランタにいらっしゃるとは知りませんでした。マリエッタに移られたとか、風のうわさに聞きましたけれど」

「ええ、いまもマリエッタで事業をしてましてね、なかなか繁盛しとるんです」フランクはそう答えた。「アトランタに居を定めたことは、スエレンさんから聞いていないんですね？　わたしの商売の件も、彼女は話していませんか？」

そう言えば、フランクが店を持ったとかなんとか、スエレンがおしゃべりしていたのはぼんやりと記憶にあるけれど、スエレンの言うことにはいちいちかまっていられない。フランクが無事に生きていて、いつの日かスエレンをもらってくれるらしい、ということだけ知れれば充分だったから。

「あら、そんなことはひと言も」スカーレットは嘘をついた。「お店をひらいてらっしゃるの？　やっぱり出来るかたは違うわ！」

フランクは彼の近況をスエレンが公表していないと聞いてちょっと傷ついた顔をしたが、スカーレットのお世辞にこんどは顔を輝かせた。

「ええ、店をひとつ持ってましてね。われながらじつに気の利いた店だと思いますよ。生まれながらの商売人だなんて、周りにも煽てられてます」フランクはうれしそうに笑い声をたてた。耳ざわりなくすくす笑いで、スカーレットは昔からこれが癇にさわる。

「うぬぼれ屋のばかおやじめ」と、心のなかで毒づいた。

「ええ、あなたなら何を手がけても成功なさるでしょう、ケネディさん。それにしても、一体どうやってお店なんてひらけたのでしょう？　一昨年のクリスマスにお目にかかったときには、一文無しだとかおっしゃっていたあなたが」

フランクはゴホンと咳払いをすると、顎鬚を手でいじりながら、なんだかおどおどと緊張した笑みを浮かべた。

「まあ、話せば長くなるんですがね、スカーレットさん」

よかった！　これで家に着くまで話はもちそうだわ。スカーレットは心のうちでそうつぶやき、実際にはこう言った。「まあ、ぜひうかがいたいわ！」

「われわれの部隊がこの前、補給物資を求めて〈タラ〉にお邪魔した際のことはご記憶にありましょう？　じつは、あれから間もなくわたしは戦地に送られまして。ええ、つまり、実戦部隊です。おまえは兵站のほうはもういい、と。あの時分には兵站部の仕事もそうそうありませんでしたからね、スカーレットさん。なにしろ軍に召し上げられるような物がなくなっていましたし、健康体の男なら前線に出るべきだろうとわたしも思いました。まあ、そうしてしばらく騎兵隊で戦っていたんですが、肩にミニエ弾を受けまして」

ここでフランクはじつに誇らかな顔をしたので、スカーレットはこうあいづちを打った。「まあ、ひどい！」

「なんの、たいしたことありませんよ。浅手です」フランクは鼻で笑ってみせた。「しかし南方の病院に送られまして、おおかた回復したところで、ヤンキー軍の急襲があったんです。いやいや、それにしてもあの時は燃えたなあ！　いきなりの奇襲でしたから、軍事品や医療備品を取り急ぎ鉄路で移動させることになり、歩ける者は総出で線路へ運ぶ手伝いをしました。だいたい列車一つぶん積みこんだところで、ヤンキー軍が街のむこう側から乗りこんでくる、われわれはこっち側からできるだけ速やかに脱出する。いやいや、あの列車の屋根に座って見た光景の悲惨さたるや。やつら、停車場に置いていく羽目になった物資に火を放ちやがった。スカーレットさん、線路沿いに半マイルも積みあげた物資を、丸ごと焼いたんですよ。われわれは逃げだすのが精いっぱいだった」

「まあ、なんてひどい！」

「ええ、おっしゃるとおりです。ひどいものだった。その頃にはアトランタにわが軍がもどっていましたから、われわれの乗った列車はここへ送られました。そうです、スカーレットさん、戦争が終わる直前のことです――アトランタでは、引き取り手のない陶磁器や簡易ベッドやマットレスや毛布がたくさん散乱していました。思えば、すでにあれらの所有権はヤンキー軍に移っていたわけです。それも、降伏条件に含まれていたんじゃありませんか？」

「ふぁい」スカーレットは上の空で答えた。身体もだいぶ暖まって、ちょっと眠たくなってきていた。

「自分のあのときの行動が正しかったのか、いまもって分からないんです」フランクはぐちっぽい調子になった。「しかし考えてみれば、こういった備品はヤンキーには宝の持ち腐れだし、どのみち焼いてしまうだろう。しかしもともと南部の人々が相当な金を払って買ったものなのだから、依然として南部連合または南部人たちのものだ――わたしはそのように考えたのです。わたしの言うことがお分かりですか？」

「ふぁい」

「同意していただけてうれしいですよ、スカーレットさん。これまでずっと良心のどこかに引っかかっていたものですから。周りのみんなは、『なんだい、そんなこと忘れてしまえよ、フランク』と言ってくれた。でも、忘れられなかった。あれが過ち(あやま)だと思うと、まともに顔をあげて歩けなかった。わたしのしたことは正しかったと思いますか？」

「ええ、もちろん」スカーレットは即答しながらも、このまぬけなおじさんはなにを話しているんだろうと訝(いぶか)っていた。良心の呵責(かしゃく)がどうとか。ふつう、男性もフランク・ケネディぐらいの年齢になると、どうでもいいことにかまけない知恵は身に付けているはずなのに。ところが、フランクはあいかわらず神経が細かくて、小姑(こじゅうと)みたいにうるさい。

「そう言っていただけてうれしいですよ。降伏後のわたしは銀貨で十ドルばかりあるだけで、あとはからっけつでした。ジョーンズボロにあるわたしの家と店舗にヤンキーどもがどんな仕打ちをしたか、あなたもご存じでしょう。とにかく途方に暮れましたよ。しかし手持ちの十ドルを使って、ファイヴ・ポインツ近くの廃屋となった店舗に屋根をつけ、そこに病院の備品を並べて、売りはじめたのです。街の人々は競うようにベッドや陶磁器やマットレスを求め、わたしは安く売りました。半分はひとさまの物だという頭がありましたから。とはいえ、これでお金ができたので、備品をさらに買い入れ、そうして商売はとんとん拍子に上向きました。これで景気が良くなってくれれば、そうとう儲(もう)かるだろうと踏んでいます」

お金という言葉を聞いたとたん、スカーレットの頭はクリスタルのように澄んで、再びフランクの話を聞くことにした。

「お金ができたとおっしゃいまして?」

スカーレットの気を引いたとあって、フランクはうれしさではちきれんばかりだ。スエレン以外の女性たちはおざなりなお世辞を言うぐらいがせいぜいなのに、スカーレットのような往時の花形が自分の言葉に食いついてくるとは。フランクはすっかり舞いあがっていた。ぬかりなく馬のスピードをおとして、この出世物語が終わらないうちに家に到着しないよう調整した。

「いまはまだ百万長者とは言えませんがね、スカーレットさん、かつての財産に比べたらささやかに聞こえるかもしれません。とはいうものの、今年は一千ドルもの売り上げがありました。もちろん、そのうち半分の五百ドルは新たな商品の買いつけや、店舗の修復と家賃に消えてしまいますが、残りの五百ドルはまるまるの儲けです。景気が上り坂になっているのは間違いありませんから、来年には二千ドルの利益が出てしかるべきでしょう。それもしっかり投資しますよ。ちょっと他にも仕込中のものがありましてね」

　お金の話となると、がぜん興味が湧(わ)いてくる。スカーレットは濃く豊かなまつ毛で目をかくすようにしながら、フランクのそばにちょっとにじり寄った。

「ケネディさん、他にも仕込中とおっしゃいますと？」

　彼は笑い声をあげ、また馬の背にぴしゃりと手綱をおろした。

「事業の話などご退屈でしょう、スカーレットさん。あなたのような可憐(かれん)なご婦人はビジネスのことなぞ知る必要がありませんよ」

　なんてばかなおじさん。

「まあ、確かにわたしはビジネスのお話はさっぱりですけど、興味だけはありますのよ！　そのお仕事のことすっかり話してくださいな。わたしに理解できないところはやさしく嚙み砕いて」

「じつは、つぎの事業というのは製材所なんです」

「せいざ……？」

「丸木を切断してカンナで削る製作所のことですよ。まだ買いとっていないんですが、じきにその予定です。ジョンソンという男がピーチツリー道のはずれに製材所を持っていましてね、是が非でも売りたいと言うのです。なんでも、いますぐ現金が要るらしく、売却後も彼は残って運営にたずさわり、わたしから週給を得るという段取りです。この地区には製材所がわずかしかないんです、そのうちの一つなんですよ、スカーレットさん。ヤンキー軍にあらかた焼かれてしまいましたから。つまり、製材所を持っているというのは、金脈を有しているようなものです。今日び、材木は言い値で売れますからね。このあたりはヤンキー軍に軒並み家を焼かれて、人々はろくに住むところもない。住居の再建にやっきになっているようです。それなのに建材は充分手に入らないし、調達に時間がかかりすぎる。一方、いまアトランタには人がどんどん流入してきています。黒人奴隷(どれい)を失って農業が立ち行かなくなったあちこちの地方の人々。そのうえ、ヤンキーとカーペットバッガーまでが、まだまだ南部人を骨の髄までしゃぶろうと殺到している。アトランタはじきに大都市になりますとも。家を建てるには木材がないと困る。というわけで、その製材所をなるべく早急に買いとるつもりです——顧客のつけの返済が何件か済んだらすぐにでも。来年のいまごろには、金銭的にはひと息ついているはずです。どうしてこんなに焦(あせ)ってお金をつくろうとしているか、あなたならお分かりでしょう?」

フランクは赤面して、また甲高い笑い声をたてた。この人、スエレンのことを考えているのね。スカーレットはそう思ってむかついた。

一瞬、三百ドル貸してほしいと頼むことも考えたが、この案はうんざりしつつ却下。借金を申しこんでも、フランクはへどもどして、どもりながら言い訳をし、きっと貸そうとしないだろう。春にはスエレンと結婚するために、必死で働いてお金をつくったのに、それを手放したら、結婚式は無期延期になってしまう。もし彼の同情をひいて、将来の家族を助ける義務感を芽生えさせ、借金の約束をとりつけても、スエレンが許すわけがない。あの子は最近、自分がオールドミスの仲間入りをしているのではないかと、ますます気をもんでいるから、結婚が延期となったら全力で阻止するだろう。

このばかなおじさんは一体あのぐちっぽい泣き虫娘の何に惹(ひ)かれて、とこしえの住(すみ)処(か)を与えようと躍起になっているのだろう？　スエレンごときがこんな愛情あふれる伴侶(はんりよ)と、店舗に製材所の儲けまで手にするなんてどうかしてる。あの子のことだから、小金(こがね)を手にしたとたん奥さま風を吹かせて、たまったものではないだろうし、〈タラ〉の生活向上に一銭たりとも貢献しないに決まってる。なによ、スエレンのくせに！　どうせ自分がかわいいばかりで、〈タラ〉が税金のかたに取られようと、焼け落ちようと、自分さえきれいなドレスを着て、何某(なにがし)夫人と呼ばれていれば、おかまいなしに決まってる。

スエレンは将来安泰である一方、自分と〈タラ〉の未来はじつに心もとないことを思うと、人生の不公平さに、スカーレットの心にはめらめらと怒りが燃えあがった。顔つきをフランクに見られまいと、あわてて馬車の外のぬかるんだ通りを見る。わたしがすべてを失おうとしているというのに、スエレンは――そのとき突如として、ある決意がスカーレットの心に芽生えた。

フランクも彼の店舗も製材所も、スエレンに渡してなるものか！

スエレンには分不相応よ。わたしが手に入れてみせる。〈タラ〉を想(おも)い、毒ヘビみたいに兇悪(きょうあく)なジョナス・ウィルカーソンが玄関先までやってきたことを思いだし、スカーレットは難破船のように沈みかけた人生の水面(みなも)に浮くまさに最後の藁(わら)を夢中でつかんだ。レットには期待を裏切られたけれど、神はこうしてフランクを与え賜(たも)うた。

とはいえ、わたしに彼を落とせる？　スカーレットは拳(こぶし)を握りしめながら、雨に煙(けぶ)って見えない街に目をむけた。いますぐスーのことを忘れさせ、わたしに求婚させられるかしら？　ええ、あのレットもプロポーズしそうになったんだから、フランクぐらいなんてことないわ！　スカーレットは瞼(まぶた)を震わせて、フランクの顔を見た。どう見ても美男ではないし……と、冷静に観察する。歯並びもひどいし、息は臭いし、父親と言ってもいいほど年上だし。そのうえ、神経質で、度胸無しで、お人好(ひとよ)しで、男性としてこれ以上の欠点は考えられないぐらいだわ。でも、少なくともまともな家柄の出だし、あのレットよりはまだしも一緒に暮らしやすいはずよ。少なくとも御しやすいのは間違いないわ。ともかく、背に腹は代えられない。

彼がスエレンの婚約者であろうと、良心の呵責はまったくなかった。アトランタのレットのもとへやってきた時点で、モラルはすっかり崩壊しているから、妹の許婚を略奪するぐらい、ささいなことにしか思えない。いまとなっては思い悩むほどもないことだ。

新たな望みが湧きあがってくると、スカーレットは背筋をしゃんとのばし、足が濡れて冷たいことも忘れてしまった。目を細めてフランクをひたと見つめていると、彼はなんだかおびえたようになり、そこでスカーレットはレットの言葉を思いだして、すばやく目を伏せた。「決闘の銃をかまえた男の顔に、そんな目を見たことがあるよ。……男の胸に憧れをかきたてるようなものではない」

「どうしたんです、スカーレットさん？　寒気でもしますか？」

「ええ、じつは」スカーレットはか弱げに答えた。「もしご迷惑でなければ――」と、内気に言い淀んでみせる。「あなたのポケットに手を入れさせていただけません？　こんなに寒いのに、わたしのマフはすっかり雨に濡れてしまって」

「あっ、そ、それは――どうぞどうぞ！　おや、手袋もしてらっしゃらない！　いやいや、すみません、わたしもなんてがさつなんだ。スカーレットさんがすっかり凍えて、暖まりたいと思ってらっしゃるのに、こんなにのろのろ馬を歩かせて、独りでしゃべりちらかして。サリー、もっと速くだ、はいどうどう！　それはそうと、スカーレットさん、自分の話に夢中になって、あなたがこんな悪天候のなか、こんな地区で何をなさっているのか、お尋ねしてもいませんでしたね？」

「ヤンキー軍の本部に出向いていたんですの」スカーレットは後先を考えずに答えてしまった。驚いたフランクは砂色の眉（まゆ）を吊りあげた。

「しかしスカーレットさん！　あんな兵士たちのなかへ――どうしてまた――」

聖母マリアさま、なにかそれらしい嘘を教えてください。スカーレットは祈った。レットと面会していたことをフランクに知られるのはまずい。レットといえば悪党のなかでもなかなかんずく腹黒い男であり、貴婦人にとっては話すだけでも危険な相手だと、フランクは思っているだろうから。

「ええと、それはその、将校たちが家で待つ奥さんのために手芸品を買ってくれないかな、と思って。わたし、刺繍（ししゅう）は得意なんですよ」

フランクは愕然（がくぜん）とした面持ちでのけぞった。とまどいと怒りがせめぎあっているようだ。

「ヤンキー兵のところへ行ったんですか——いや、スカーレットさん！　いけませんよ。ああ、なんということだ……よもや、お父さまの耳には入っていないでしょうね？　もちろんピティパットさんも——」

「まあ、後生ですから、ピティパット叔母さまにはどうかご内密に！」スカーレットは本当に不安になってきて、いきなり泣きだした。もともと寒いわ、惨めだわで、泣くのはたやすかったが、その効果はてきめんだった。もしここでスカーレットが服を脱ぎ始めても、フランクはこれほどあわてたり途方に暮れたりしなかったろう。何度か舌打ちをしながら「困ったな、どうしよう！」などとつぶやき、慰める身振りをしてはむなしい結果に終わっていた。ここはひとつ、彼女の頭を肩に引き寄せてやさしく撫でるべきではないかという大胆な思いがよぎったものの、そんなことはどんな女性にもした例しがなく、どうやったらいいのか分からないのだった。いつもあんなにはつらつとして愛らしいスカーレット・オハラが、自分の馬車で泣いているのだ。誇り高いなかにも誇り高いあのスカーレット・オハラがヤンキー兵に手芸品を売りにいったとは。フランクは胸が熱くなった。

　スカーレットがすすり泣きながら切れ切れに漏らす言葉をつなぎあわせてみれば、

〈タラ〉の暮らし向きが思わしくない、ということのようだ。当主のオハラ氏はいまだに「どうかしている」そうだし、大家族に行きわたるだけの食糧もない。それでしかたなくアトランタに来て、せめて自分と子どもの分ぐらいはお金を稼ごうとしていたらしい。フランクはもどかしくまた舌打ちをしたが、ふと気がつくと、スカーレットが肩に頭をもたせていた。どうやってこんな恰好になったのかよく分からない。自分から引き寄せたはずもないが、現に肩にはスカーレットの頭があり、彼女はわが貧相な胸に身を寄せてさめざめと泣いていた。それは、フランクにとって未知のめくるめく感覚だった。スカーレットの肩を遠慮がちに撫でた。最初はおっかなびっくりだったが、はねつけられないとなると、もう少し大胆になり、しっかりと撫でだした。なんて幼気(いたいけ)で、かわいくて、女らしい人なんだろう。針仕事でみずから金を稼ごうとするとは、なんと健気(けなげ)で世間知らずなんだろう。ヤンキー相手の商いだなんて――いくらなんでも行きすぎだ。

「ピティパットさんには決して言いませんが、約束してください、スカーレット。こんなことはもう二度としないって。あのお父上の娘さんがと思うだけで――」

スカーレットの濡れた翠色(みどりいろ)の瞳(ひとみ)が、弱々しく彼の目を探った。

「でも、ケネディさん、わたしだって何かしないわけには参りません。坊やも養っていかなくてはいけませんし、いまわが家には面倒を見てくださる方がいないんです」

「こんな可憐な女性が気丈なことだ」ケネディは感じ入ったようだった。「とはいえ、あなたにこんなことをさせるわけにはいきません。ご家族の顔に泥を塗るようなものです」

「だったら、わたし、どうすればいいんですの？」宙を泳いでいたスカーレットの目がフランクを見あげ、あなたならなんでもご存じでしょう、教えてください、と言わんばかりにすがりついてきた。

「ううむ、すぐにお答えできませんが、なんらかの策を考えておきますよ」

「ええ、頼りにしていますわ！　あなたってとても聡明な方ですものね――フランク」

それまでスカーレットにファーストネームで呼ばれたことはなかったから、その響きには心地よい衝撃と驚きがあった。かわいそうに、この女性は動揺のあまり言い誤りにも気づかないいんだろう。フランクはいきおい親身になり、この人を守ってあげたいと思った。スエレン・オハラの姉のために自分にもできることがあれば、きっとしてあげよう。赤いバンダナを引っぱりだして渡すと、スカーレットはそれで涙を拭いて、ようやくおずおずと微笑んだ。

「わたしったら、世間知らずの役立たずで」スカーレットは恥じ入るように言った。

「ご容赦くださいね」

「世間知らずの役立たずだなんてとんでもない。健気じゃありませんか。背負いきれない重荷を背負おうとされている。ピティパットさんではあまり助けにならないでしょう。あのかたは財産をあらかた失くしてしまったそうですし、兄のヘンリー・ハミルトン氏ご自身も事務所が左前だとか。わたしが所帯をもっていれば、あなたに身を寄せてもらえるのに。でも、スカーレットさん、これだけは覚えておいてください。スエレンさんとわたしが結婚したら、どうぞ、うちをわが家と思ってください。ウェイドくんも同様ですよ」

よし、いまだ！　聖人と天使たちの庇護のもと、こんな天の恵みのようなチャンスが与えられたんだわ。スカーレットは困惑と驚きの表情を演出し、あわてて何か言いたげに口を開け、またぱくんと閉じた。

「この春には、わたしがあなたの義弟になること、ご存じないわけじゃないでしょう？」フランクはぎごちない口調ながらおどけてみせた。ところが、スカーレットの目にみるみる涙がたまるのを見ると、はっとして畳みかけた。「どうしたんです？　まさか、スーさんが病気になられたとか？」

「いいえ、違います！　違うんです！」

「なにかあったんですね。お話しください」

「いいえ、話せませんわ！　わたし、いままで知りませんでした！　てっきりあの子はお手紙を出したものとばかり——まったく、なんて不届きな！」

「スカーレットさん、どういうことです？」

「ねえ、フランク、言うつもりはなかったんです。あなたはもちろんご存じだと——あの子がお手紙を差しあげたものとばかり——」

「手紙というと、どんな？」フランクの声は震えていた。

「ああ、あなたのようなれっきとした紳士にこんなことをするなんて！」

「こんなって、一体なにを？」

「あの子、お便りしていないんですね？　そうでしょう、恥ずかしくてとても書けなかったんでしょう。恥じて当然ですわ！　まったく、こんな不出来な妹をもつと苦労します！」

　こうなってくると、もうフランクはなにか訊くことすらできなかった。呆然とスカーレットを見つめる顔は血の気が引き、手にした手綱もだらんとしている。

「あの子は来月、トニー・フォンテインと結婚する予定なんです。ごめんなさい、フランク。わたしの口からお聞かせすることになって申し訳ありません。あの子、待ちくたびれてしまったんでしょう。行き遅れになりたくなかったんです」

玄関ポーチに立つマミーの前で、スカーレットはフランクに手を貸されて馬車から降りた。マミーはきっとしばらく前からポーチに出ていたのだろう。頭の巻き物が湿っているし、肩にきつく巻きつけた古いショールには雨で濡れた跡があった。皺だらけの黒い顔には絵に描いたような腹立ちと心配の表情が浮かんでおり、こんなに唇が突きでているのも初めて見た。マミーは送ってきた男性の顔をすばやくのぞき見て、それがだれだか分かると、急に顔つきが変わった——うれしそうな、面食らったような、申し訳ないと言いたげな表情がその顔に広がる。マミーは愛想よくあいさつしながらゆさゆさとフランクに歩み寄り、握手をされるとにんまりして本式のお辞儀をした。

「同郷のかたのお顔を見られてうれしいですよ」マミーは言った。「いかがお過ごしで、フランクさま？　おやまあ、ごりっぱで景気が良さそうですねえ！　スカーレットさまがあなたと一緒だと分かってれば、こんなに心配しなかったのに。つきそい役がいるってわけですから。さっき帰ってきてみたら、奥さまの影も形もなくて、あた

し は泡を食いましたよ。うすぎたない解放奴隷ってやつがうろうろしてるこの街を、奥さまひとりでほっつき歩いているのかと思うとね。お出かけになると、どうしてひと言いってくれなかったんです、スカーレットさま？　風邪を召されているんでしょうに！」

スカーレットはそれに答えるかわりに、悪戯っぽくフランクにウィンクしてみせ、すると、彼は最悪の報せを聞いたばかりのわりに、笑みこぼれた。スカーレットが内緒ごとを企み、自分もぐるにして楽しんでいるのだと思うと気分が良い。

「急いで乾いた服を用意してきてちょうだい、マミー」スカーレットは頼んだ。「それから熱いお茶もね」

「やれやれ、真新しいドレスが台無しじゃないですか」マミーは不平を鳴らした。「しばらく乾かしてブラシをかけておかないと。そうすれば、今夜の結婚式にお召しになれますよ」

マミーが家の中に入ると、スカーレットはフランクにしなだれかかり、こうささやいた。「今夜、食事にいらして。わたしたちだけではわびしくて。食事をすませたら、結婚式に行くんですの。エスコートしてくださいな！　それから、ピティ叔母さんには、例のスエレンのことはどうか言わないでくださいね。叔母さん、心を痛めるでしょうし、妹の不届きをあの叔母さんに知られては困ります――」

「ええ、決して、決して口にしませんよ!」フランクはそんなことをするのはぞっとしないと思い、あわてて答えた。

「今日はずっと親切にしてくださったうえに、いろいろと助けてくれて。また勇気が湧いてきましたわ」スカーレットは別れのあいさつとして、彼の手をぎゅうっと強く握り、魅力全開のまなざしをむけた。

玄関のドアを入ってすぐのところにマミーが待機していたが、本心の読めない目をむけてくるだけで、黙ってスカーレットの後に従い、ふうふう言いながら階段をあがって寝室に入った。その後も終始無言のまま、スカーレットの濡れた衣服をつぎつぎと脱がして椅子にかけ、ベッドに寝かしつけた。熱いお茶とフランネルに包んだ熱いレンガを持ってくると、ベッドを見おろし、めずらしく詫びんばかりのしおらしい声音でこう切りだした。「どうして奥さまのマミーに今回の計画を話してくれなかったんです? あたしだって知っていたら、はるばるアトランタなんかまでえっちらおっちら出てきませんでしたよ。もう年が年だし、こうして太ってるし、こんなに動きまわりたくないですからね」

「なんの話かしら?」

「スカーレットさま、また空とぼけて。あたしの目はごまかせませんよ。さっきフランクさんのお顔を見て、奥さまのお顔も見て、牧師さんが聖書を読むみたいに奥さまの心が読めました。フランクさんにスエレンさまのこと、なにやら吹きこんでいる声まで聞こえてきましたよ。あなたが狙（ねら）っているのがフランクさんだと分かっていたら、あたしは家でゆっくりしていたものを」

「あらそう」スカーレットはそれだけ言うと、毛布のなかにもぐりこんだ。マミーをはぐらかそうとしても無駄だろう。「だったら、だれだと思っていたの？」

「いえ、だれとは知りませんが、昨日の奥さまのお顔を見ていやな予感がしましたよ。ピティパットさまがメリーさまへのお手紙に、あのならずもののバトラーがたんまりお金を持っているとか書いてらしたのを覚えてましたしね、あたしは一度聞いたことも忘れないたちなんです。でも、まあ、フランクさんも美男ではないけど、りっぱなお家のかたです」

スカーレットが鋭い視線を投げかけると、マミーはなにもかもお見通しだと言わんばかりにおちつき払って見返してきた。

「それで、おまえはどうしようと言うの？　スエレンに言いつける気？」

「奥さまがフランクさんに気に入られるよう、知恵をしぼってお手伝いするつもりですよ」マミーはそう言いながら、スカーレットの首元まで掛布を引きあげた。

スカーレットはマミーがうるさく世話を焼くしばらくの間、黙って横たわっていたが、言葉はなくとも気持ちは通じあっていると思うと安心感につつまれた。説明はいっさい求められず、なんの叱責もなかった。マミーはなにもかも理解したうえで黙っているのだ。スカーレットはマミーのなかに、己にも勝る徹底した現実主義者の姿を見いだしていた。いまのマミーは、自分のかわいがってきた子の窮地に際して、良心などに邪魔されず、要所要所で発揮される賢い老女の眼力と、野人や子どものようにまっすぐな心で、ものごとを深くはっきりと見てとっているのである。スカーレットは手塩にかけたわが子同然であり、その子が欲しがるものであれば他人のものであろうと、喜んで手に入れる手助けをするつもりなのだ。スエレンとフランクのもつ正当な権利については深く考えるにも至らず、ただ、心の中でフフッと陰険に笑うだけでおしまい。かわいいスカーレットが窮地に陥り、せいいっぱいがんばっているのだ。そしてスカーレットはエレンさまの御子。マミーは寸時のためらいもなく彼女に味方することにした。

スカーレットは乳母の無言の励ましを感じ、熱いレンガで足が暖まってくるにつれ、帰途の寒い車中で微かにゆらめきだした希望の火が燃えあがる気がした。その希望の炎はみるみるうちに全身に広がり、心臓を力強く鼓動させて血をどくどくと送りだした。力がよみがえってくる。気が逸ってならず、大声で笑いだしたくなる。まだ敗けと決まったわけじゃないわ。そう思うと、いきおい歓びがこみあげてきた。

「ちょっと、その鏡を貸して、マミー」スカーレットは言った。

「布団を肩までかけといてくださいよ」マミーはそう言いつけながらも、ぶ厚い唇に笑みを浮かべて手鏡をわたしてくれた。

スカーレットは自分の顔を見てみた。

「幽霊みたいに青白い顔ね。それに、髪の毛ときたら馬のしっぽみたいにもじゃもじゃ」

「たしかに別人みたいですね」

「うーん……ねえ、雨の降りはひどいの？」

「土砂降りですよ、ほら」

「土砂降りだろうがなんだろうが、街までおつかいに行ってきてちょうだい」

「こんな雨のなか、お断わりです」

「行ってもらうわよ。嫌だと言うなら、自分で行く」

「そんなにあわてて何しにいくんです？　もう一日ぶん動きまわったでしょうよ」

「要るものは要るのよ」スカーレットは自分の姿を鏡でつぶさに見ながら言い返した。

「オー・デ・コロンをひと瓶。髪を洗ってコロンでリンスしてちょうだい。それから髪をなでつけるのにクインス・シード〔マルメロの種〕のジェルもお願いね」

「こんな雨の日に洗髪なんかしませんし、ふしだら女じゃあるまいし、御髪にコロンなんておやめください。あたしの息があるうちはそうはさせませんよ」

「すると言ったらするのよ。わたしのお財布を開けて、そこの五ドル金貨を持って街へ行きなさい。それからね、マミー、ええと、ルージュも手に入れてほしいんだけど」

「は、なんですか、それは？」マミーは胡乱な目をむけた。

スカーレットは熱い気持ちと裏腹の冷静な目で、乳母の目を見返した。このマミーを脅しつけてどこまで言うことを聞かせられるものだろうか。

「何でもいいから、ルージュをくださいと言えばいいの」

「そんな得体の知れないもの、あたしは買いませんよ」

「もう、そんなに知りたいと言うなら、化粧品よ。顔に塗るもの。そんなところに突っ立ってヒキガエルみたいに膨れてないで、さっさとお行き」

「けっ、化粧品！」マミーはひと声叫んだ。「顔に塗るものだって！　いくら大きくおなりになったって、そりゃあお仕置きだ！　そんな恥知らずなことは聞いたことがないですよ。お気は確かですか！　いまも、エレンさまが草葉の陰で泣いてらっしゃる！　化粧をするだなんて、まるで――」

「ロビヤールのお祖母さまがお化粧なさったことは、おまえもよく知っているでしょ、それに――」

「ああ、そうですとも、ペチコート一枚になったうえ、それを水で濡らして脚に張りつかせたんですよ、きれいな脚の形を見せようとね。けど、だからってスカーレットさままで真似していい道理はありませんよ！　お祖母さまのお若い時分はおてんば風もありましたがね、いまは時代が変わりましたし――」

「ああ、もうじれったい！」スカーレットはついにかんしゃくを起して掛け布団をはねのけた。「おまえなんか、とっとと〈タラ〉へお帰り！」

「無理に〈タラ〉へ帰そうとしたってだめですよ。あたしはいまや自由の身なんです」マミーもカッとなって言い返した。「あたしはこっちにいるつもりです。さあ、ベッドにおもどりください。すぐにも肺炎になりたいんですか？　ほら、ステーを置いて。置きなさいと言うのに。いいですか、スカーレットさま、こんな天気の日にお出かけはなりません。とんでもない！　まあ、それにしてもお父さん似だねえ！　さあ、ベッドにもどって——あたしは化粧品なんぞ買いにいきませんよ！　奥さまのおつかいだって世間に知られた日には、恥ずかしくて生きちゃいられません！　スカーレットさまはそんなにお綺麗でかわいらしいんですから、化粧なんて要りませんって。あんなものを使うのは、いけない街の女たちだけですよ」

「使うだけの効果はあるらしいじゃないの？」

「んまあ、なんてことを！　そんな蓮っ葉な口をきくもんじゃありません。さあ、その濡れた靴下を置いて。化粧品をご自分で買いにいくなんてとんでもない。エレンさまが化けて出ますよ。いいから、ベッドにもどって。あたしが行きますから。せいぜい、顔を知られていない店を探しますよ」

その夜のエルシング邸。ファニーがとどこおりなく結婚式を挙げ、老レヴィ楽団長と団員たちがダンス曲の音合わせを始めると、スカーレットは喜びを噛みしめながらあたりを見まわした。またこうしてパーティに来られるなんてすてき。さっき温かい歓迎を受けたことにも満足していた。フランクと腕を組んで屋敷に入っていくと、だれもかれもが歓喜や歓迎の声をあげてスカーレットのまわりに殺到し、キスをしたり握手をしたり、ものすごく会いたかっただの、絶対に〈タラ〉に帰らないでだのと声をかけてきた。男性たちはかつてスカーレットが全力で彼らのハートを傷つけた事実など、凛々しくも水に流したように見えたし、スカーレットがあの手この手で恋人を奪ってやった娘たちも同様だった。戦争末期にはスカーレットにえらく冷たくあたっていたメリウェザー夫人、ホワイティング夫人、ミード夫人など名家のご婦人連までが、彼女のとんでもない行動やそれに対する自分たちの批判など忘れ去り、スカーレットも同じ敗北を味わった同胞であること、またピティの義姪でチャールズの未亡人であるという点だけを覚えているかのようだった。スカーレットにキスをすると、目に涙を浮かべながら、〝最愛のお母さま〟の逝去についてそっとお悔やみを述べ、〝お父さまとご姉妹〟たちの近況を長々と尋ねるのだった。メラニーとアシュリ夫妻についてもだれかれなく訊かれ、どうしてあのふたりもアトランタに帰ってこないのかと詰め寄られたりした。

　そうした歓迎を快く思いながらも、スカーレットは微かな不安を感じ、それを押し隠そうとしていた。そう、天鵞絨のドレスの見場について。まだ膝のあたりまで湿っており、縁には泥染みもあった。マミーとクッキーが薬缶の蒸気をあて、きれいなヘアブラシで死にもの狂いの染み抜きを試み、暖炉の火にひらひらあてて必死で乾かしたものの、だれかにこのみじめな状態を気づかれ、これが唯一の晴れ着だと見抜かれるんじゃないかと、スカーレットは気が気でなかったのだ。それでも多少元気づけられたのは、見たところ、他のゲストたちの衣裳は自分のよりはるかにひどかったこと。どれもそうとう古びて、ていねいに継ぎをあててアイロンをかけているようだった。少なくとも、自分のドレスは継ぎはぎもないし、新品だし、湿っているとはいえ、この夜の集まりではファニーの白いサテンの花嫁衣裳をのぞけば、唯一新調のドレスと言っていい。

エルシング家の経済状態についてピティ叔母が言っていたことを思いだし、こんなサテンのドレスや飲み物や飾りつけや楽団を調達するお金をどこで手に入れたのだろうと、スカーレットは首をかしげた。そうとうお金がかかっているはずよ。借金をしたか、そうでなければ、ファニーにこんな豪華な式を挙げさせるのに一族郎党が私財をなげうったのかも。この世知辛い時代にこんな結婚式をするなんて、タールトンが息子たちにりっぱな墓を建ててやったのと同じで、とんでもない浪費に思われ、タールトン家の埋葬地を訪れたときと同じく共感できない自分がいた。お金を湯水のごとく浪費できる時代は過ぎ去った。古き時代は去ったというのに、どうしてこの人たちはいつまでも昔と変わらないふりをしつづけるんだろう？

とはいえ、スカーレットは一時的にむしゃくしゃした気分をふり払った。どのみちわたしのお金じゃないんだし、他人の愚かさにいらいらして今夜のお愉しみをだいなしにしたくない。

花婿はスカーレットもよく知った男性だと判明した。スパルタ出身のトミー・ウェルバーンで、一八六三年、彼が肩に銃創を負った際に看護したことがあった。当時のトミーは六フィートの長身のハンサムな若者であり、騎兵隊に入るために医者の道をあきらめたのだった。それがいまでは腰部に受けた負傷のせいでひどく背が曲がり、まるで小柄な老人のようだ。歩くのにもいささか難儀しており、ピティ叔母が言っていたとおり、股をひらいて歩く姿はお世辞にも上品とは言えなかった。とはいえ、自分の見かけにはまるで無頓着か気にしていないようで、まわりとまったく対等にふるまっていた。医学の勉強をつづける夢はすっぱりとあきらめて、現在は土建業者に転身し、新しいホテルの建築にたずさわるアイルランド人の土木作業員たちをたばねていると言う。いまの不自由な身体でそんな大変な仕事をどうやってこなしているのかふしぎだったが、人間、必要に迫られればなんだって出来るものだと皮肉に思いだし、スカーレットは特になにも尋ねなかった。

トミーとエルシング家のヒューと小猿のようなルネ・ピカールと歓談しているうちにも、椅子や調度類は順々に壁際に移動され、ダンスの支度が進んでいった。ヒューは一八六二年に最後に会ったときからちっとも変わっていない。スカーレットの記憶にあるとおり、いまでも薄茶色の髪をひと房ひたいにたらし、頼りないほっそりした手の、痩せっぽちで繊細そうな青年だ。一方、ルネはメイベル・メリウェザーと結婚した賜暇の頃からすると、ずいぶん感じが変わっていた。黒い眸にはいまもフランス人らしいきらめきがあったし、クレオールらしい生気にあふれていたが、気楽な笑い声をたてているわりには、戦争の初期にはなかった厳しいものがその顔に見られるのだった。また、目立つズアーヴ兵の軍服を着た姿にまといついていたどこか傲慢なエレガンスがすっかり消え失せている。

「バラの頰とエメラルドの瞳！」ルネはそんなことを言いながらスカーレットの手に口づけをし、口紅をひいた顔を褒めてくれた。「おきれいです、バザーで初めてお会いした時からちっともお変わりない。覚えてらっしゃいますか？　わたしの籠に結婚指輪を入れてくださったこと、けっして忘れないですよ。ハハッ、あれは健気でした！　あなたがつぎの結婚指輪をはめるのにこんなに時間がかかるとは、思いも寄りませんでしたが」

ルネはいたずらっぽく目をきらりとさせると、ヒューのわき腹を肘でつついた。

「ええ、わたくしもあなたがパイのワゴン販売をなさっているとは思いも寄りませんでしたわ、ルネ・ピカール」スカーレットはそう切り返した。面とむかって屈辱的な職業を口にされても、ルネは恥じ入るどころか満足気で、ワッハッハと笑いながらヒューの背中をたたいた。

「こりゃ、一本とられた！」ルネはそう言った。「お義母上(ははうえ)のメリウェザー夫人のお達しでして。生まれてこのかた初めて就いた仕事ですよ。一生、競走馬を育ててバイオリンを弾いて過ごすはずだったこのルネ・ピカールがね！　ええ、いまではパイ販売のワゴンを走らせてますが、これがおもしろくてね！　マダム・ベル・メール〔フランス語で義母の意〕の手にかかれば、男はどんなことだってやるでしょう。あのかたが将軍を務めれば、わが軍は戦争に勝てたろうねえ、トミー？」

　まあ、驚いた！　スカーレットは思った。かつてはミシシッピ河沿い十マイルにわたる土地と、ニューオリンズの大邸宅を所有していた一族の男性が、パイ販売のワゴンを走らせておもしろがっているなんて！

「そうだな、ぼくらの姑(かあ)さんたちが入隊していたら、ヤンキー軍なんか一週間でやっつけていたのにな」トミーも同意して目をさまよわせ、義母となったばかりの細身ながら不屈の女性の姿を見やった。「わが軍があんなに持ちこたえられたのも、ひとえに銃後で決して挫(くじ)けなかったご婦人がたのおかげだ」

「これからも挫けないご婦人がた、と言うべきだよ」ヒューが訂正した。その笑みは誇らしげだったが、ちょっぴり皮肉もこもっていた。「アポマトックスの戦い〔南北戦争を実質的に終わらせたヴァージニア州での戦闘〕で男たちがなにをしようと、今夜ここには、降伏したご婦人なんて一人もいないのさ。ぼくたちより女性たちのほうがずっと辛（つら）い思いをしてる。少なくとも、ぼくたちにとっては戦い抜いた結果だけど」

「さんざん嫌気もさしたしね」トミーが言葉をひきとった。「そうだろ、スカーレット？　きっとぼくら自身より女性たちのほうが、男たちのなれのはてを見るのは辛いはずだ。ヒューは裁判官になる身だったし、ルネはヨーロッパの満場の観客の前でバイオリンを弾くはずで――」ルネがくりだしたパンチをトミーはひょいとよけた。

「それにぼくは医者になるつもりだったのに、いまや――」

「よし、いまに見ておれ！」ルネが声高に言った。「わたしは南部一のパイ王子になってみせる！　すばらしきわがヒューは薪王になるし、それから、きみ、わがトミーは黒人奴隷がだめなら、アイルランド人奴隷をもちたまえ。なんたる人生の転機、いや、愉快、愉快！　そう言うあなたはどうなさってるんです、スカーレットさん。それに、メリーさんは？　牛の乳搾（ちちしぼ）りをしたり、綿花摘みをしたりしますか？」

「めっそうもありませんわ！」スカーレットは冷ややかに答えた。こんなに明るく苦境を受け入れられるなんて、この人、どうなっているんだろう？　「黒人たちがやっております」

「聞くところによると、メリーさんの坊っちゃんは〝ボールガール〟〔英語読みでは、ボーリガードとなる〕と名付けられたとか。すてきなお名前だとこのルネが言っていたとお伝えをば。ジーザスを除けば、それ以上のお名前はありません、と」

　ルネはやさしく微笑んだが、その目はルイジアナきっての武将の名を口にして誇らかに輝いていた。

「いやいや、ロバート・エドワード・リーという良い名前もあるぞ」トミーが口を挟んだ。「ボー大将の名声にけちをつけるつもりはないが、うちの長男は〝ボブ・リー・ウェルバーン〟と命名するつもりさ」

　ルネはひと声笑って肩をすくめた。

「では、笑い話をひとつ。実話なんですがね、クレオール人がわれらが英雄ボールガール〔ルイジアナ州出身で南部連合軍を指揮した将軍の一人〕ときみたちのリー将軍をどんなふうに考えているかわかるだろう。ニューオリンズ近くを走っていた列車のなかで、リー将軍麾下(きか)のヴァージニアの男が、ボールガール軍のクレオール人と出会った。ヴァージニアの男はリー将軍がこんなことをした、あんなことをのたまったと、さんざん自慢話をしたそうな。相手のクレオール人はしかつめらしい顔で聞いていたが、額に皺を寄せてなにか思いだそうとしていたかと思うと、にっこりしてこう言った。『ああ、リー将軍か！　ウィ。わかった！　あのリー将軍か！　いつかボールガール将軍が褒めてた男だ！』」

スカーレットも礼儀上、笑いの輪にくわわっておいたが、クレオール人もチャールストン人やサヴァナ人に劣らず気位が高いということ以外、話のポイントが分からなかった。だいたいにして、アシュリの息子は父親に因んでアシュリと命名すればいいじゃないの。常々そう思っていた。

事前の音合わせが済んだ楽団が景気よく『ダン・タッカーじいさん』を演奏しだすと、トミーがスカーレットの方にむきなおった。

「さて、踊りますか、スカーレット？　ぼくは申しこめないけど、ヒューかルネがお相手を――」

「いえ、せっかくですけど、まだ亡くなった母の喪中ですから」スカーレットはすかさずそう答えた。「遠慮しておきますわ」

そう言ってフランク・ケネディの姿を探しだすと、エルシング夫人のそばにいる彼に手招きをした。

「飲み物をとってきていただいて、あちらのアルコーヴに引っこもうかしら。そこで一緒におしゃべりしましょうよ」三人の男性がよそへ移っていくと、スカーレットはフランクにそう話しかけた。

　フランクがいそいそとワインと極薄切りのケーキを調達しにいなくなると、スカーレットは客間の奥にあるアルコーヴの椅子に腰かけ、最悪の染みが見えないよう気をつけながらスカートをととのえた。午前中、レットにさんざん辱められた記憶も、大勢の人に会い、ふたたび音楽を耳にするうちに頭から押しだされていった。明日になったら、レットの今日のふるまいと自分の受けた侮辱について考え、また身悶えよう。フランクの傷つきとまどった心につけ入ることができたか、それも明日よく考えよう。でも、今夜は考えない。今夜は指の先まで力を漲らせて、五感のすべてで希望を感じて、目をきらきらさせていよう。

　アルコーヴから広大な客間を見やって、踊る人々を眺めていると、戦時中に初めてアトランタに来た頃は、この部屋もどれだけきらびやかだったことか、と過去の記憶がよみがえった。あのころ、上等な堅材の床は鏡のように輝き、頭上では何百という細かいプリズムに何十本というキャンドルの灯りのひとつひとつが映って反射し、ダイヤモンドとサファイアと炎の混交するような輝きをあたりに放っていた。壁に掛かった古い肖像画はどれも慈しみ深い威容を見せ、ゲストたちを見おろすまなざしは円熟したもてなしの心にあふれていた。紫檀のソファはどれも柔らかく座り心地が良さそうで、なかでも一番大きくりっぱなソファは特等席として、いまスカーレットがいるこのアルコーヴに置かれていたものだ。パーティでは、いつもここがお気に入りの席だった。ここから眺めやると、客間からその奥のダイニングルームにかけて、すてきな光景が広がっていた。二十人は着席できる楕円形のマホガニーのテーブルと、脚のきゃしゃな椅子二十脚はすべて行儀よく壁際に寄せられ、どっしりとしたサイドボードとビュッフェテーブルには重厚な銀器がならび、七叉の燭台、ゴブレット、薬味瓶、デカンタ、きらめく小ぶりのグラスなどがぎっしりと載せられていた。戦争の初期は、よくあのソファに腰かけて、いつもかたわらにはハンサムな将校がいて、バイオリンやダブルベース、アコーディオン、バンジョーの音色に耳を傾け、磨きぬかれた床の上で踊る人々の足がたてる軽やかで胸はずむ音を聞いたものだ。

いまではシャンデリアは灯りが乏しくなって薄暗かった。しかもヤンキー兵が腹いせに美しいシャンデリアに長靴でも投げつけたのか、斜めに曲がってプリズムの大半は壊されていた。今夜部屋を照らしているのは、オイルランプが一つと何本かのキャンドル、それから広い暖炉で勢いよく燃える炎がなによりの照明になっていた。その躍る火に光沢を失った床が照らしだされ、どうしようもなく傷み、ささくれているのが見えた。壁紙で汚れのない四角い部分を見れば、かつてはそこに肖像画が掛かっていたことがわかる。漆喰の広範なひび割れは、包囲戦の日々を思い起こさせた。砲弾が家の中で炸裂し、屋根と二階の一部を打ち壊したのだった。ケーキやデカンタのならんだ重厚な古いマホガニーのテーブルは、がらんと寂れて見えるダイニングの真ん中にいまも君臨していたが、ひっかき傷が目立ち、破損した脚にはつたない修理の跡が見られた。サイドボードや銀器、背の高い細身の椅子はすっかり姿を消していた。部屋の奥にあるアーチ型をしたフランス窓にかかっていた鈍い金色のダマスク織のカーテンも見当たらず、レースのカーテンだけが半端に残っていた。清潔そうだが、修繕した跡はかくせない。

　大のお気に入りだった半円形のソファも見当たらず、その場所には、座り心地もなにもあったものではない硬い長椅子が置かれていた。スカーレットはその長椅子に極力気品をたもちながら座り、スカートの染みが目立たなければダンスができるのに、と考えていた。またダンスができたらどんなに良いだろう。でも、フランクが相手であれば、息もつかせぬリールを踊るより、この隠れ家みたいなアルコーヴでしっぽり過ごすほうが有効だろう。彼の話にうっとりと聞きいって、ますます愚かな真似をさせるよう仕向けられる。

とはいえ、ダンス曲の誘惑は抗いがたかった。レヴィ爺さんが威勢よくバンジョーを鳴らしながら、ダンスの動きをコールすると、スカーレットの靴は爺さんの大きながに股の足にあわせて思わずリズムをとった。リールの向かい合った列は近づき、また離れ、くるりと旋回したり、腕が弧を描いたりし、そのたびに踊り手たちの足が床にこすれて小気味の良い音をたてる。

「ダン・タッカーじいさん　ぐでんぐでんに酔っ払い――」

（ここで、パ、ー、ドナーをくるっと！）レヴィがコールする。

「炉にころがって　薪をけっとばした！」

（ご婦人がた、軽やかにスキップ！）

〈タラ〉での退屈で精根尽き果てるような月日をすごしてきたスカーレットには、ふたたび音楽を耳にし、踊り手たちの足音を聞くだけでうれしかった。とぼしい明かりのもとで旧友たちが声をあげて笑い、おなじみのジョークを飛ばし、お決まりの台詞を口にし、からかい、やりこめあい、科を作ったりするのを見ているだけで心が浮き立った。死者の国から生き返ったような心もち。五年前のきらめく日々がもどってきたような気がした。もし目をつむって、仕立て直しのくたびれたドレスも、継ぎのあたった長靴も、繕った平底靴も見なければ、そしていまリールの列にいない男性たちの顔を思いださなければ、あの頃のままだと思えたかもしれない。しかしながら、ダイニングルームでワインのデカンタを囲んでいる老人たちや、壁際にならんで扇のない手で顔をかくしながらおしゃべりをするおばさまがたや、体をゆらしたりスキップしたりしている若い男女の姿を見ていると、突然、この旧友たちがみんな幽霊に思えてくるぐらい、なにもかもすっかり変わってしまったのだと気づいて、ぞっと恐しくなるのだった。

みんな昔と変わらないように見えたが、なにかが違っていた。変わってしまったのは何だろう？　五歳年をとったというだけ？　ううん、そうじゃない。時の経過だけではない。彼らのなかから、その世界から、何かが消えてしまった。五年前のわたしたちは安心感にすっぽりとやさしくつつまれていたから、そんなことに気づきもしなかった。そのシェルターのなかで、のびやかに花開いていた。そんなシェルターもいまでは跡形もなく、それとともに古き日のときめきや、すぐそこに楽しくてわくわくすることが待っているような感じ、南部に受け継がれてきた暮らしの魅力も、ぜんぶ消え去ってしまった。

自分も変わったことはスカーレットも自覚していたが、みんなとは変わり方が違う。そこがふしぎだった。アルコーヴから彼らを眺めていると、なんだか自分がよそ者のように思えてきた。彼らの言葉も分からなければ、こちらの言葉も分かってもらえない、異世界からきた孤独なよそ者。ああ、これはアシュリに感じた気持ちと同じだわ。アシュリや彼と同類の人たち――世界の大半はそんな人たちで出来ているけれど――といると、自分には理解のできないものの外に閉めだされた気がする。

みんな面差しはほとんど変わっていなかったし、物腰も昔のままだったが、もはやその二つの他、旧友たちに残されたものはないように思えた。彼らはいまでも不朽の威厳と矜持(きょうじ)を漂わせ、きっと死ぬまでその姿勢を崩さず、癒(い)えようのない悔しさ、あまりに深くて言葉にできない悔しさは、黙って墓場までもっていくつもりなのだ。口調はあくまでソフトだが勇猛で疲れはてた人々であり、敗戦してなお敗北を知らず、打ち砕かれてなお決然と背をのばして立つ人々だ。じつのところは、叩きのめされて無力な、支配下の人々だ。自分たちの愛する国が敵に蹂躙(じゅうりん)され、悪党たちが法を嘲笑(あざわら)い、かつての奴隷(どれい)に脅(おびや)かされ、男性たちは選挙権を奪われ、女性たちが侮辱されるのを、なすすべもなく見ているしかない。つまりは、記憶を堆積(たいせき)した墓場のようなものだ。

旧世界のあらゆるものは変わってしまい、残るは形式だけだった。かつての慣習はいまも続いており、続けていかなくてはならない。いまの彼らに残されているのは、そうした様式だけなのだから。昔から自分がよく知り愛してきた交々のことに、彼らはがっちりとしがみついていた。おおらかな態度、恭しさ、人とのふれあいは適度にくだけて心地よく。そしてなにより、女性を守ろうとする男性の姿勢。自分たちが育ってきた伝統にのっとり、男たちはつねに慇懃でやさしく、荒っぽいものが女性の目にふれてはいけないという雰囲気すら醸しださんとしていた。スカーレットにしてみれば、そんなのは愚の骨頂だった。もはや、どんな箱入りの女性だろうと、この五年間であらかたのものは見たり知ったりしてしまったのだから。負傷兵の看護もし、死にゆく者の瞼を閉じ、戦争と大火と破壊を経験し、本当の恐怖と敗走と飢餓を知った。

とはいえ、女性たちがどんな光景を目にし、どんないやしい作業をしてこようと、これからする羽目になろうと、この場にいる人たちは紳士淑女、流浪の身の貴族なのだ――苦い思いを胸に、超然として世俗のことには拘らず、たがいに気遣いあい、ダイヤのように硬く、頭上の壊れたシャンデリアのクリスタルのようにまばゆく、そして脆い。古き日々は過ぎ去ったのに、この人たちは昔のままみたいな顔をして、これまで通りに生きていくのだろう。チャーミングで、のどかで、決してヤンキーのようにお金のことでせかせかせず、戦前の暮らしを何ひとつ変えようとせずに。

スカーレットだって、自分がずいぶん変わったのは分かっている。そうでなければ、アトランタを出てからしてきたような様々のことはとてもできなかったろう。そう、たとえば踊りたくてたまらなければ、いまみたいに慎重に考えたりせず踊っていただろう。とはいえ、同じ頑（かたく）なさであっても、周りの人たちと自分には違いがある。どんな違いかというと、すぐには答えられないけれど。自分は必要とあればなんだってするだろうが、この人たちには死んでもしたくないことがたくさんあるはず。この人たちは希望がなくても人生に微笑みかけ、優雅にお辞儀をして、やり過ごすのだろう。その点がわたしとは違う。スカーレットにはとてもそんなことはできなかった。

わたしは世の中というものを無視できない。その中で生きていかなくてはいけないのだから。世の中はあまりに乱暴で意地悪で、その厳しさをにっこり笑ってまぎらわすなんて、わたしにはとても出来そうにない。友人たちのやさしさ、勇気、不屈のプライド、そんなものにも価値を見いだせないし、現実を目にしながら微笑むばかりで正面から見つめようとしない、愚かな頑固者にしか見えなかった。

テンポの速いリールを踊って顔を紅潮させた人々を眺めながら、この楽しそうな人たちも自分と同じように追い詰められているんだろうか、と訝った。おおかた恋人を亡くしたり、夫の体が不自由になったり、子どもたちがお腹をすかせていたり、土地が人手にわたったり、愛するわが家に赤の他人がもぐりこんできたり。そうは見えなくても、内情は厳しいにちがいない！　彼らの境遇のことなら、わがことのようによく分かる。彼らが喪ったものは自分も喪ったし、困窮しているのも同じなら、抱えている問題も同じだろう。ところが、そういう現実に対する態度が自分とは違う。いまこの部屋で目にしている顔は、じつは顔ではなく仮面なのだ。決して剝がれることのない秀逸な仮面。

それにしても、この人たちはわたしと同じような苦境に陥っているなら――実際そのはずだけど――どうしてあんな陽気で軽やかな気分を醸しだせるのだろう？　というか、どうしてそんな努力をしなくちゃならないの？　それはスカーレットの理解を超えていたし、なにがなしに苛立たしくもあった。わたしはこの人たちと同じにはなれない。瓦礫と化した世界を眺めながら、なんでもないことのように無頓着でいるなんて無理よ。わたしは狩られるキツネみたいに、猟犬の群れに追いつかれる前に巣穴へ飛びこもうと、心臓も破れんばかりに突っ走っているんだから。

彼らがにわかに憎たらしくなった。なぜなら自分と違う人種だから。同じものを失くしながら、自分には決して身につけられないし、身につけようとも思わない空気感をこの人たちがもっているから。そんな人たちのことが嫌になった。微笑みを浮かべて軽やかに踊るこの異世界の人たち。この誇り高い人たちはすでに失くしたものに誇りをもち、失くしたことすら誇りに思っているらしい。女性たちは毎日、いやしい仕事をし、新しいドレスを用立てる目途もないくせに、レディのようにふるまっている。ええ、みなさんレディですとも！　けど、わたしは自分がレディだなんて思えない。いくら天鵞絨のドレスを着ていても、髪にコロンをつけていても、出自に誇りがあっても、かつて富める者だった誇りがあっても。〈タラ〉の赭土に容赦なくまみれているうちに、お上品ぶりは剝がれ落ち、もう自分をレディと感じることはないだろうと思う。そう、食卓に銀器とクリスタルがならび、ぜいたくな食事が湯気をたてる日まで。厩に自分の馬と馬車がもてるまで。白人ではなく黒人の野良働きが〈タラ〉の綿花を摘むようになる日まで。

「なんてことかしら！」スカーレットは腹立ちまぎれに嘆息した。「そこが違うのよ！　この人たちは貧乏でもいまだにレディの気分でいるけど、わたしは違う。このおばかさんたちはお金がなかったらレディになれないってことに、気づいてないみたいね！」

こんなことにふと思い至りながらも、確かにこの人たちは愚かではあるものの、これはこれで正しい姿勢なのだとぼんやり気づきもした。母だって同じような考え方をしただろう。そう思うと心が乱れた。この人たちと同じように感じるべきなのに、自分にはそれができない。生まれついての貴婦人はいくら貧しく落ちぶれようと貴婦人であると心から信じるべきなのだ。頭では分かっていながら、どうしてもそうは思えない自分がいる。

幼い頃からずっと、ヤンキーは生まれがいやしいのに金儲けをしてすっかり上流階級気取りだと嘲笑う声を聞いてきた。しかし現時点では、他の点はともかくこの一点に関しては、ヤンキーのやり方が正解だったと、不敬ながら言わざるを得ない。レディになるにはお金がかかる。娘の口からこんな言葉を聞いたら、お母さまは失神なさったろうけど。貧乏のどん底にあっても、エレン・オハラなら恥ずかしく思うことは決してなかったろう。〝恥ずかしい〟。そう、スカーレットが感じているのはそれなのだ。貧乏のせいで、暮らし向きが変わって思うにまかせず、入り用な物も手に入らず、黒人がするような仕事をさせられている。それこそが恥ずかしい。

スカーレットはいらだちまぎれに肩をすくめた。この人たちの態度が正しくて自分が間違っているんだろうけど、それでもよ、この誇り高い人たちはわたしと違って、しっかり前をむき、名誉も家名もかなぐり捨てる覚悟で、失ったものを取り戻そうとしゃかりきになって踏ん張る気概がない。お金のために奔走するなんて沽券に係わることはとても出来ないんでしょう。世知辛く厳しいご時勢だというのに。それを乗り切るには、世知辛くて厳しい戦いが必要なのに。この人たちはお家柄がじゃまして、さもお金目当てに奮闘するなんてできないんだわ。彼らにとってはあからさまなお金儲けも、お金の話題を出すことすら、いたって下品なことなんだから。もちろん、例外は存在した。メリウェザー夫人はパイを焼き、ルネはそれをワゴンで販売していた。ヒュー・エルシングは薪を伐りだして行商していたし、トミーは土建屋をしていた。それに、フランクにはいち早く店をひらく才もあった。とはいえ、おおかたの人々はどうだろう？　かつての大農園主がわずか数エーカーを耕し、汲々として暮らしている。仕事に復帰した弁護士や医者も、待てど暮らせどお客が来そうにない。そのほか、なにもしなくとも財産で収入を得てのんびり暮らしていた人たちは？　一体、彼らはどうなってしまうんだろう？

でも、わたしは一生貧乏暮らしをする気はない。ただ手をこまぬいて奇跡が起きるのをじっと待つつもりはない。世の中に飛びこんでいって、できる限りのものをもぎとってやる。父さんだって貧しい移民の若者からスタートして、あんなに広大な〈タラ〉農園を勝ちとったんだもの。父さんにできたことなら、娘にもきっとできる。どんな犠牲にも値すると思って潰えた「大義」にすべてを賭け、その大義を失ったことすら誇りにしているこの人たちみたいには決してならない。みんなは過去から勇気をもらっているけど、わたしの勇気の源は未来よ。たったいまはフランク・ケネディがわたしの未来。少なくとも、この人は店舗と現金を持ってる。そして彼と結婚してそのお金を使えれば、もう一年、〈タラ〉は持ちこたえられるはずだ。その目途が立ったら――例の製材所も買ってもらわないと。現在、アトランタの復旧作業が急ピッチで進んでいること、いま製材業を開業すれば競合相手はほとんどいないのだから、だれだって〝金脈〟をつかめることは、スカーレットにもたやすく理解できた。

記憶の片隅から、戦争初期にレットから聞いた言葉がよみがえってきた。封鎖破りで儲けたお金について、そんなことを言っていたではないか。あのときは理解しようともしなかったが、いまやその意味合いはいたって明白であり、彼の言葉のありがたみが分からなかったのは、ひとえに自分が幼すぎたからか、まったくの物知らずだったからか……。

「文明の建設時に劣らず、その崩壊の瓦礫からもお金儲けはできるものでしてね」

そう、これがあの人が予想した瓦礫ね。彼の言うとおりだった。働く勇気さえあればーーチャンスをつかみとる勇気さえあれば、だれでもまだたっぷり儲けられるのよ。

スカーレットはそう思った。

フロアのむこうから、フランクがブラックベリーのワインと小皿に載せたケーキを手に近づいてくるのが見えると、スカーレットはすかさず作り笑いを浮かべた。あのフランクと結婚するほど〈タラ〉は大切なものなのか、そんな疑問は頭をよぎりもしなかった。もちろんその価値のあるものだし、思い直す気はこれっぽっちもない。

スカーレットはワインに口をつけながら、上目づかいでフランクに微笑(ほほえ)みかけた。バラ色の頬の魅力にかけたら、顔を上気させたどんな踊り手にも負けないはずだ。スカートを寄せて隣に彼の座れるスペースをつくり、もの憂(う)くハンカチを振ってコロンの微かな甘い香りをフランクの鼻先にとどけるようにした。コロンをつけていることを得意に思った。ほかの女性たちはだれもつけていないし、フランクも香りに気づいているらしい。なにしろ、その場の勢いで、あなたはピンクのバラのように美しく香(かぐわ)しい、などとささやいてみせたのだから。

あとは、こんなに恥ずかしがりでなければ申し分ないんだけど！　臆病(おくびょう)な茶色の老いぼれ野ウサギみたい。この人にタールトン双子の男らしさや熱いハートがあれば。もっと言えば、レット・バトラーの荒っぽい図太さがあれば。とはいえ、そんな資質があるぐらいなら、しおらしく瞼を震わせているスカーレットのなかに潜む捨身の気迫を感じとる感性も持ち合わせていたろう。実際の彼は女心などさっぱり分からず、相手がなにを企(たくら)んでいるか勘ぐる頭もなかった。スカーレットにしてみれば、しめたものだったが、それでフランクへの敬意が増すことはなかった。

第4巻に続く

本作品には現在の観点から見て、差別的とされる表現が含まれますが、執筆当時の時代状況と文学的価値に鑑みて、原文通りとしました。（新潮文庫編集部）

嵐が丘
E・ブロンテ
鴻巣友季子訳

狂恋と復讐、天使と悪鬼——寒風吹きすさぶ荒野を舞台に繰り広げられる、恋愛小説の恐るべき極北。新訳による〝新世紀決定版〟。

自負と偏見
J・オースティン
小山太一訳

恋心か打算か。幸福な結婚とは何か。十八世紀イギリスを舞台に、永遠のテーマを突き詰めた、息をのむほど愉快な名作、待望の新訳。

にんじん
ジュール・ルナール
高野　優訳

赤毛でそばかすだらけの少年「にんじん」を、母親は折りにふれていじめる。だが、彼は負けず生き抜いていく——。少年の成長の物語。

小公女
バーネット
畔柳和代訳

最愛の父親が亡くなり、裕福な暮らしから一転、召使いとしてこき使われる身となった少女。永遠の名作を、いきいきとした新訳で。

飛ぶ教室
E・ケストナー
池内　紀訳

元気いっぱいの少年たちが学び暮らすギムナジウムにも、クリスマス・シーズンがやってきた。その成長を温かな眼差しで描く傑作小説。

二都物語
ディケンズ
加賀山卓朗訳

フランス革命下のパリとロンドン。燃え上がる激動の炎の中で、二つの都に繰り広げられる愛と死のロマン。新訳で贈る永遠の名作。

海底二万里（上・下）
ヴェルヌ
村松潔訳
超絶の最新鋭潜水艦ノーチラス号を駆るネモ船長の目的とは？　海洋冒険ロマンの傑作を完全新訳、刊行当時のイラストもすべて収録。

トム・ソーヤーの冒険
マーク・トウェイン
柴田元幸訳
海賊ごっこに幽霊屋敷探検、毎日が冒険のトムはある夜墓場で殺人事件を目撃してしまい――少年文学の永遠の名作を名翻訳家が新訳。

オズの魔法使い
ライマン・フランク・ボーム
河野万里子訳
にしざかひろみ絵
ドロシーは一風変わった仲間たちと、オズ大王に会うためにエメラルドの都を目指す。読み継がれる物語の、大人にも味わえる名訳。

ダブリナーズ
ジョイス
柳瀬尚紀訳
20世紀を代表する作家がダブリンに住む人々を描いた15編。『フィネガンズ・ウェイク』の訳者による画期的新訳。『ダブリン市民』改題。

フラニーとズーイ
サリンジャー
村上春樹訳
どこまでも優しい魂を持った魅力的な小説……『キャッチャー・イン・ザ・ライ』に続くサリンジャーの傑作を、村上春樹が新訳！

悲しみよ　こんにちは
サガン
河野万里子訳
父とその愛人とのヴァカンス。新たな恋の予感。だが、17歳のセシルは悲劇への扉を開いてしまう――。少女小説の聖典、新訳成る。

ヘミングウェイ
高見　浩訳

移動祝祭日

一九二〇年代のパリで創作と交友に明け暮れた日々を晩年の文豪が回想する。痛ましくも麗しい遺作が馥郁たる新訳で満を持して復活。

カポーティ
村上春樹訳

ティファニーで朝食を

気まぐれで可憐なヒロイン、ホリーが再び世界を魅了する。カポーティ永遠の名作がみずみずしい新訳を得て新世紀に踏み出す。

カポーティ
佐々田雅子訳

冷　血

カンザスの片田舎で起きた一家四人惨殺事件。事件発生から犯人の処刑までを綿密に再現した衝撃のノンフィクション・ノヴェル！

ナボコフ
若島　正訳

ロリータ

中年男の少女への倒錯した恋を描く誤解多き問題作にして世界文学の最高傑作が、滑稽でありながら哀切な新訳で登場。詳細な注釈付。

カポーティ
川本三郎訳

夜の樹

旅行中に不気味な夫婦と出会った女子大生。人間の孤独や不安を鮮かに捉えた表題作など、お洒落で哀しいショート・ストーリー9編。

サン＝テグジュペリ
河野万里子訳

星の王子さま

世界中の言葉に訳され、60年以上にわたって読みつがれてきた宝石のような物語。今までで最も愛らしい王子さまを甦らせた新訳。

新潮文庫の新刊

C・S・ルイス
小澤身和子訳
ナルニア国物語4
銀のいすと地底の国
いじめっ子に追われナルニアに逃げ込んだユースティスとジル。アスランの命を受け、魔女にさらわれたリリアン王子の行方を追う。

杉井光著
世界でいちばん透きとおった物語2
新人作家の藤阪燈真の元に、再び遺稿を巡る謎が舞い込む。メディアで話題沸騰の超話題作、待望の続編。ビブリオ・ミステリ第二弾。

乃南アサ著
家裁調査官・庵原かのん
家裁調査官の庵原かのんは、罪を犯した子どもたちの声を聴くうちに、事件の裏に潜む問題に気が付き……。待望の新シリーズ開幕！

沢木耕太郎著
いのちの記憶
―銀河を渡るⅡ―
少年時代の衝動、海外へ足を向かわせた熱の正体、幾度もの出会いと別れ、少年時代から今日までの日々を辿る25年間のエッセイ集。

燃え殻著
それでも日々はつづくから
きらきら映える日々からは遠い「まーまー」な日常こそが愛おしい。「週刊新潮」の人気連載をまとめた、共感度抜群のエッセイ集。

D・E・ウェストレイク
木村二郎訳
うしろにご用心！
不運な泥棒ドートマンダーと仲間たちが企む美術品強奪。思いもよらぬ邪魔立てが次々入り……大人気ユーモア・ミステリー、降臨！

Title : GONE WITH THE WIND (vol.Ⅲ)
Author : Margaret Mitchell

風と共に去りぬ 第3巻

新潮文庫 ミ－4－3

Published 2015 in Japan
by Shinchosha Company

平成二十七年五月一日発行
令和七年三月五日二刷

訳者 鴻巣友季子

発行者 佐藤隆信

発行所 株式会社新潮社

郵便番号 一六二—八七一一
東京都新宿区矢来町七一
電話 編集部(〇三)三二六六—五四四〇
読者係(〇三)三二六六—五一一一
https://www.shinchosha.co.jp

価格はカバーに表示してあります。

乱丁・落丁本は、ご面倒ですが小社読者係宛ご送付ください。送料小社負担にてお取替えいたします。

印刷・錦明印刷株式会社　製本・錦明印刷株式会社

ISBN978-4-10-209108-1 C0197